U0408318

Rachel Louise Carson

1951

〔美〕 蕾切尔 · 卡逊◎著
宋龙艺◎译

环绕我们的海洋

北京理工大学出版社
BEIJING INSTITUTE OF TECHNOLOGY PRESS

阅读·时光

READING TIME

生命在这里开始，也在这里结束。

序　言

海洋一直以来挑战着人类的智力和想象力，并且甚至在今天，海洋仍然是地球上最后的伟大边疆。这一王国如此浩瀚，如此难以触及，我们穷尽所能，也只探索了这一区域的一小部分。甚至连这个原子时代伟大的科技发展也没能在很大程度上改变这一情况。在第二次世界大战期间，人们开始对海洋探索有了活跃的兴趣。那时候我们才意识到我们对海洋的了解少得可怕。我们的船只在海面上航行，潜水艇下潜到海水中，但是我们对这个海底世界的地形只有最基本的概念。我们甚至对运动的海水的动力学了解得更少，尽管预测潮汐、洋流和波浪作用的能力决定着军事行动的成功或失败。既然有了如此清晰的实际需求，美国政府和其他领先的海洋大国政府都开始将越来越多的精力放在海洋的科学研究上。诞生于这一迫切需求基础上的仪器和设备为海洋学家们提供了追踪海底轮廓、研究深层海水运动甚至从海床上取样的工具。

这些空前加速的研究很快开始表明，关于海洋的许多古老概念都是错误的，而且在 20 世纪中叶，关于海洋的新画面才开始出现。

但是它仍然就像一位艺术家的巨大画布，上面只有他宏大设计的构架，大片空白的区域仍然等待着他用画笔来勾勒。

1951 年《环绕我们的海洋》刚刚创作出来的时候，我们对海洋世界的了解就处于这种状态。在那之后，对许多空白部分的填充工作已经在进行，人类也不断有新的发现。在这本书的第二版中，我以一系列注释的形式描述了最重要的一些此类新发现。

20 世纪 50 年代包括了海洋科学的一个令人兴奋的 10 年。在这一段时间里，载人机下潜了到海床上最深的洞穴中。在 50 年代，同样还实现的是潜水艇在冰盖下穿越了整个北极海盆。海洋中看不见的海床的许多新特征也得到了描述，包括似乎与其他山脉相连、形成了地球上最长最雄伟的山脉——环球连续山脉的新山脉。人类还发现了海洋深处的隐秘河流，这些位于海面以下的洋流有着相当于几千条密西西比河的水量。在国际地球物理年期间，从四十个国家出发的六十艘船以及海岛和海岸上的数百个站点相互合作，对海洋进行了极为丰富的研究。

然而，现在的成就尽管足够令人兴奋，但这还必须要被看作只是对覆盖着地球大部分表面的深深海洋的探索之开始。1959 年，包括美国国家科学院海洋学委员会在内的一群杰出的科学家宣布：“与海洋对人类的重要性相比，人类对海洋的认识实在是匮乏至极。”该委员会建议，在下一个 10 年里，美国对海洋进行的基础研究至少要翻一番。他们认为，少于这样的规模，与其他国家相比，是“对美国海洋学地位的危害”，并且“会让我们在未来海洋资源的使用中处于不利的地位”。

目前为未来规划的最令人着迷的项目之一，是通过在海底钻探一个 3 或 4 英里[1]深的洞来探索地球内部的尝试。这一项目由美国国家科学院给予资金支持，计划穿透比仪器所到达的更深的地方——地壳和地幔之间的边缘地带。这一边缘地带被地理学家们称为莫霍洛维奇不连续面（或者更熟悉的是莫霍面），它之所以有这样的名字，是因为一个叫这个名字的南斯拉夫人于 1912 年发现了它。莫霍面是一个地震波经过时速度会表现出明显变化的点，这说明一种材料在这里过渡变化成了另一种很不一样的材料。这一不连续面在大陆下的位置比在海底的位置更深，因此尽管在深海中钻探会面临明显的困难，在海洋中钻探依然要更加有希望一些。在莫霍面以上是地壳，地壳由相对较轻的岩石组成，在这些岩石下面是地幔，地幔是包裹着炽热地核的大约 1 800 英里厚的一层物质。地壳的组成我们还没有完全了解，地幔的性质也仅仅能凭非直接的方法来推断。穿透这些区域并且带回真实的样本因此会是理解我们宇宙性质的巨大前进，因为地球的深层结构或许可以被认为是与其他的行星相似的。

随着许多专家的合作研究，我们对海洋有了更多的了解，一个正在逐渐成形的新概念也几乎肯定地得到了加强。甚至在大约 10 年以前，人们还习惯性地认为这个深渊是一个永恒的平静的地方，它黑色的深渊不会被任何活动所搅动，其中或许只有一条条缓慢流动的洋流；认为它是一个与表面分离、与浅海那十分不同的世界分离的地方。但很快地，人们就发现深海是一个充满了运动和变化的地方。这个概念要更加令人兴奋得多，并且对我们时代一些十分迫切的问题有着深远的意义。

---

① 英里：长度单位，1 英里≈ 1.61 千米。

在这个更加动态的新概念里，深海的海床被加速流动的湍急洋流或以高速从海盆斜坡上冲下来的泥石流塑造着。海底滑坡不断到访这里，内部潮流也扰动着这里。一些海底山脉的山峰和山脊上的沉积物被洋流清扫得干干净净，洋流的作用——用地理学家布鲁斯·席增的话来说，可以比得上“扫除并吞没了山下所有生命的阿尔卑斯山脉的雪崩”。

我们现在知道，远没有从大陆和环绕其四周的浅海隔离的海底平原会接收到来自大陆边缘的沉积物。在整个广阔的地理时代中，浊流的作用都是使沉积物充满海床上的沟壑和山谷。这一概念帮助我们理解了到目前为止让我们困惑的一些事件。例如，为什么显然作为海岸侵蚀和礁石研磨产物的沙子沉积物会出现在海洋中的海床上？为什么在与深海交流的海底峡谷的入口处，沉积物中会发现陆地上的东西，比如碎木片和树叶？为什么含有坚果、树枝和树皮的沙子甚至会出现在深海的海底上？如今我们在风暴、洪水或地震引发的充满沉积物的洋流强有力的冲刷中看到了解释这些曾经是神秘事实的理由。

尽管我们现在关于动态海洋的概念的发端或许可以追溯到几十年以前，但是仅仅在过去的十年里，非凡的仪器才帮助我们窥见了海洋水体隐秘的运动。现在我们怀疑，海面和海底之间的所有这些黑暗区域都被洋流搅动着。甚至连如此强有力的海面洋流，比如墨西哥湾流，都不是我们过去想象中的那样。墨西哥湾流并不是一条宽阔的、平稳流动的水流，而是被发现会包括一些狭窄的、急速流动的温水水流，这些支流中攒动着漩涡和暗流，从这条大洋流中折返，向回流淌。在表面洋流之下是其他不像表面洋流的洋流。这些洋流有着独立的流淌速度，有着自己的方向和流量。在这些洋流之下仍然还有其他的洋流。从前人们以为海洋深处应该是永恒宁静的，事实上在海洋深处拍摄的海底照片却展示出了波纹。这个迹象说明流水在整理着沉积物，带走了更加精细的粒子。强大的洋流将被叫作大西洋中脊的巨大海底山脉的大部分山峰上的沉积物清扫了干净。为这些海底山脉拍下的照片显示，深海洋流在这些地方留下了波痕和冲刷痕。

其他的照片也给出了生命存在的新证据。各种痕迹遍布海床，并且海底上镶嵌着小椎体（这些小椎体是由未知的生命形式塑造的），或者分布着一些小孔，孔中居住着小穴居者。丹麦的科研船铠甲虾号从深海中用挖泥船带上来活的动物。在这不久以前，人们还以为那里的生命形式十分稀缺，根本不可能有这样的取样。关于海洋动态本质的这些发现不是学术性质的，它们不只是一个有意思但没有实际用处的故事的戏剧性细节。它们与在我们这时代成为重大问题的事件有着直接的、即时的关系。

尽管人作为地球自然资源的管家留下的记录令人沮丧，但是长期以来，一想到海洋至少是不容人类的改变和破坏来侵犯的，我们还能得到一些安慰。但是，不幸地，这样的想法还是天真了。在解锁原子的秘密时，现代人发现自己面临着一个十分棘手的问题——如何处理地球上有史以来最为危险的材料——这种原子裂变的副产物。人类面对的这一严峻问题是：他是否能够处置好这些致命的物质而不致毁灭我们的居住环境。

如果不提到这个可怕的问题，任何关于今天的海洋的描述都是不完整的。因为海洋广大而且看起来足够遥远，所以招来了那些处理这一问题的人的注意。他们几乎没有经过讨论，也没有引起公众的注意（直到 20 世纪 50 年代末期），就把海洋作为了原子时代受到污染的垃圾和其他低放射性废物的“天然的”埋葬场。这些垃圾被放进了装满混凝土的桶中并拖运到了海洋上，在远洋上提前指定的地点，它们被扔下了船。一些这样的桶被扔到了 100 英里外或更远的海上。最近人们甚至还建议在距离海岸仅仅 20 英里远的地点投放这些垃圾。理论上，这些容器会被投放到大约 1 000 英寻①的深海上，但是实际上，一些也会被放置到更浅的水域中。按照推测，这些容器具有至少 10 年的寿命，之后任何遗留的放射性物质都会被释放到海水中。但是这仍然是理论上的事。原子能委员会要么会将这些垃圾投放进海洋中，要么会授权其他人这样做。该委员会的一个代表说，这些容器不可能在下沉到海底的过程中保持完好无损。事实上，在加利福尼亚州进行的实验中，一些容器在仅仅下沉了数百英寻的时候就在压力下破裂了。

但是，所有这些已经被投放到海洋中的容器中的物质以及随着原子科学应用的扩张还要被处置的大量容器中物质的释放，只是一个时间的问题。除了这些被封存起来处置在那里的垃圾，河流也被当作了原子垃圾的垃圾场，这些垃圾随着河流来到了海洋中，而原子实验的原子尘中的大部分最终也来到了广阔的海面上。

尽管管理机构声称这样做是安全的，但它的安全性是基于一个不那么可靠的事实。海洋学家们说他们对被引入深海中的放射性元素的命运只能做出“模糊的推测”。他们声称，要解释这样的垃圾被

① 英寻：海洋测量中的深度单位，1 英寻≈ 1.83 米。

投放到河流和沿海水域中的后果，需要几年的深入研究。正如我们看到的那样，我们所有最近对海洋的了解都告诉我们在海洋中各个深度上活动的生命都要比我们从前猜测的多很多。深海中层层叠叠的深海洋流向各个方向流去，深海海水的上涌将深海中的矿物质一起带到了海面上，表层海水中巨大的物质团也在以相反的方向向下沉去，所有这些活动都导致了一个巨大的混合进程。总有一天，放射性污染物会被分散到这个世界的各个角落。

然而，海水对放射性元素的运输只是这个问题的一部分。海洋生物对放射性同位素的集中和分布从人类命运的角度来说或许有更加重大的影响。我们知道海洋中的动植物会吸收放射性化学物质，并将这些物质集中起来，但是我们对这一过程的了解还很少。海洋中微小物质的生存依赖于海水中的矿物质。如果这些物质的正常供应过低，有机体就会利用放射性同位素中需要的元素。有时候这些生物体内的放射性元素的浓度会是海水中的数百万倍。这样一来，精心计算的“最大可容许水平”还有什么意义？因为这些微小的有机体会被大的有机体吃掉，更大的有机体又会吃掉这些大的有机体，以此类推，直到食物链的最高层——人类。通过此类的过程，在比基尼原子弹测试区周围100万平方英里区域中的金枪鱼，体内的放射性元素比海水中高许多。

通过它们的运动和迁徙，海洋生物推翻了放射性垃圾会留在被投放的原处的简单理论。小一些的有机体会有规律地在夜间向海面方向垂直运动，而在白天则向下运动。伴随着它们的是被它们吸收或者成为它们身体一部分的放射性活动。大的生物群，比如鱼类、海狗和鲸鱼则会迁徙更远的距离，再次帮助投放进海洋中的放射性元素扩散和分布到更远的地方。

因此这一问题比人们之前承诺的要复杂而且危险得多。甚至在处置开始之后的较短的时间里，研究就表明一些这样的操作所基于的假设是严重不准确的。事实上这些处置进行得比我们了解的快得多。先处置后调查是灾难的引子，因为一旦放射性元素被投放到了海洋中，就无法将它们收回了。现在铸成的错误将会是永远的错误。

海洋中诞生了最初的生命，如今却受到它孕育的其中一种生命形式的活动的威胁。但是尽管海洋以一种不利的方式变化着，它却会继续存在。受到威胁的实际上是生物本身。

蕾切尔·卡逊

1960年10月

马里兰州，银泉市

目　录

第一卷　母亲海洋

开辟鸿蒙

地是空虚混沌，
渊面黑暗。
——《圣经 · 创世纪》

开端多混沌；生命的伟大母亲——海洋的开端也是如此。很多人为地球上是如何以及何时有了海洋而争论。他们的观点常常不一致，这没什么好惊奇。因为最简单而无法回避的真理就是没有人亲眼看见海洋的开端是怎样的。在缺少目击证人的情况下，注定要生出一定的分歧。因此，在这里我要讲述年轻的行星地球获得海洋的故事，这显然也是一个拼凑了各方说法的故事，而且字里行间所讲的细节也仅凭想象。

这个故事基于地球上最古老的岩石所给出的证据，在地球还年幼的时候，这些岩石也正处于童年；这个故事还基于写在地球的卫星——月球表面上的其他证据；这个故事也基于蕴藏在太阳和整个充满星辰的太空宇宙的历史中的线索。因为尽管没有人在那里目击海洋的诞生，日月星辰和岩石却在那里，而且事实上它们与海洋的存在这一事实有着千丝万缕的联系。

1

我所描写的事件一定发生在不止20亿年以前。这几乎有现在科学可以判断的地球的年纪那么久远，海洋一定几乎是那么古老的。现在通过测量放射性物质的衰变率可以知晓组成地壳的岩石的年龄。目前在地球上发现的最古老的岩石是在马尼托巴湖发现的，它大约有23亿年的历史。考虑到组成地球岩石壳体的材料冷却需要一亿年的时间，我们得出猜想，与我们行星的诞生相关的激烈事件发生在将近25亿年以前。但这只是一个最小化的估计，因为我们随时可以发现暗示着一个更加远古的时代存在的岩石。

[1961年注：我们对地球年龄的认知不断地经历刷新，因为更古老的岩石不断地被发现而且研究的方法更加精准。现在已知的北美洲最古老的岩石位于加拿大的地盾区。这些岩石的精确年龄还没有被确切测得，但是一些来自马尼托巴湖和安大略湖的样本被认为形成于大约30亿年以前。甚至连更加古老的岩石也在俄国的卡累利阿和南非被发现。地理学家们通常认为现在关于地理时代的概念在未来会不断地被拉长。科学家们已经做出了对各个时代的长度的暂时性调整，而且相比10年前我们给出的日期，寒武纪的时代被推后了1亿年。寒武纪在那段漫长的阴郁时代中度过，然而寒武纪中仍然存在着巨大的不确定性。那是前化石岩石的时代。无论在寒武纪时期有什么样的生物生存在地球上，它们都没有留下多少痕迹。不过通过间接的证据，我们或许能推断，在记录被写进岩石里以前，生存的生

物还是有一定的丰富程度的。

通过研究岩石本身，地理学家们建立了数个很好的时间基准，它们在这时间延展中有着十分醒目的位置，如元古代和始生代。根据这些基准，我们可以判断北美洲东部远古的格伦威尔山脉有10亿年的历史。那些暴露在表面的该类岩石，比如在安大略省的岩石，里面含有大量的石墨。这证明了在这些岩石形成的时期，存在着丰富的植物物种——这是无声的证词。因为植物是碳的一个常见来源。研究人员推测明尼苏达州和安大略的平诺克山脉有大约17亿年的历史，它们以前被地理学家们称为基拉尼群山。这些曾经十分高大的山脉现在成了低矮、连绵的小山丘。在加拿大、俄国和非洲发现了更古老的岩石，它们可以追溯到30亿年以前，这说明地球本身是在大约45亿年以前形成的。]

2

新诞生的地球刚从它的太阳母亲身上剥离时，是一团疾走的气体。它，带着巨大的热量，在宇宙漆黑的夜空中飞驰。路线和速度都受到巨大力量的控制。渐渐地，这团燃烧的气体冷却了下来。气体开始液化，地球变成了熔岩状的一团。这一团中的物质最终以固定的形式分层：重的在中央，轻一些的包围在外面，最轻的形成了最外层。今天的地球就是这样的形式——中央是熔岩状的一团，它几乎仍然像20亿年以前一样炽热，中间是一层半塑性的玄武岩，而坚硬的外壳相对很薄，是由坚硬的玄武岩和花岗岩组成的。

新生地球的外壳一定用了上百万年才从液态变成了固态。而且我们认为，在这一变化完成之前，还发生了一个十分重要的事件——月球形成。当你下一次站在夜晚的海滩上，看着月球映在水面上的光辉，想到月球引力下的潮汐时，你应该记得月球本身或许也是因为地球物质形成的巨大波浪被撕裂并抛入太空而诞生。而且要记得，如果月球也以这样的方式形成，这个事件或许与我们所了解的海洋盆地和大陆的形成有着莫大的联系。

刚刚诞生的地球上面有潮汐，远在海洋形成之前就是这样。在太阳引力的作用下，整个地球表面的熔岩状液体涌起波澜。这样的波澜毫无阻挡地绕着地球涌动。后来伴随着地壳冷却凝结和硬化，这样的波澜才逐渐放慢速度，最终消失了。那些相信月球是地球的孩子的人说，在地球形成的早期，发生了某些事情，导致了这种滚动的黏性波浪聚集了速度和动力并升起到了令人难以想象的高度。显然导致这些地球上已知的最大浪潮产生的力量是共振的力量，因为在这时候，太阳潮汐的周期逐渐接近并且趋同于液态地球自由振荡的周期。因此，在地球震荡的推动下，每一次太阳潮汐都有了更大的动力，而且每天两次的潮汐都要比前一次更大。物理学家们经过计算得出结论，这样持续增长的巨大波浪经过了500年以后，靠近太阳的那部分涌起足够高，难以保持稳定，因此一个巨大的浪涛被撕裂，并抛向了太空。但是，这个新诞生的卫星随即在物理法则的作用下，绕着地球沿着固定的轨道旋转了起来。它就是我们所说的月球。

我们有理由相信这一事件发生在地壳已经略微硬化之后，而不是在地球处于半液体的状态时。时至今天，这个大圆球表面还有一条巨大的伤痕。这条伤痕或者说裂口如今盛放着太平洋。据一些地球物理学家所说，太平洋的海床是由玄武岩组成的，也就是组成地球的中层的物质，而其他所有海洋的海床上都铺了一层薄薄的花岗岩，也就是组成地球大部分外层的物质。我们不由得奇怪太平洋的花岗岩表层去了哪里。最便利的猜想是它们在月球形成时被撕走了。一些证据可以证明这一猜想。月球的平均密度远比地球的小得多（3.3 克／立方厘米比 5.5 克／立方厘米），这说明月球没有带走一点儿地球的沉重铁芯，而仅仅是由花岗岩和一些外层的玄武岩组成的。

月球的诞生或许还帮助塑造了地球海洋除太平洋以外的其他部分。当一部分地壳被撕裂后，剩下的花岗岩表层受到拉伸力的作用，与月球伤口相对一侧的花岗岩开裂。或许，当地球伴随着绕自己中轴的自转也在太空中的轨道上飞驰时，这些裂口也在变宽，花岗岩开始漂离，在缓慢硬化的黏稠玄武岩层上移动。逐渐地，玄武岩层的外层开始固化，流浪的大陆渐渐停了下来，各自被海洋包围着安定了下来。尽管也有一些相反的理论，但是地理证据似乎说明今天重要的海洋盆地和主要大陆陆地的位置与地球历史早期时的位置相差不大。

3

不过这只是预测了后来的故事，因为在月球诞生的时候，地球上还没有海洋。厚重的云层怀抱着逐渐冷却的地球，云层中含有这颗新行星大部分的水。在很长一段时间里，地球表面还足够热，水分落下来就会立即被蒸发成水汽。这一密实的、不断更新的云层一定足够厚，阳光因此难以穿透。所以，在黑暗中，在充满了灼热的岩石、呼啸旋转的云层和阴霾的幽冥世界中，大陆和空荡荡的海洋盆地的粗糙轮廓在地球表面上塑造了起来。

地壳刚刚凉透，雨水就降了下来。自那个时代以后，就再也没有这样规模的降水了。雨水不停地下，日日夜夜不停歇；日积月累，终成了下了几个世纪的大雨。雨水灌注到期待已久的海洋盆地，或者落到大陆上，又汇聚成了海洋。

随着雨水缓缓地灌入，初期的海洋逐渐长大，那时的海水一定只是略微咸涩的。但是降下的雨水是大陆溶解的标志。从雨水开始降下的时候，陆地就开始被带走，送进了海洋里。岩石的溶解、内中矿物质的滤出、岩石碎片和溶解矿物质被带去海洋，这是一个无休无止、从未动摇的过程。于是亘古至今，大陆上的盐让海水变得越来越苦涩。

4

我们无从知晓海洋用什么方式创造了原生质这一神秘又美妙的

物质。在它温暖、昏暗的海水中，未知的温度、压力和盐度条件一定是从无到有的生命创造的关键。无论如何，它们产生的结果是炼金术师用他们的炉缸或者现代的科学家们在他们的实验室里无法成就的。

在第一个活细胞产生之前，或许有过许多的尝试和失败。也许，在初期海洋温暖咸涩的海水中，二氧化碳、硫、氮、磷、钾和钙形成了某些有机物。或许这些有机物的形成是原生质复杂大分子形成的过渡阶段，这些原生质分子以某种未知的方式获得了自我复制的能力，并且开启了生生不息的生命洪流。不过现在没人有足够的智慧可以确定地说清楚。

最早的生命形式或许是简单的微生物，就像我们今天认识的一些细菌——它们是不像植物也不像动物的神秘边缘形式，刚刚跨过了非生命与生命的无形边界线。这些最初的生命大约是不具备叶绿素这种物质的，植物在阳光下用这种物质将无生命的化学物质转化为它们组织中的生命物质。只有少量的阳光可以从无休无止的雨水奔泻而来的云堤中穿透，进入灰暗的世界。或许海洋的第一批孩子们以那时出现在海水中的有机物为食，又或许就像现在的铁细菌和硫细菌一样直接以无机物为食。

与此同时，云层开始变薄，黑暗的夜晚开始和有着淡淡光线的白日交替出现，最终太阳第一次照耀在了海面上。到此时，漂浮在海洋中的某些活物一定已经进化出了神奇的叶绿素。于是它们能够从空气中吸收二氧化碳，从海洋中吸收水和元素，在阳光中制造它们所需的有机物。于是第一批真正的植物形成了。

另一类有机体缺少叶绿素但需要有机食物，于是通过吞掉植物为自己找到了生路。因此第一批动物就出现了，并且从那一天开始，世界上的每一只动物都遵循着它在古老海洋中习得的习惯，并且直接依赖于此，或者通过复杂的食物链从植物中获得食物并赖以为生。

日月变换，世纪交替，几百万年过去以后，洪流般的生命变得越来越复杂。从简单的单细胞生物，到分化的细胞聚合形成的其他生物，再到有进食、消化、呼吸、繁殖器官的生物，都一一进化了出来：海边的岩石海床上长起了海绵，珊瑚虫在温暖清澈的海水中建造家园，水母在海水中漂浮游荡，蠕虫进化了出来，同样的还有海星、腿部多关节的硬壳动物——节肢动物。植物也从微观的藻类进化成了多枝并且会结出奇奇怪怪果实的海草。它们随着潮水摇曳，也会被海浪从海岸边的岩石上拔起，在海水中随波逐流。

5

在这些时候，大陆上还没有生命。陆地上几乎没有什么能诱使生物走上海滩，抛弃为它们提供食物和怀抱的海洋母亲。那时的陆地一定是语言难以描述的荒凉和不友好。想象一片岩石裸露的大陆，上面没有一丝绿意——这是一片没有土壤的大陆，因为那时还没有陆生植物帮助形成土壤并且用它们的根系将土壤捆绑在岩石上。想象完全由岩石组成的陆地，安静得只有横扫其上的风雨之声。因为那时在岩石表面上，还没有出现生物的声音，也不见生物的活动。

同时，这颗行星的逐渐冷却，在给了地球坚硬的花岗岩外壳之后，渐渐进行到了更深的层次。随着内部缓慢冷却并收缩，内层脱离了外层。地壳为了适应内部球体的收缩，生出了褶皱——它们就是地球上最早的山脉。

地理学家们告诉我们，在那个灰色的时代，山脉形成至少经历了两个阶段（常被称为“造山运动”）。那个时代是如此久远，岩石中也没有记录，山脉本身也早就被侵蚀殆尽。接着，在大约 10 亿年以前，地壳隆起、地形重塑的第三个伟大时代到来了。那时形成的宏伟山脉如今只剩下了加拿大东部的劳伦山脉和哈德孙湾附近平原上的巨大花岗岩地盾。

造山时代的作用仅仅是加速侵蚀的过程，在这一过程中，大陆被侵蚀殆尽，破碎的岩石和矿物质返回到海洋中。耸起的高山是极寒的上层大气的猎物，在冰霜雨雪的夹击下崩裂破碎。雨水野蛮地敲击着山坡，山溪带走了山上的物质。这时候仍然没有植物能减弱和阻挡雨水的力量。

而在海洋中，生命继续进化。最早期的生命形式没有留下化石让我们鉴别它们的样子。或许它们是软体的，没有坚硬的部分可以被保留下来。而且在那些早期时候形成的岩石层，也在自那以后的地壳褶皱下被巨大的热量和压力所改变，任何其中可能含有的化石也早已经被摧毁了。

然而，在过去的 5 亿年里，岩石中保存下了许多化石。在寒武纪的初期，生物的历史初次被刻画在了岩石页片上，海洋中的生命取得了如此大的进展，所有主要的无脊椎动物已经进化了出来。但是脊椎动物还没有出现，没有昆虫或蜘蛛，而且仍然也没有植物或

地球及其生命历史图表

代（Era）	纪（Periods） 百万年前 福尔摩斯尺度 （1959年版）	山脉	火山
新生代	更新世 0-1	海岸山脉，美国西部，这一扰动或许仍然在进行	
	第三纪 1-70	阿尔卑斯山脉；喜马拉雅山脉；亚平宁山脉；比利牛斯山脉；高加索山	美国西部的大火山作用形成了哥伦比亚高原（20万平方英里的岩浆）
中生代	白垩纪 70-135	落基山脉；安第斯山脉 巴拿马山脊的崛起的非直接结果：墨西哥湾	
	侏罗纪 135-180	内华达山脉	
	三叠纪 180-225		在北美洲西部有许多火山，在新英格兰地区也是如此
古生代	二叠纪 225-270	新英格兰南部的阿巴拉契亚山脉	火山爆发创造了印度的德干高原
	石炭纪 270-350		
	泥盆纪 350-400	北阿巴拉契亚山脉（这一区域再也没有被海水淹没过）	
	志留纪 400-440	加里东山地（大不列颠、斯堪的纳维亚、格陵兰——只有它们的根基仍然存留）	在缅因州和新布伦维克省有火山
	奥陶纪 440-500		
	寒武纪 500-600		
元古代	600-3000± （参见4-5页，1961年注释）	北美洲东部的格伦维尔山脉（现在只有它们的根基存在）——10亿年前 平诺克山脉（明尼苏达州、安大略省），从前的基拉尼——17亿年前	
始生代	3000± （参见4-5页，1961年注释）	已知的最早的山脉（明尼苏达州和安大略省的劳伦山脉——只有一些痕迹存留）——26亿年前 我们了解的最早的沉积岩和火山岩，受到热力和压力的大幅度改变，它们的历史不明朗	

冰川	海洋	生命的演化
更新世冰川作用——覆盖了北美洲和欧洲北部的广阔的冰原	因为冰川而浮动的海平面	人类的崛起 现代植物和动物
	陆地大规模淹没 货币虫灰岩形成——后来用于金字塔的建造	较高等的哺乳动物，除了人类 最高等的植物
	大部分欧洲和北美洲的一半被淹没 英格兰的白垩崖形成	最后的恐龙和会飞的爬行动物 爬行动物主宰陆地
	海洋对加利福尼亚州和俄勒冈州的最后入侵	第一批鸟类
		第一批恐龙 一些爬行动物回到海洋 小型、原始哺乳动物
在广阔的赤道地区：印度、非洲、澳大利亚、南美洲的冰川	在美国西部有广阔的海洋 世界上最大的盐沉积在德国形成	原始爬行动物 两栖类衰退 最早的苏铁植物和松柏类植物
	美国中部最后一次被海水淹没；大型珊瑚礁形成	两栖类动物迅速形成 第一批昆虫 制造煤炭的植物
		鱼类主导海洋 第一批两栖动物化石
	海水反复入侵；盐床在美国东部形成	最早的生命在大陆上形成
	已知的北美洲被淹没得严重的时候——超过一半的大陆被海水淹没	已知的最早的脊椎动物 头足类动物在海水中很常见
	海洋前进又撤退，一度淹没了整个美国	第一批清晰的化石记录可以追溯到这一时期；无脊椎动物的所有主要族群已经建立
已知的最早的冰川期		无脊椎动物的崛起（推断的）
		最早的生命形式（推断的）

动物演化到敢于走上险恶的陆地。在 3/4 以上的地质年代里，我们的大陆都是荒凉而且杳无生迹的，而海洋预备了之后入侵陆地并让陆地变得宜居的生物。同时，伴随着地球剧烈的震动以及火山上升腾起的火花和烟雾，山脉升起又磨灭，冰川在地球上往复移动，而海水爬上大陆又再次退去。

6

直到志留纪时期，就是大约 3.5 亿年以前，陆生生命的先驱物种才爬上海滩。那是一只节肢动物，从这个伟大的族类中后来又进化出了螃蟹、龙虾和昆虫。它一定就像现代的蝎子一样，但是不像它的一些后代那样，这个先锋勇士从没有完全斩断它与海洋联系的纽带。它过着奇异的生活，半陆生，半水生，有点像现在在海滩上飞驰的沙蟹，时不时要冲进海浪中湿润它们的腮。

鱼类的锥形身体是在流水的压力下塑造出来的，它们在志留纪的河流中进化。在干旱的时期，在干燥的池塘和泻湖中，氧气的短缺逼迫它们进化出了用于储存空气的鱼鳔。一种鱼类具有呼吸空气的肺，它们在干燥的天气里会把自己埋在泥土里，留出通向地表的呼吸通道，从而存活下来。

动物独自殖民陆地这件事是非常值得怀疑的，因为只有植物有能力给这严苛的环境带来最初的改善。它们帮助从破碎的岩石中制造出土壤，它们保护土壤不被雨水带走，它们一点点软化并征服了裸露的岩石和无生命的沙漠。我们对于最初的陆生植物知之甚少，但是它们一定与某些大型水草有着密切的联系，这些水草学会了在海岸边的浅滩上生长，进化出了有力量的枝茎和牢牢抓握住泥土、对抗波浪撕扯的根系。或许它生长在海岸边的低地上，要周期性地经历干旱和洪水，一些这样的植物发现这样是可以生存的，于是离开了海洋。这一事件似乎也发生在志留纪时期。

劳伦山脉的造山运动抛起的高山逐渐被侵蚀干净了。随着沉积物从它们峰顶上冲刷掉又沉积在低地上，大陆的大部分地区沉了下去。海洋从它们的海盆上爬了出来，蔓延到了大陆上。生物生长繁衍得很好，并且在那些阳光充沛的浅海中，物类异常丰富。但是后来海水退回到深深的海盆中，许多生物搁浅在了岩石封闭的浅水湾里。一些这样的动物找到了在陆地上生存下来的方法。那时候的湖泊、河滨和海岸湿地，变成了植物和动物要么适者生存、要么淘汰出局的试验场地。

随着陆地升起、海水退去，一种类似于鱼的奇异生物出现在了陆地上，并且经过了数千万年，它的鳍变成了腿，肺取代了腮。在泥盆纪的砂岩中，这个最早的两栖生物留下了它的足迹。

洪流般的生命在陆地和海洋中涌现。新的物种不断进化出现，一些旧的物种衰落消失。陆地上进化出了苔藓、蕨类植物和种子植物。爬行动物一时之间称霸了地球，它们身材庞大，形状怪异、可怕。鸟儿们学会了在海洋上方的空气中生存以及活动。第一批小型哺乳动物悄悄在地球上隐秘的裂缝中潜行，仿佛是惧怕爬行动物。

当它们走上海岸时，过起了陆上生活的动物们还随身带着一部分海洋，这是它们留给子孙的一笔遗产。时至今日，这笔遗产仍然将陆生动物与它们在远古海洋中的起源联系在一起。鱼类、两栖动物和爬行动物、温血的鸟类和哺乳动物——我们中的每一个人都在我们的血管中携带着咸涩的液体，它的成分钠、钾和钙的比例与海水中它们的比例几乎一致。在说不清多少年以前，一个从单细胞进化到了多细胞阶段的远代的祖先首先进化出了一个循环系统，只是它的循环系统中的液体仅仅是海水。如今我们的循环系统就是那时的遗产。同样地，我们的石灰质骨骼也是从寒武纪时期富钙的海洋所得来的一笔遗产。甚至连在我们身体每一个细胞中流淌的原生质也是印刻了出现在远古海洋中的第一批简单生物的化学结构的生命物质。正如生命本身开始于海洋，我们中的每一个个体也在自己母亲子宫中的微型海洋中开始了相同的生命。胚胎发育的阶段重复着一个物种进化的每一步，从用鳃呼吸的水生居民到能够在陆上生活的生物。

7

后来一些陆地生物又回到了海洋中。经过大约 5 000 万年的陆地生活以后,许多爬行动物在大约 1.7 亿年前的三叠纪时期进入海洋中。它们是巨大可怕的生物。其中一些这样的生物拥有船桨一样的四肢，用来划水；一些则有脚蹼，有长长的、蛇一样的颈子。这些奇怪的庞然大物数百万年以前消失了，但是当我们在海上遇到游动许多英里的大海龟时，我们还会记得它们，它们藤壶一样的壳大声诉说着它们的海洋生活。再后来，或许不到 5 000 万年以前，一些哺乳动物也放弃了陆地生活，投向了海洋。它们的后代就是今天的海狮、海狗、海象和鲸鱼。

在陆生的哺乳动物中有一个家族开始在树上生活。它们的上肢经历了显著的演化，变得善于使用和检查物件，伴随这一本领的还有超强的脑力，这又弥补了这些较小型的哺乳动物在力量上的不足。最终，在广袤的亚洲内陆的某个地方，它们从树上爬下来，再次在陆地上生活了起来。过去的数百万年见证了它们进化出人一样的身体、大脑和精神的过程。

最终，人类又找到了回归大海的方法。伫立在海岸边，他一定十分惊愕而且好奇地看着大海，为他对自己血统的无意识的认知而迷惑。他不能真的像海狗和鲸鱼那样重归大海。但是几个世纪以来，他用自己的本领、大脑的独创力和理智探索和研究了海洋最便利的部分，因此他可以用智力和想象力重回大海。

他建造了船只，在海洋表面探索。后来他发现了带着空气潜入较浅的海床上的方法，作为已经不适应水生生活的陆地哺乳动物，他需要呼吸。着迷地在无法进一步深入的深海之上活动时，他发现了探索深海的方法，他放下了网去捕捉海洋中的生物，他发明了机械眼和耳朵去发现迷失已久的世界，但是在他的潜意识深处，这个世界他从未完全忘却。

然而他只有在他的母亲海洋应允的时候才能回去。他不能控制和改变海洋，就像他在地球上的短暂租期中征服和侵吞大陆一样。在他的城市和乡镇的人工世界中，他常常忘记了他的行星的真实本性和它长长的历史，人类只不过占据了地球历史的短短一瞬间。当他日复一日看着被海浪涌起褶皱的地平线不断退去，当黑夜里星辰从他的头上走过，他开始意识到地球的旋转，或者当孤身伫立于水天一色的世界里，他感受到了他的地球在太空中的孤寂时，在这样一段长长的海洋旅行中，所有这些事情都会清晰地呈现在他的脑海中。在那时，他才会认识到在陆地上从不会认识到的真理：他的世界是水的世界，这是一颗被覆盖地表的水主导的行星，而大陆不过是短暂刺破了环绕地表的海洋。

表层海水的模样

没有人知道海洋的甜美秘密，
它温柔而威严的颤动似乎在诉说着下面某个隐秘的灵魂。
——赫尔曼·梅尔维尔[①]

海洋表层水中的生物种类最为丰富，让人眼花缭乱。从航船的甲板上往下看去，连续几个小时，你可能都会看到水母头顶闪亮的圆盘；在你目之所及的地方都能看到它们轻柔律动着的伞膜点动着水面。或者有一天，你会在清晨时分注意到你的船经过了一片被无数微生物染成了砖红色的海域，这些微生物体内都含有橙色的染料颗粒。到了正午，你仍然还没有走出这片红海。当夜幕降临的时候，来自更多这种生物身上的磷光让海面上升腾起怪异的光芒。

当你看向栏杆以外的海洋，看到清澈的深绿色海水，突然一场由手指长的小鱼苗组成的银色小雨在那里降落，这时你不仅会再次窥探到海洋生命的丰富，还会看到它们的执着和不屈不挠。当它们像被追逐的猎物一样飞快地闪过，钻进绿色的深渊中时，它们的身体两侧在阳光下闪烁着金属的光泽。或许你从没有看到它们的天敌，

① 赫尔曼·梅尔维尔：19世纪美国最伟大的作家之一，代表作品是《白鲸》。

但是当你看到海鸥焦灼地鸣叫，等待着这些小鱼被驱赶到海面上来时，你就会意识到它们的存在。

1

也或许你在海上连续航行了几天也没有看到让你认为是生命或者有生命迹象的东西。一天一天,只有空荡荡的海水和空荡荡的天空。你或许会心安理得地得出结论，认为世界上没有比开阔的海洋更加缺少生命的地方了，但是如果你有机会在海水中抛下一个网眼细密的渔网，然后检查网底的泥沙，你会发现生命就像微小的灰尘一样分布在海洋表层水中的每一个角落。一杯水中或许会含有上千万硅藻这种微小的植物细胞，它们中的每一个都小到不是肉眼可以看见的。或者在这杯水中拥挤着无数的动物性生物，它们并不比一粒尘埃大一些，以比它们更小的植物细胞为食。

如果你有机会在夜晚近距离观察海洋的表层水，你会意识到其中生活着许许多多白天看不到的奇怪生物。这里生活着像摇曳的灯火一样的类似于小虾的生物，它们躲在幽暗的深水中度过白天；这里还活跃着阴影般的饥饿鱼儿和有着深黑色外形的乌贼。很少有人见过这样的生物。挪威文化人类学者托尔 · 海尔达尔在近代最不同寻常的旅行之一中有过这样罕见的经历。1947 年海尔达尔和他的五个同伴乘着用巴萨木做的木排在太平洋上漂流了 4 300 英里，要检验波利尼西亚的原著居民是乘木排从南美洲漂洋过去的传说。这些人在海面上连续度过了 101 个日日夜夜，为信风所逐，为赤道洋流所载，和海洋中的生物一样成了不屈不挠向西前行的风雨的一部分。因为他有这次让人羡慕的机会，可以去观察海洋表层生物并且作为其中的一部分和它们一起生活。我询问了海尔达尔先生对这次旅行的印象，尤其是他对夜晚的海洋的印象。他为我写下了下面的内容。

飞鱼

“主要在夜晚，有时也在大白天里，一群小乌贼会射出水面上来，完全就像飞鱼一样，升到六英尺[①]高的空中，直到用光在水里积蓄的力量，然后才无助地落下来。滑翔时，它们的皮瓣展开，从远处看上去就像小飞鱼。因此我们完全不知道我们看见的是不同寻常的场景，直到一只活的乌贼径直飞向我们的一位船员，最后落在了甲板上。几乎每天夜里我们都能在甲板上或者竹棚的屋顶上看到一两只乌贼。

“我自己的一个真切的感受是：海洋中的生物通常在白天会游到海洋深处，而夜越深，围绕在我们周围的生物就越多。人

① 英尺：长度计量单位，1 英尺≈0.3 米。

们只在南美洲和加拉帕戈斯群岛的海滩上见过被冲刷上来的蛇鲭鱼的遗体骨架，除此以外，人们还从没有见过活的蛇鲭鱼。但是我们曾两次清楚地看到这种鱼儿冲出海面，跳到木排上空（一次径直跳进了竹棚里）。根据它们的大眼睛和人们从前没有见到过它们的事实来判断，我倾向于相信它们是一种深海鱼类，只有在夜晚才会来到表层海水中。

"在漆黑的夜晚里，我们能看到许多我们无法辨识的海洋生物。它们似乎是只有在夜晚才会靠近海面的深海鱼类。通常我们看见的是它们发着磷光的模糊身影，这时候看上去通常有晚餐盘那么大。但是至少在一个夜里，我们看到了三个巨大的不规则身形，它们的形状在变化，大小也似乎超过了我们的木排（康提基号，测量为 45 英尺长、18 英尺宽）。除了这些大家伙们，我们还时常能观察到大量发着磷光的浮游动物，其中常常包括发光的桡足类动物，它们足有一毫米长。"

2

通过一系列经过微妙调整的复杂关系，海洋中所有区域的生物都与表层海洋有了联系。在阳光充沛的上层海域中的硅藻身上发生的事，或许也决定着躺在100英寻下的某个岩石峡谷中壁架上的鳕鱼，或覆盖着海底浅滩的颜色靓丽、绒毛优雅的海虫，或在几英里深漆黑海底的柔软海床泥滩上爬动的对虾的遭遇。

硅藻是很重要的海洋微观植被，而海洋微观植被的活动让海水中的矿物营养可以为动物所利用。海洋原生动物、许多甲壳纲动物、蟹幼虫、藤壶、海虫和鱼类直接以硅藻和其他微小的单细胞藻类为食。一群群小型食肉动物在这些平和的食草动物中活动，它们是食肉动物链中的第一环节。它们中有长得很凶恶的半英寸的小海龙——这是一种下颌尖锐的箭形蠕虫。它们中还有武装着触手的鹅莓一样的栉水母，以及用它们的具刚毛附属物从海水中过滤食物的类似虾的磷虾。供养着这些生物的奇特生物和海洋植物叫作“浮游生物”，因为它们随着洋流漂浮，没有试图动用任何力量或意志去抵抗海水。“浮游生物”一词来自希腊语，意思是“漫游”。

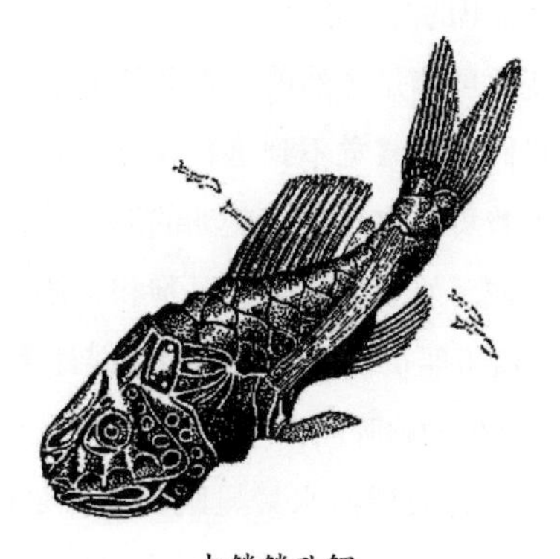

大鳞鳞孔鲷

食物链从浮游生物开始，接下来是以浮游生物为食的鱼类，像鲱鱼和马鲛鱼；再接着是以鱼为食的鱼类，像蓝鱼、金枪鱼和鲨鱼；再接下来是捕食鱼类的远洋乌贼；最后，位于食物链顶端的是大鲸鱼，这一族群根据物种不同分别以鱼类、虾或者一些最小的浮游生物为食，但是它们的食物与它们的身材大小没有必然联系。

3

尽管在我们看来似乎不着痕迹，但是海洋表面的确分成了明确的区域。表层海水的类型决定着海洋生物的分布。鱼类和浮游植物、鲸鱼和乌贼、鸟类和海龟都与特定的海水以不可斩断的纽带联系着——如温暖的海水或者冰冷的海水，清澈或浑浊的海水，富磷或富硅酸盐的海水。对于食物链高层的动物来说，这种联系不那么直接；它们趋向于含有丰富食物的海水，而成为它们食物的动物之所以在那里，则是因为那里的海水条件适合。

区域之间的变化可能是突然的。当我们的船在夜晚跨越一条无形的边界线时，我们可能察觉不到这种变化。查尔斯·达尔文在一个漆黑的夜里乘坐着贝格尔号在南美洲的海岸外，从热带海域跨越到了凉爽的南方海域。船立即被无数海狗和企鹅包围了起来，这幅奇怪喧嚣的场面让值班船员误以为船因为错误计算偏了航，靠了岸。他以为听到的声音是牛的哞哞叫。

在人类的认知中，表层海水最显眼的模样是由颜色来区分的。广阔远洋的深蓝色是空虚和荒芜的颜色；沿海区域的绿色，变幻着各种色彩，则是生命的颜色。海洋看起来之所以是蓝色的，是因为海水分子或者悬浮在海水中的十分微小的离子将太阳光反射回我们的眼睛中。在阳光走进深海的旅程中，光谱中所有的红色光线和大部分的黄色光线被吸收了，因此当光线回到我们的眼睛中时，我们看到的就主要是清凉的蓝色光线了。而在富于浮游生物的海水中，海水失去了镜面一样的通透性，因此不能允许光线穿透深深的海洋。

沿海水域中的黄色、棕色和绿色光线则来自那里数量十分丰富的微小藻类和其他微生物。这些含有红色或棕色色素的生物在某些季节里大量繁殖，因此会导致海水呈现出红色。因此，自远古时期，在世界上的许多地方，都会出现被称为“红潮”的现象。在一些封闭的海域，这种情况尤其常见。这些地方也因此被赋予了这样的名字——“红海”和“朱海”就是这样的例子。

海水的颜色仅仅是养活表层生命的条件存在与缺乏的间接迹象。其他眼睛看不见的区域才更大程度上决定着海洋生物的生存。因为海洋绝不是均匀一致的海水，某一部分海水的盐度比其他部分要高，也有某些区域的海水更温暖或更冰冷。

世界上最咸的海水来自红海，那里炙热的太阳和空气中汹涌的热量导致蒸发如此迅速，因此海水盐度达到了 4%。马尾藻海所处的地区空气温度很高，因为远离陆地，接收不到河水或融化的冰山的汇入，才成了大西洋中最咸的区域，也成了最咸的海域。正如人们所预期的那样，极地海洋是最不咸的，因为这里的海水不断地被雨水、雪和融化的冰川稀释。在美国的大西洋海岸上，从科德角外 3.3% 的海水咸度到佛罗里达州外 3.6% 的海水咸度的变化，在那里游泳的人可以轻易地感知到。

4

海水温度在极地海洋的 −2℃到波斯湾的 35.6℃之间变化，波斯湾中的水是世界上最热的海水。对于海洋生物来说，它们体内的温度必须与周围海水的温度一致，这一点几乎没有例外。而海水温度的变化巨大，这一变化或许是控制海洋动物分布的最重要的单一条件。

美丽的礁石珊瑚是温度决定某些生物的宜居区域的最完美例证。在世界地图上，在北纬30°和南纬30°的位置上各画一条线，目前我们发现的礁石珊瑚就都出现在这里。诚然，人们在北冰洋海域中发现了远古的珊瑚礁遗迹，但这只意味着在过去的时代，北极海域的气候是热带性气候。珊瑚礁的钙质结构只能在不低于21℃的水域中才能塑造起来。我们可以在北纬这条线上再向北延伸一点点，在北纬32°的百慕大，墨西哥暖流带来的温暖的海水为珊瑚的产生提供了条件。另一方面，在我们的热带区域中，南美洲和非洲的西部海岸的大片区域还要被排除在外，因为从深海中涌上来的冰冷海水妨碍了珊瑚的产生。佛罗里达州东部海岸的大部分区域都没有珊瑚礁，因为一条清凉的近海岸洋流在海岸和墨西哥暖流之间向南流去。

在热带和极地区域之间，生物种类和数量的差异十分显著。热带的温暖气温加快了繁殖和生长的进程，因此在冰冷的海水中，在一代生物成熟的时间里，更多代生物可以在这里繁殖生长。在一定的时间里，基因突变的概率增加；因此才有了令人眼花缭乱的热带生命。然而对于任何一个物种来说，在更冷的海域中，个体的数目才会更多。因为在更冷的水域中，矿物质的含量更加丰富。论表层海水中的浮游生物，没有比北冰洋中的桡足类生物更加丰富的了。热带海域中的浮游或自由游动的生命形式，比在更冷区域中生活得更深，因此表层水中的大型捕食者更加缺乏食物。所以在热带地区，海鸟的数量远远没有在北方或南方的渔场上空所见的剪嘴鸥、暴风鹱、海雀、锯鹱、白头翁和其他的鸟儿那么多。

在极地海洋的冷水中，很少有动物生下来就能游泳。它们一代又一代的子孙都在它们的双亲周围生活，这样一来极少数动物的后代就占据了大片的海底区域。在巴伦支海中，一艘科研船曾经一次捕捞起了一吨多重的硅质海绵，而斯匹次卑尔根岛东海岸外则铺满了某种环节蠕虫。冰冷海域的表层海水中则充满了桡足类和游动的蜗牛，它们又吸引来了鲱鱼和马鲛鱼、大群的海鸟、鲸鱼以及海狗。

在热带海洋中，海洋生命密集、活跃而且种类繁多；在冰冷的海域中，生命的进程在冰冷的海水中放慢了速度，但是这一水域中矿物质的丰富（很大程度是因为季节性的对流和因此带来的搅动）让生活在其中的大量丰富的生命形式成为可能。在许多年里，人们都毫不怀疑地认为更冷的温带地区和极地海域中的生物总繁殖能力远比热带地区更高。现在我们知道了在这一论断中还有一个重要例外。在某些热带和亚热带水域中，一些地方的生命丰富程度远远超过了大浅滩或巴伦支海或任何一个南极洲的猎鲸场。也许最好的例子是南美洲西海岸外的洪堡洋流和非洲西海岸外的本格拉洋流。在这两条洋流中，深层海洋中冰冷、富矿的海水上涌，为维持巨大的食物链提供了肥沃的营养元素。

5

在两条洋流相遇的地方，尤其是当它们在温度和盐度上有着巨大差异的时候，总会产生巨大的骚乱和不安，深处的海水被吸了起来或者上升起来，海面上涌动着旋转的漩涡和泡沫线。在这些地方，海洋生命的数量之大、种类之丰富最为显著。布鲁克斯（Brooks, S.C.）在乘船穿过太平洋和大西洋的巨大洋流时，目睹了那里变化的生命形式并记录下了当时的景象，细节栩栩如生：

“在距离赤道几度的地方，分散的云层变得越来越厚、越来越黑，混乱的浪涛涌了起来，暴风雨袭来又撤退，鸟儿出现了。最初那里只有许许多多的叉尾海燕，这里那里有一些另一种的海燕在船的两侧捕食，却似乎对船只本身毫不感兴趣，还有小群的热带鸟儿跟在船只一侧或在船只的上空飞行；然后队伍散乱的各种海燕出现了；最后在一两个小时里，似乎全世界的鸟儿们都飞到了这里，你伸出手来便可以碰到一两只。如果你当时离陆地不远，也许只有100英里远，像是在马克萨斯群岛以北的南赤道洋流，你或许还能看到大群的乌海燕或有羽冠的海燕。偶尔我们还能看到在水面上穿梭来去的鲨鱼灰蓝色的背影，或者一个巨大的紫棕色锤子头懒洋洋地在船周围扭动，似乎在寻找更好的角度来端详这艘船。飞鱼不像鸟儿那样只在特定的地方出现。它们不时地跳出海面，身材、身形和古怪的动作以及令人头晕目眩的模样，还有深棕色、浅蓝色、黄色和紫色的缤纷色彩，让看到它们的人迷惑不解。接着太阳再次出现，海洋换上了深深的热带蓝，鸟儿们变得稀少起来。随着船逐渐前行，海洋重归沙漠一般的模样。

“如果这里只有白天，那么同样的场景还会以类似于这样惊人的方式发生两次，甚至发生三四次。询问过后我们很快得知，这一景象标志着我们的船刚刚跨越了一条最大洋流的边缘……

锤头鲨

“在北大西洋的航道上，不同的演员在上演着同样的戏剧。在这里相遇的不再是赤道洋流，而是墨西哥湾流和它的延伸、北大西洋洋流和北冰洋海流。这里出现的也不再是混乱的浪涌和暴风雨，而是光洁如镜的海面和迷雾。各种贼鸥取代了热带鸟类的角色。海燕家族的不同物种（这里说的通常是剪水鹱和暴风鹱）成群在这里飞翔或游动……在这里我们还能看到的鲨鱼或许少了许多，但是海豚却多了起来。这些海豚要么在追逐船头的浪涌，要么一群群倔强地追赶着某个难以猜测的目标。年幼的虎鲸在海水中闪过黑色和白色皮肤，远处的鲸鱼突然喷起水柱抑或懒散地托着水柱漂流，这都让海洋焕发出勃勃的生机，就像飞鱼的滑稽动作一样，尽管它们可能离自己在热带的故乡十分遥远……你可能先从墨西哥湾流的蓝色海面上进入到了北冰洋海流的灰绿色海面上，这时候海面上漂浮的马尾藻和星星点点的彩虹色葡萄牙僧帽水母变成了几千只水母，接着在几个小时以后又一次进入了墨西哥湾流中。每一次，在交界处，你都会看到表层水中丰富的海洋物种的大展演，难怪大浅滩成了世界上最好的渔场之一。”

6

海洋中央的区域，是海洋盆地上环流的洋流的奔赴之地，通常是海洋中的沙漠。只有极少的鸟类和极少的在表层水中捕食的鱼类在这里生活，而且事实上连表层水中的浮游生物都如此之少，根本不足以吸引其他物种前来。在这些区域生活的生物栖息地大多局限于深海中。马尾藻海是个例外，其他海洋盆地的反气旋中心无法与之匹敌。它与地球上的任何其他地方都如此不同，因此应该被看作是独特的地理区域。在切萨皮克湾的入海口和直布罗陀海峡之间画一条线，这条线正好在它的北方边界之外；而在海地和达喀尔之间画一条线，这条线则是它的南方边界线。马尾藻海环抱着百慕大群岛并且有超过一半的部分延伸在大西洋中，它的面积大约有美国那么大。马尾藻海有着许多与船只相关的恐怖传说，它是北大西洋海流的诞生地。北大西洋海流绕着马尾藻海流动，为它带来了成吨的漂浮的马尾藻和生活在这些海草中的大群奇怪的动物。马尾藻海也因此而得名。

马尾藻海是一个被风遗忘的地方，较强的水流也只在外面包围着它流淌，就像护城河一样，从不敢打扰它。在几乎总是见不到一丝丝云彩的天空下，这里的海水是温暖而且咸涩的。因为远离海滨河流和极地冰川，这里没有淡水汇入来稀释它的盐度。唯一汇入其中的流水是来自附近的洋流的海水，尤其是从美国流向欧洲的墨西哥湾流或北大西洋海流。伴随着这稀少的表层水汇聚而来的，还有在墨西哥湾流上漂流了数月甚至一年的植物和动物。

马尾藻海中的水草是归属于几个不同种属的棕色海藻。在西印度群岛和佛罗里达州的海岸外的礁石或岩石露头上，生长着许多海草。许多这样的植物会被暴风雨撕扯下来，在飓风季节尤其如此。它们被墨西哥湾流卷起，带着向北方漂流。和这些海草结伴的还有一些身不由己的同行者——许多小鱼、蟹、虾和无数混杂的海洋生物物种的年轻后代。它们的家就是马尾藻形成的岸堤。

这些乘着马尾藻迁徙到新家的动物身上发生了奇怪的变化。它们曾经在海岸边附近生活，那里的海水只有几英尺或几英寻深，因此它们从来没有远离过踏实的海底。它们熟悉海浪和潮汐的律动，能够随意地离开海草的庇护，在海底上跑动或游动着寻找食物。但是在海洋中央，它们面对的是一个全新的世界。海底在他们下面两三英里的地方。那些游泳水平不太高的物种必须紧抓着海草不放，在这里海草成了它们的救生船，支撑着它们不坠入万丈深渊。从它们的祖先来到这里以后，在悠悠的岁月里，一些物种渐渐进化出了独特的黏附器官：有一些生物是自身拥有了这样的器官，有一些是它们的卵上进化出了这样的器官。这样它们就不会坠到下面冰冷漆黑的海水中去了。飞鱼会用水草编织出巢穴来盛放它们的卵，这些卵的样子像极了马尾藻的气囊或者“浆果”。

事实上，在这个海草丛林中，许多海洋小怪兽似乎都在玩一个尽力伪装的游戏，它们把自己伪装起来让其他的动物难以发觉。马尾藻海参是一种没有壳的软体动物，它不成形状的柔软的棕色身体上点缀有深色边缘的圆点，身体边缘有皮瓣，皮肤有皱褶，因此当它在海草上爬动着寻找食物时，几乎难以和植物区分开。这个地区最凶残的食肉动物——马尾藻躄鱼（Pterophryne）十分忠实地复制了这种海草的蕨型枝叶、金色浆果、深棕色的颜色，甚至还有皮壳状虫管上的白色斑点。所有这些精心安排的拟态伪装都让在马尾藻海丛林中上演的你死我活的凶残斗争昭然若揭——显然，对弱者或粗心的一方而言，宽容和怜悯是不存在的。

7

在海洋科学界，关于马尾藻海中漂浮的海藻的来源一直存有争议。一些人认为马尾藻是由从海岸地区新撕扯下来的海草来供应的；还有人说西印度群岛和佛罗里达州有限的马尾藻生长地不足以供应偌大的马尾藻海。他们认为马尾藻海中的马尾藻是自生自长的植物群落，它们已经适应了这片开阔的海域，不需要根系或者其他东西来附着，能够像其他的植物一样繁殖。或许这两种说法都是对的。每年的确都有少量新的植物来到这里，而且一旦它们来到这片宁静的大西洋中央海域，它们就会拥有很长的寿命，因此才渐渐覆盖了巨大的洋面。

从西印度群岛海岸上撕扯下来的海草需要大约半年的时间才能来到马尾藻海的北部边缘，而且或许还需要数年才能被带到这个区域的内部。同时，一些海草也被暴风雨冲到了北美洲的海岸上；还有一些在从新英格兰州跨越大西洋的过程中被冻死了——在这个旅途中墨西哥湾流遭遇了来自北冰洋的寒冷海水。最终能抵达平静的马尾藻海的植物一定是真正不朽的。美国博物馆的帕尔（Parr，A.E.）最近说，这些属于多个物种的植物有的能活几十年，有的能活几个世纪。现在假如你去到马尾藻海，你看到的那些海草或许也是哥伦布和他的伙伴们当年看到的水草。今天，在大西洋的中心，这些水草还在无休无止地漂浮、生长，用裂殖的方式来繁殖。显然，只有那些漂浮进了马尾藻海周围的不利环境中，或者被向外流动的洋流带走的植物，才会死去。

每年从远方海岸上远道而来的海草平衡了这样的损失，甚至弥补之外还有盈余。要积累这样巨大规模的海草，一定用了许多许多年。帕尔估计这里的海草足有 1 000 万吨。但是这些海草分布在如此巨大的洋面上，所以马尾藻海看起来还是一片开放的海洋。茂密到足以牵绊住一艘船的景象从没有发生过，而且恐怕只存在于水手的想象里，而注定要在海草的纠缠中无休无止漂浮的阴森大船，不过是从未成真的幽灵故事罢了。

岁月更迭

年轮流转，四季交替。

——弥尔顿[①]

就海洋整体而言，日夜变换、四季更新和年轮流转都消失在了它的广阔无垠中，磨灭在了它的亘古不变里。但是表层海水是不同的。海面永远在变化。它因为交错的色彩、光线和阴影而斑驳，在灿烂的阳光下闪耀，在昏黄的日落中散发着神秘的气息，它的样子和情绪每个小时都在变化。表层海水随着潮汐而运动，因风的呼吸而搅乱，起起伏伏成就了永远追逐着的波浪。通常时候，它们随着季节的推进而变化。春天在北半球的温带地区走过，带来了新的生命潮汐：绿芽和含苞待放的苞蕾被催生了出来，北归的鸟儿蕴含着所有的神秘和意义，迟钝的两栖动物伴随着青蛙从潮湿的土地中发出的合唱慢慢醒来，风儿扰动了绿叶，发出了不同的声音，而在一个月以前，它还仅仅只是吹得枯枝作响。这些事情都与陆地有关联，因此我们可以很容易地想到海上的春天是不会让我们产生这种推进的感觉的。

① 弥尔顿（John Milton，1608 年 12 月 9 日—1674 年 11 月 8 日）英国著名诗人，代表作品有长诗《失乐园》《复乐园》。

但是其实景象就在那里；有善于观察的眼睛，你就会发现海洋也有同样神奇的觉醒的感觉。

在海上和在陆地上一样，春天都是万物复苏的时节。在温带地区漫长的冬天里，表层海水一直在吸收寒意。表层重的海水开始下沉、滑落，下层的温暖海水升了起来。大陆架的海床上积累起丰富的矿物质——其中一些是从大陆河流上运输而来；一些源自死去的海洋生物，它们的遗骸落到了海底；一些来自硅藻的壳、放射虫流动的原生质或翼足类动物的透明物质。海洋中的物质从不会浪费。物质中的每一个颗粒都被不同的生物反复利用。到了春天，海水被大规模搅动，海底温暖的海水升到海面上来，提供了丰富的矿物质，为新生命的诞生做好了准备。

1

就像陆生植物需要依赖土壤中的矿物质才能生长一样，每一棵海洋植物，甚至连最小的海洋植物，都要依赖海水中的营养盐或矿物质。硅藻需要二氧化硅才能形成它们脆弱的外壳。对这些和其他的微型植物来说，磷是不可或缺的矿物质。一些此类的元素含量很低，到了冬天甚至减少到了维持生长最低需要的水平以下。硅藻群落必须竭尽全力才能熬过这个季节。它面临着严重的生存问题——就是通过形成坚韧的保护性芽孢来对抗残酷的冬天，从而保持生命的火花不灭；就是在已经收回了最基本的生命给养的环境中，在不能向环境有任何索取的沉睡状态下保持生存状态。因此硅藻在冬天的海洋中坚持着，就像小麦的种子在冰雪覆盖的田野里坚持着一样。春天的生机就来自这样的种子。

因此,这些就是促使海洋的春天爆发的元素:沉睡植物的“种子”、丰富的化学元素和春日阳光的温度。

在速度惊人的突然觉醒中，海洋中最简单的植物开始繁殖。它们以天文级的速度增长。春天的海洋最初属于硅藻和所有其他的微型浮游植物。在疯长的时候，它们的细胞编织成的活地毯铺满了大片的海洋。数英里的海域呈现出红色、棕色或绿色，大片海面呈现出了每一棵植物细胞中含有的微小色素颗粒的颜色。一时之间，这些植物统治海洋的地位无可动摇。几乎在同一时间里，一种小型浮游动物的增长规模几乎追赶上了硅藻的繁殖爆发力。春天还是桡足类动物和箭虫、海虾和有翼蜗牛（winged snail）繁殖的季节。一群群这样的浮游小怪兽饥饿地在海水中游荡，捕食丰富的植物，而它们自己又会不小心沦为更大动物的猎物。在春天，表层海水就变成了巨大的育儿室。从躺在深海的大陆架边缘,从分散的浅滩和沙洲上,许多海底生物的卵或后代或游或爬，来到了海面上。甚至连那些成熟时会沉到海底定居的生物，也会在生命的前几个周里成为自由游动的浮游生物捕食者。因此，伴随着春天的推进，每天都有新一批年轻生物来到水面上，一段时间里，鱼儿、蟹、贻贝和管虫的后代跟浮游生物的常规成员过起了群居的生活。

在它们持之以恒的贪婪啃食下，表层海水中的“牧场”很快就被耗尽了。硅藻越来越没有生气，数量也越来越少，同样如此的还有其他简单植物。不过在这段时间里，仍然还有一个或另一个物种的短暂爆发，在细胞分裂的突然狂欢中，某一物种就宣布占领了整片海域。因此，每年春天都会有一段时间，这里的水一片片被果冻一样的棕色物质占据，渔民们拽上来的网也仅仅挂着一些棕色的烂泥，根本没有鱼。因为这时候鲱鱼已经离开了这片海水，仿佛是厌恶这些散发着恶臭的黏稠海藻。然而，在满月还没有完全变为新月的时候，棕囊藻的春季花期就过去了，海水也又一次干净了。

2

到了春天，海水中充满了正在迁徙的鱼儿，它们中的一些要奔赴大河的河口，而且将会在那里产卵。它们中有从幽深的太平洋觅食场来到哥伦比亚河翻滚的洪流中进行春季洄游的大鳞大麻哈鱼群，有向切萨皮克湾、哈德孙湾和康涅狄格河迁徙的美洲西鲱，有迁徙到新英格兰的上百条沿海河流的灰西鲱，还有摸索着奔赴佩诺布斯科特河和肯尼贝克河的鲑鱼。数月或数年来，这些鱼儿都只知道海洋这巨大的空间。如今春季的海洋和它们自己身体的成熟敦促它们回到了出生的河流。

其他神秘的来来去去都与一年的推进关联着。毛鳞鱼聚集在巴伦支海冰冷的深水中，跟随在后面追逐着这些鱼群的还有成群的像海雀、暴风鹱和三趾鸥这样的天敌。鳕鱼会靠近罗夫敦群岛的海岸，又在冰岛的海岸边聚集。冬天在整个大西洋或太平洋上捕食的鸟儿，如今会聚集在某个小岛上，整个繁殖种群在几天的时间里都来到了这里。鲸鱼也突然出现在了成群的虾（比如磷虾）产卵的海岸斜坡外。没有人知道这些鲸鱼来自哪里，也没有人知道它们走的是什么样的路线。

随着硅藻的下沉和许多浮游动物和大部分鱼儿产卵的完成，表层水中的生物减缓了速度,来到了慢节奏的仲夏。在洋流交汇的地方，成千上万只浅色的海月水母聚集着，形成了弯弯曲曲的线，或是在几英里的海上排起了队伍。鸟儿们看见它们的灰色身形在绿色的深海中发着微微的光亮。在仲夏之前，大大的红色水母——霞水母就已经从顶针那么大长到了雨伞那样大。这些巨大的水母带着有规律的脉动在海面上前行，拖着长长的触手，很可能驱赶着一小群小鳕鱼或黑线鳕。这些鳕鱼在水母的伞下找到了庇护,于是和它一起旅行。

鲑鱼

夏季的海洋常常会被一种十分璀璨的磷光点亮。在夜光虫这种原生动物十分丰富的水域中，这种生物就是夏季荧光的主要来源。因此，鱼儿、鱿鱼和海豚笼罩在了鬼影一般的光彩中，它们就像飞驰的火焰一样充满了海洋。或者说夏季的海洋闪烁着数不尽的星星点点的火光，就像在幽暗的森林中飞舞的大群萤火虫。制造出这种磷光的，还有一群荧光璀璨的虾——北方磷虾。这种生物生活在冰冷漆黑的地方，是在海洋深处冰冷的海水上涌、在海面上翻滚出白色波纹时来到这里的。

宽咽鱼；霞水母

在北大西洋的浮游生物形成的“牧场”上空，瓣蹼鹬这种棕色的小鸟盘旋、折回、俯冲或飞起，直到此时才发出了初春之后的第一声干涩的嘁喳叫。瓣蹼鹬在北极的冻土上筑巢产卵，孵育幼鸟。如今它们中的第一批鸟儿开始回归海洋了。它们中的大多数要继续前行，跨越远离陆地的大片海域，穿过赤道来到南大西洋。它们要追随着大鲸鱼的路线，因为鲸鱼所在的地方有着大群的浮游生物，而这些奇怪的小鸟们就靠着这些食物才养肥了自己。

3

随着秋季的到来，还有一些其他的活动在进行着，有的发生在海面上，有的隐藏在绿色的深渊中，它们都预示着夏季的结束。在白令海峡迷雾笼罩的海上，在阿留申群岛之间危机暗藏的海道上，成群的海狗正在向南方开阔的太平洋上游去。被它们留在身后的是两座火山灰形成的小岛，它们耸立在白令海峡的水上，岛上没有长一棵树。这些岛上现在沉寂无声，但是在夏季的几个月里，这里回响着来这里生产、养育后代的海狗喧闹的咆哮，东太平洋中的所有海狗都簇拥着赶到了这个充斥着乱石和干裂土壤的、只有几平方英里大的地方。如今这些海狗再一次回归南方，沿着完全淹没在水下的大陆架的崖壁前行，这些深海中的断崖十分陡峭。在比北极水还要漆黑的海水中，当海狗游动着捕食在这漆黑的水域中的鱼类时，它们会找到丰富的食物。

秋天带着新鲜的磷光回到了海上，这时候每一个波浪都像是被点燃了一样。整个海面上到处都闪烁着大片冰冷的火焰，而在水下，成群的鱼儿推动着像熔化的金属一样的波浪。通常秋季的磷光是由秋季开花的鞭毛藻导致的，在春季的花期过后，在这次短暂的花期中，它们疯狂地繁殖。

有时候，闪光的水域代表的意义并不吉利。在北美洲的太平洋海岸外，它或许会意味着海洋中充满了膝沟藻这种微小的植物。这种植物中含有一种有着奇怪而可怕毒性的毒素。在这种植物占据这片海域的四天后，附近的一些鱼类和贝类就会产生毒性。这是因为，在正常的进食过程中，它们会把有毒的浮游生物从海水中过滤出来。贻贝会在它们的肝脏中聚集膝沟藻毒素，这种毒素对人体的神经系统的作用和士的宁相似。因为这些原因，太平洋沿岸的居民都知道吃从暴露在开放的海洋面前的海岸上捕获上来的贝类是不明智的。因为在夏季或者早秋，在海洋中膝沟藻的数量也许很丰富。在白人到来之前的年月里，印第安人也懂得这一点。海面上一旦出现红色的斑块，而且在夜里海浪中开始闪烁神秘的蓝绿色火光，部落的首领们就会禁止捡拾贻贝，一直到这样的警告信号不再出现。他们甚至还会在海岸一线隔不远安排一个守卫。当内陆人来到这里，想要捡拾贝类却不懂得海洋的语言时，他们就会上去警告他们。

但是通常海洋的火焰和闪光，无论制造这些火焰和闪光的生物要表达什么，对人类来说都不是威胁。在开放的海洋上，一艘船就像在海天之间广阔世界里的一个人造瞭望塔，站在这艘船的甲板上看去，会让人产生怪异而神秘的感觉。人，虚荣狂妄，总是无意识地将除了日月星辰以外的所有光亮归结于人自己的原因。海岸上的灯火和水上移动的灯火意味着被其他人点燃和控制的灯火，起着人的头脑能够理解的作用。然而还有一些灯火闪烁过后又消失，还有一些灯火因为对人类毫无意义的原因出现又离去，还有一些灯火自时间伊始就在这样闪烁着，那时候还没有人因为他莫名的不安去干扰它的光亮。

在这样一个磷光闪烁的夜晚，查尔斯·达尔文站在贝格尔号的甲板上，自大西洋向南驶往巴西的海岸。

> “磷光闪烁的海洋展示出了它精彩而且异常美丽的一面（他在自己的日记中写道）。在白天看上去像泡沫一样的海洋到了夜晚每一个部分都闪烁着暗淡的光芒。船头驱赶着两个液态磷一样的巨浪，在她的船尾则是长长的乳白色巨浪。目之所及，每一朵浪花都光彩夺目；在水面反射的光亮中，刚刚高过地平线的天空并不完全像余下的天空那样漆黑。看着这样朴素的景象融化消失在太阳光下，你会不由得想起来弥尔顿对混乱和无政府状态的地区的描写。”

4

就像秋天的叶子在枯萎和凋零之前会长出火一样的颜色一样，秋天的磷光也预示着冬天的到来。在焕发了短暂的生机过后，鞭毛藻和其他微小的藻类减少到了零落的几株；虾和桡足类还有箭虫和栉水母也是如此。海底生物的幼虫早已经完成了生长发育，漂浮了上来，随遇而安地生活了起来。甚至连游动的鱼群也抛弃了表层海水，迁徙到了温暖的维度或者在大陆架边缘更深处的安静水域中找到了相同的温暖。在那里，半冬眠的迟缓状态将会降临到它们身上，让它们在整个冬季沉沉睡去。

这时表层海水成了冬季狂风的玩物。当狂风在海面上卷起巨大的风浪，在浪头上咆哮，将海水鞭打成泡沫和漫天的水雾时，看上去就像生命永远地抛弃了这个地方。

关于冬季海洋的情绪，我们可以从约瑟夫·康拉德的描写中去了解：

> “笼罩在整片巨大海面上的灰色、波浪表面被风吹起的沟壑、像灰白毛发一样翻滚摇曳的巨大泡沫让狂风中的海洋看起来老态龙钟、暗淡无光，仿佛在光还没有被创造以前，它就在了。”

但是甚至在这冬季苍凉的灰色海上，希望的迹象也不缺乏。在陆地上，我们知道冬季看似毫无生气是一种错觉。仔细观察一棵树木光秃秃的枝条，这时候还看不到一丝绿意。然而，沿着枝条每隔不远就有一个叶芽，所有春天神秘纷繁的绿意都隐藏在这里，安然无恙地储存在互相间隔又互相重叠的一层层树木组织中。剥掉树干上的一层粗糙的树皮，在那里你会发现冬眠的昆虫。挖开地面上的一层积雪，在那里你会看到诞生出下一个夏季的蚱蜢的卵，还有将会长出青草、作物和橡树的休眠的种子。

因此，冬季海洋的了无生机、满目苍凉和绝望也都是假象。处处都是一个循环完美结束的证据，包含着重新启动的手段。新的春天来临的希望就蕴藏在冰冷的冬季海洋中，就蕴藏在冰冷的海水中。用不了几个周，表层海水就会变得如此沉重，开始向下沉去，促成了海水的倒转。而海水倒转就是春天这场戏剧的第一幕。在小小的植物中蕴藏着新生命的希望。就像黏附在海底岩石上类似植物的水螅珊瑚，它几乎不成形状。到了春天，新一代水母会从它们上面长起来然后游到海面上去。在海底冬眠的桡足类动物，躲避了海洋表面的暴风雨。出于某个无意识的目的，它们拥有着懒散的身形。在它们微小的身体中储存的额外脂肪维持着它们度过冬眠，让它们在春天到来的时候重新醒来。

拥有着灰色身形的鳕鱼穿越人类看不见的冰冷海水去到产卵地，它们玻璃珠一样的卵会升起到表层海水中。甚至在冬季海洋这个残酷的世界中，这些卵还是会快速分化，一颗原生质颗粒慢慢变成了一条快活蹦跳的小鱼苗。

最重要的或许是，在表层海水的微尘中，看不见的硅藻孢子只需要温暖的阳光和肥沃的化学物质的轻轻触碰，就可以重新开启神奇的春天。

不见天日的海洋

在大鲸鱼游过的地方，
睁大眼睛，航行，航行。
——马修·阿诺德[①]

在开阔的海洋上，阳光照耀的水面和海床上的隐秘山岭和峡谷之间是海洋中最不为人所了解的区域。这幽深、漆黑的海水中蕴藏着它所有的秘密和未解的难题。这样的海占据了地球相当大的一部分。世界上的全部海洋占据了地球表面的3/4。哪怕我们除去大陆架较浅的部分和零落的海岸和沙洲，因为这些地方至少还有一缕幽灵般的暗淡太阳光慢慢扫过它们下面的海底，即使这样仍然还有一半的地球面积被几英里深、难以透过任何光线的海水覆盖着。自从世界开始的时候就是这样。

这个地区更加坚定地守护着自己的秘密。人绞尽脑汁也才只能到达它的门槛前。人要戴上潜水头盔才能在10英寻深的海底行走。穿上全套的潜水服，全副武装，背着足够的氧气，以至于步履维艰，他才能下潜到最多500英尺深的水下。在整个世界历史中，只有两

① 马修·阿诺德：19世纪英国诗人，评论家。

个人曾经活着下潜到了可见光的范围以外。他们是威廉·贝比和奥蒂斯·巴顿。1934年，他们乘坐深海潜水球在百慕大以外的开阔海域中下潜了3 028英尺深。1949年夏天，巴顿独自坐在被称为深海球形潜水器的钢球中在加利福尼亚州外的海上下潜了4 500英尺深。

[1961年注：人类亲自去探索海洋最深处的梦想在过去10年里实现了。通过坚持不懈的努力、充满愿景的想象以及工程师的技艺，一种水下潜艇被研发了出来。它可以带着人类观察者突破深海的巨大压力来到这些深渊中。这在几年以前还是人类难以想象的。

深海探索的先锋是奥古斯特·皮卡德教授，他是瑞士的物理学家，因为乘坐热气球升入平流层而享誉国内外。皮卡德教授提议了这种可以下潜的工具。这种工具不像球形探测仪那样悬浮在绳索的末端，而会自主地运动，不用在海面上施加控制。目前三个这样的深海潜艇已经建成。观察者们乘坐着一个可以抵抗压力的球体，这个球体悬浮在一个金属的包裹下面。这个金属的包裹中容纳着高辛烷值的汽油，它是一种非常轻、几乎不能压缩的液体。装载着铁颗粒的舱体提供了压舱体；电磁体约束着这些颗粒，可以在潜水员准备返回水面上的时候通过按键释放这些颗粒。第一台深海潜艇是比利时科学研究基金会资助的，被称为FNRS—2（FNRS—1是平流层气球，也是该基金会资助给皮卡德的）。FNRS—2在无人驾驶的实验下潜中表现出了巨大的前景，但是也有一些缺陷。这些缺陷在后期建造的潜艇中做了修正。第二台深海潜艇FNRS—3是在比利时政府和法国政府签订的协议下建造的，由皮卡德和雅克·库斯托指导。在这台深海潜艇完成以前，皮卡德教授去了意大利开始建造第三台深海潜艇，并把这台潜艇命名为“的利亚斯特”。

FRNS—3 和的利亚斯特在 20 世纪 50 年代进行了具有历史意义的下潜，带着人来到了海洋的最深处。1953 年 9 月，皮卡德教授和他的儿子雅克乘坐的利亚斯特来到了地中海 10 395 英尺深的水中。这个数字超过了之前记录的两倍。接着，在 1954 年，两个法国人乔治·胡特和皮埃尔－亨利·威廉乘坐着 FNRS—3 穿透了更深的海洋，来到了位于非洲海岸上的达喀尔海岸外 13 287 英尺深的海洋中。1958 年，美国海军研究办公室从皮卡德一家那里购买了的利亚斯特号潜艇。第二年，的利亚斯特号被带到了关岛，著名的马里亚纳海沟就在这附近。回声探测显示它是地球海洋上已知的最深的海沟。在 1960 年 1 月 23 日，雅克·皮卡德和丹·沃尔什驾驶着的利亚斯特号下降到了这个海沟的最深处，也就是海平面以下 35 800 英尺（或者说接近 7 英里的）深的地方。]

1

尽管只有极少数幸运的人能够来到深海中，海洋学家们的精密仪器可以记录光透射、压力、盐度和温度，这些材料可以允许我们在想象中重新构建出这些可怕的禁忌之地的样子。表层海水会对每一阵风都有感应，它知晓白天和夜晚，会对太阳和月球的牵引力产生反应，会随着季节的变化而变化。而深海和表层海水不一样，它即使有变化，这一变化也来得很慢很慢。在太阳的光线接触不到的深渊下，没有光和黑暗的变化。那里只有无尽的黑夜，这个黑夜和海洋本身一样的古老。对于这里永远在漆黑海水中摸索着活动的大部分生物来说，这是一个永远在饥荒中的世界，食物匮乏难觅，栖息地无遮无拦，随时会被无所不在的天敌捕食。在这里，一只生物不停地在黑暗中行走，从生到死，圈禁在这一属于它的监狱一样的海水层中。

人们过去认为没有什么生物能在深海中生存。这种说法我们很容易相信，因为在没有证据的情况下，谁会相信在这样的地方还有生物生存呢?

2

一个世纪以前，一位英国生物学家爱德华 · 福布斯写道:“随着我们在这一区域下潜得越深，我们发现在这里栖息的动物也变得越来越少，越来越少。这说明我们来到了一个生命要么绝迹，要么不肯留下生存痕迹的深渊。”然而福布斯还是希望人们能继续开发“这片广袤的深海地区”，好永远地解开在这深渊中是否有生命存在的谜题。

即使在那些时候，人们也积累了一些证据。约翰 · 罗斯爵士在1818年探索北极海的时候,从1 000英寻深的海底打捞起了一些泥巴,在这些泥巴中有一些蠕虫。这证明了在深海海底上生存着一些动物生命，尽管那里只有黑暗、不变、寂静和来自上面超过一英里深的海水产生的巨大压力。

1860 年，斗牛犬号测量船又送来了另一个报告。这艘船在监测从法罗群岛到拉布拉多之间的电缆项目中的一条北线，它的测深索每到一个地方，可以在水底停留上一段时间。当它在 1 240 英寻的海底停留了这样一段时间后，它带上来了 13 只海星。因为这些海星，这艘船上的自然学家说，“深海终于公开了它隐藏已久的秘密”。但在当时，许多动物学家并不接受这样的信息。一些抱怀疑态度的人坚定地认为这些海星是在绳索返回海面的途中才“痉挛性地抱住”了这条绳索。

在同一年里，也就是 1860 年，地中海里一条被安置在 1 200 英寻深的海底上的电缆被提了出来修理。人们发现，这条缆绳表面包裹了厚厚的珊瑚和其他的固着动物。它们在生长发育的初期阶段就将自己粘到了这根电缆上，并且在上面生长了数个月或者数年才成熟。因此，它们绝不可能是在电缆被拉到海面上的过程中才挂到电缆上去的。

1872 年，挑战者号从英格兰出发，做了环球航行。它是第一艘专门为海洋探索而装备的船。从躺在数英里深海水下的海底上，从布满了红色软泥的寂静海底中，从伸手不见五指的中间海水里，一网又一网怪异而精彩的生物被打捞了起来，并被倾倒在了甲板上。注视着这些这样被打捞起来、首次见到天日的未知而奇怪生物，挑战者号的科学家们才意识到在这深渊的底部甚至也是生存着生物的。

人类最近发现，一群不知名的活的生物分布在水下几百至上千英寻的大部分海水层上。这一发现是许多年来人们收获的最有趣的海洋信息了。

3

在20世纪的前1/4期间，回声探测的应用使得运行中的轮船可以记录海底的深度，而且或许也没有人会想到这项技术成了让我们对深海生物有更多了解的新途径。然而，使用这一新仪器的人很快发现，从船上向下发出的声波就像一束光一样，遇到任何固体物质都会被反射回来。回声会从海洋中央的深度传回来，或许是遇到了鱼群、鲸鱼或者其他的海底生物。

这一理论在20世纪30年代末期就得到了很好的研究，那时渔民们已经开始用回声探测仪来寻找鲱鱼群了。接着到了战争年代，全部关于海底探索的问题都受到了严格的安全管制。在这一段时间里，关于海底探索我们几乎再没有新的收获。然而，1946年，美国海军发布了一则重要的公告。这一公告宣布几名科学家用超声设备对佛罗里达海岸外的深海进行了探测，发现了分布十分广泛的一层某种物质，这层物质对声波进行了反射。这一反射层看似悬空在太平洋的海面和海底之间，却覆盖着300英里宽的区域。它位于水面下1 000 ~ 1 500英尺的地方。做出这一发现的三位科学家是艾林（C. F. Eyring）、克里斯滕森（R. J. Christensen）和瑞特（R. W. Raitt）。1942年他们乘美国的碧玉号发现了这一神秘的海水层。一时之间，这一让人们完全摸不着头脑的神秘现象被叫作ECR层。接着，在1945年，美国斯克里普斯海洋研究所的一位海洋生物学家马丁·约翰逊有了进一步的发现，这一发现逐渐为我们揭开了这一层物质的神秘面纱。在斯克利普斯的船只外面工作时，约翰逊发现传回回声的这种物质会有规律地上下移动，在夜晚的时候离海面近，白天在深水中。这一发现排除了反射来自某个静止的物体，比如不连贯的水层的猜想，并且表明这一个特殊的层是由能够进行可控运动的生物组成的。

从那以后，人们很快收获了很多关于海洋中这一“幽灵海水层”的发现。随着回声探测仪器的广泛使用，人们清楚了这一现象并非是加利福尼亚州海岸所独有的。这种现象在深海盆地中普遍存在——它白天在几百英寻的深度漂浮，晚上向海面靠近，在日落之前又再度游回深海。

1947 年，美国的亨德森号在从圣地亚哥返回南极洲的旅途中，在一天的大部分时候都能探测到这一反射层，而且它的深度在 150 ~ 450 英寻之间变化。后来在从圣地亚哥到日本横须贺的另一次航行中，亨德森号的回声探测仪再次每天都能记录到这一神秘的层，这说明在整个太平洋上它几乎是连续地存在的。

4

1947 年的 7 月份和 8 月份，美国的海神号做了从珍珠港到北极的连续的水深图，它发现这一分散的层遍布于沿途所有的深海中。不过在较浅的白令海峡和楚克奇海上没有发现这一层的踪迹。有时在早上，海神号的探测仪会发现两个这样的层，它们对逐渐明亮的海水有两种不一样的反应。它们都会向深水中游去，但是下潜的时间相差 20 分钟。

尽管很多人想获得这层物质的样本或照片，但是还没有人能确定这一层是什么。不过到了这时候，真相已经不远了。这时主要有三种理论，每一种都有一群支持者。根据这些理论，海洋的这一幽灵层或许是由小浮游虾、鱼或乌贼组成的。

关于这一浮游生物的理论，最令人信服的论据是一个众所周知的事实，那就是：许多浮游生物会有规律地垂直迁徙几百英里，在夜晚升到靠近海面的地方，在清晨很早的时候再游回到光线穿透区以下的地方。这显然就是这一分散的层的行为模式。不论是什么组成了这一神秘的层，它显然都十分厌恶阳光。在日光中，这一层的生物几乎像是太阳光线末端或远处的囚犯，只等待着期待已久的黑暗到来才匆匆赶到表层水中去。驱逐它们的是什么样的力量；一旦这一抑制力消失，又是什么吸引着它们向水面走去？是因为在水下更安全，它们才回归黑暗？还是因为表层水中食物更丰富，它们才在夜色的掩护下被吸引了回来？

那些说鱼是声波的反射者的人，通常这样解释这一层的垂直迁移现象，他们说鱼儿会捕食浮游虾类并追逐着它们的食物。他们相信鱼类的鱼鳔是所有其他相关结构中最有可能回传强烈回声的结构。要接受这个理论，首先还得突破一个理解难题：那就是我们没有其他证据可以证明鱼类的集中分布在整个海洋中是普遍存在的。事实上，我们知道的几乎所有其他事情都说明，真正密集的鱼群生活在大陆架上或在食物尤其丰富的某些远洋上的特定区域。如果这一反射层最终被证明是由鱼类组成的，关于鱼类分布的普遍观点就会被彻底改写。

5

最让人惊讶（似乎也是支持者最少的一种）的理论是这一层中包括分布在其中的乌贼，“它们在海洋的发光层以下徘徊，等待着黑夜的回归，好发起对富于浮游生物的表层海洋的进攻”。这一理论的支持者解释说，乌贼的数量足够丰富，分布范围也足够广，能够给出这种从赤道到两极几乎无所不在的回声。我们知道，乌贼是生活在所有温带和热带水域远洋上的抹香鲸的唯一食物，它们还成了巨齿鲸的专门食物，并且大部分其他的齿鲸、海狗和许多海鸟也只以它们为食。所有这些事实都证明乌贼的数量一定极为丰富。

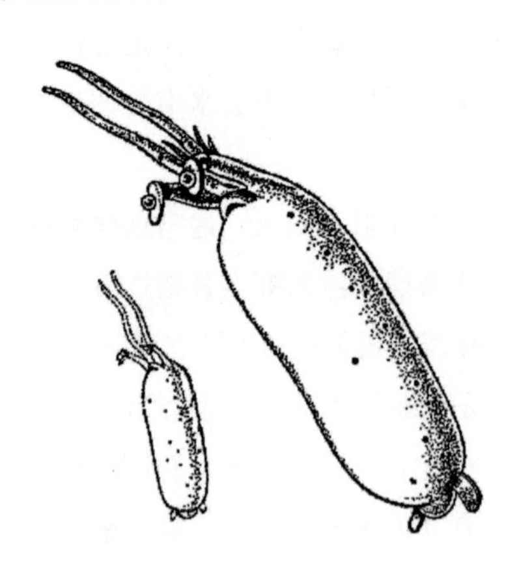

大西洋乌贼——履乌贼

夜晚在海面上工作的人对黑暗中表层海水里丰富活跃的乌贼会产生生动深刻的印象。很久以前，约翰·约尔特（Johan Hjort）写道：

> "一天夜里，我们在法罗群岛的大陆架上拖曳长缆，将电灯挂在一侧好照亮线缆。就在这时候，我们看见乌贼就像闪电一样一只接一只地射向灯光……在1902年的10月，我们在挪威海岸的大陆架上乘汽艇航行；在连续许多英里的航程中，我们都能看到乌贼就像发光的气泡一样在表层海水中活动，像极了不断被点亮和熄灭的大号奶白色电灯泡。"

托尔·海尔达尔（Thor Heyerdahl）报告说，在一个夜晚他的木筏受到了乌贼的进攻；并且理查德·弗莱明（Richard Fleming）说，他在巴拿马的海岸外进行海洋工作时，常常能看见大群的乌贼聚集在夜晚的洋面上，冲向人们操作的仪器发出的光亮。但是人们在海面上看到过同样壮观的虾群的活动，大多数人不相信乌贼在海洋中的数量也是这样丰富的。

深水摄影技术给解释这一神秘的幽灵海底带来了希望。目前尚存在一些技术难题，比如保持镜头不动的问题。摄像机悬挂在长缆杆的末端，而缆杆则固定在海上航行的船上。这样一来摄像机在水中摇晃，旋转扭动，很不容易保持稳定。一些这样拍出来的照片看上去就像照相师将他的镜头对准了星空并且在冲洗胶片的时候拿着胶片划出了一个弧形一样。然而挪威生物学家贡纳·罗尔福森（Gunnar Rollefson）在将摄影术与回声深度记录联系在一起的工作上有了激动人心的进展。在罗弗敦群岛外的研究船约翰·约尔纳（Johan Hjort）号上，他不断地接收到来自20～30英寸深的海水中的鱼群的回声。他将特别打造的相机下放到了进行回声深度记录的深度。这些胶片冲洗出来后，展示出了远处的鱼儿游动的身影。还有一条清晰可辨的大鳕鱼出现在了镜头中，并在镜头前徘徊了很久。

对这一层直接采样是发现它身份的逻辑方法，但是问题是如何研制大型的网来捕捉这些迅速移动的动物。马萨诸塞州伍兹霍尔(Woods Hole)海洋研究所的科学家们用普通的浮游生物捕捞网对这一层进行了打捞，他们发现磷虾、箭虫和其他深海浮游生物集中分布在这里，但还有可能这一层本身事实上是由捕食这些虾类的大型生物组成的——这些生物太大或者太快，现在用的渔网根本容不下它们。或许新研制的渔网能给出答案。电视的应用可能也会帮助我们找到答案。

6

[1961年注：甚至在今天，这一分散的层的秘密还是没有被完全解开。然而，通过新技术巧夺天工的应用，这一画面渐渐地变得越来越清晰。现在看来，至少在某些区域——比如在新英格兰外的大陆架上的区域——鱼类或许是组成这一层的实质性部分。这一点可以通过用具有很多频率的声源来研究从而确定(通常使用的回声探测器是单一频率的仪器)。这种方法不仅显示出这里存在垂直的迁徙，而且还说明这样一个事实：这一分散的层的性质随着深度而变化。这种变化最先从鱼类的鱼鳔中表现出来；在下潜到更深的海水中时，在增加的压力下，鱼鳔会被压缩，而在逐渐靠近水面时则会伴随着减小的压力而膨胀。先前人们持有

的反对依据是鱼类不会那么丰富，难以解释如此十分普遍分布的分散的层。这种说法随着新技术为我们提供的信息的出现而不攻自破。过去人们认为强烈的回声说明反射回声的生物十分密集；现在人们意识到回声探测器记录的图像不一定会说明这一分散的层中的动物的密集程度，因此记录上的深色图像实际上或许只是几只强壮的分散者在任何特定的时间穿过了光束才产生的。

在20世纪50年代逐渐增加使用的一项研究方法是与回声探测器相关的水下摄像机。所有这样获得的鱼类照片都伴随着强烈的回声。这些发现中没有哪一项将其他有机体也有助于组成这一分散的层的这一可能排除。这些发现的确是十分有说服力的证据，证明了鱼类是形成这一现象的主要因素。在所有可能下，它们都说明组成这一分散的层的成分绝不单一。在辽阔的海洋上，组成这一层的物种变化，回声也在变化。]

尽管它们模糊而且不确切，这些证明中层海洋中有大量生命的证据与仅有的一些目击者们的报告是一致的。那些真正到访相似的海洋的人，对他们亲眼所见的景象做了描述。威廉·贝比（William Beebe）从球形潜水装置中获得的印象是，这里的生命远比他预想的数量更丰富而且种类更繁多。尽管他以前在这片海域撒下过成百上千次拖网，却没有发现亲眼看到的这些生物。他报告了，在不止1/4英里深的海面下，生物的丰富程度不亚于在任何其他地方所见过的生物群。在半英里深的地方——球形潜水装置下潜的最深处——贝比博士回忆说，“没有哪一瞬间，在光路中是看不到旋转的浮游生物迷雾的”。

7

或许在几百万年以前，这一丰富的深海动物群的存在就被某些鲸类发现了，而且在如今看来，海狗也发现了这个地方。我们从化石遗迹中可以看出，所有鲸类的祖先都是陆生哺乳动物。从它们强有力的下颌和牙齿来判断，我们知道它们过去一定是掠食性野兽。也许它们在大河的三角洲或浅海的边缘觅食的时候，发现了许多许多的鱼类和其他的海洋生命，于是在接下来的几个世纪里，它们就慢慢养成了追随着这些食物一直到更深的海洋中的习性。渐渐地，它们的身体变成了更适应水生生活的形状，它们的后肢退化。如今解剖一只现在的鲸鱼还能发现这些退化的后肢；而它们的前肢则进化成了用于转向和平衡的器官。

最终鲸鱼仿佛是为了划分海洋中的食物资源一样，自觉分成了三个族群：浮游生物捕食者、鱼类捕食者和乌贼捕食者。吃浮游生物的鲸类仅仅生存在有密集群落的小虾或桡足类动物的地方，这样才能满足它们巨大的食物需要。这就限制了——它们，除了零星特别的地方，只能出现在北极和南极海域以及高温带地区的海域中。吃鱼类的鲸类也许会在海洋上更广大的区域中找到食物，但是它们也被限制在了巨大的鱼群生活的地方。热带和远洋盆地蓝色的海水给这两个族群的鲸类提供了很少的给养，但是一种被称为抹香鲸或卡切拉特鲸的有着巨大身形、方形脑袋和可怕牙齿的鲸鱼在很久以前就发现了：在这些海域几乎无生物栖息的表层海水之下几百英寻的海水中，存在着大量的动物性生命。抹香鲸于是就把这些深水区当成了自己的狩猎场。它的猎物是乌贼的深海族群，包括大王乌贼。这种乌贼生活在 1 500 英尺深或更深的深海中。抹香鲸的头部常常有长条纹的标记，其中包括大王乌贼的吸盘留下的许多圆形伤口。从这些证据中，我们可以想象在黑暗的深海中这两种巨型动物之间进行的战斗——70 吨的抹香鲸和足有 30 英尺长的乌贼——它伸展扭动的胳膊和身体也许能达到 50 英尺长。

我们还不确切地知道大王乌贼栖息地的最深处，但是关于抹香鲸下潜的最深处，有一个证据打开了我们的眼界。那时候它也许在追逐大王乌贼。1932 年的 4 月，电缆修复船全美号（All America）在巴拿马运河区的巴波亚和厄瓜多尔的埃斯梅拉达斯之间调查海底电缆上的一个明显断裂。这条电缆是从哥伦比亚的海岸上被放入海底的。缠在这条电缆上的是一条 45 英尺长的雄性抹香鲸，它已经死去了。这条水下电缆绕在了它的下颌上并缠住了它的一只鳍、身体和尾部。这条电缆是从 540 英寻（或者说 3 240 英尺）深的海水中被拉起来的。

[1961 年注：1957 年，拉蒙特地理观测台的布鲁斯·席增发表了关于 1877—1955 年被海底电缆捆住的鲨鱼的 14 个例子的有趣集子。其中 10 例发生在中美洲和南美洲的太平洋海岸外，2 例发生在南大西洋上，1 例发生在北大西洋上，还有 1 例发生在波斯湾。所有事故的主角都牵扯抹香鲸。因此报告的厄瓜多尔和秘鲁的海岸外的密集回声或许与这些鲸鱼季节性的迁徙有关。鲸鱼被发现受困的最深处在 620 英寻深处或者将近 2/3 英里深处。相比其他的深度，更多的鲸鱼被困在 500 英寻深处的电缆上，这说明抹香鲸的天然食物集中在这一水平上。在大部

分这些事例中，人们都能观察到两个重要的细节：第一：被困地点在原先维修过的地方，躺在那里的电缆通常比较松弛；第二：电缆通常包住了鲸鱼的下颌。席增说当鲸鱼在海底疾驰着寻找食物时，它的下颌可能被海水中松弛的电缆圈套住。鲸鱼试图挣脱，但却更容易让自己完全被电缆困住。]

8

一些海狗似乎也发现了深海中隐藏的丰富食物。在加利福尼亚州到阿拉斯加之间的北美洲海岸外，生活着东太平洋北海狗。它们在冬季以什么为食，这个问题长久以来一直是个谜题。没有证据显示它们会捕食沙丁鱼、马鲛鱼或其他有重要商业意义的鱼类以外的鱼。显然，在没有未知的食物的情况下，这400万头海狗不可能从商业化的渔民们手中抢到足够的鱼类。不过海狗的饮食中有一些有非常重要意义的证据。从它们胃中吐出的一些鱼类，我们从未见过活的。事实上，连这些鱼类的残骸也只有在海狗的胃中才可以见到。鱼类学家们说这种“海狗鱼”属于只生活在远离大陆架的极深深海中的族群。

鲸或海狗如何能忍受下潜几百英寻过程中要经历的巨大压力变化，这个问题我们还没有明确的答案。它们和我们一样，是温血的哺乳动物。由突然的压力释放带来的氮气泡泡在血液中的迅速积累引起的潜水病会让过快地从200英尺左右的深处来到海面上的人类潜水者死去。然而，根据捕鲸船的证言，被鱼叉刺到的须鲸会径直下潜到半英里深的海水中，这个数据是测量系在鱼叉上的绳索得到的。在这样深的海水中，它每一英寸身体都要承受半吨重的压力，之后它几乎立即返回到了海面上去。看上去最为合理的解释是，不像人类潜水员一样在水下时不断有空气被送进体内，鲸鱼的身体里只有带下去的少量空气，因此血液中没有足够的氮气来对它造成伤害。然而我们并不知道如何去证实这个简单的事实，因为我们显然不能把一条活的鲸鱼困起来做实验，而且完美地解剖一条死去的鲸鱼也几乎不可能。

像玻璃海绵和水母一样十分脆弱的生物能在深海中如此普遍的巨大压力条件下生存，乍看之下，这似乎有些矛盾。然而对于这些深海中的生物来说，我们看不见的事实是：它们的器官内部的压力和外界的压力一样，只要这个平衡不被打破，一吨或更多的压力就不会给它们带来不便，就像我们不会因为普通的大气压力而感到不便一样。还有一点我们要记得，大多数深海生物终生都生活在相对有限的地区，从不需要调整自己以适应极端变化的压力。

不过当然还有一些例外。与巨大的压力相关的海洋生命的真正奇迹不是那些终生生活在海底的动物——尽管它们承受着或许五六吨的压力，而是那些定期在几百或几千英尺深的深海中直上直下运动的动物。小虾和其他浮游生物在白天会下潜到深海中，它们就是一个典型。另一方面，拥有气囊的鱼类也受到了突然变化的压力的重大影响。所有见过拖网渔船从100英寻深的海中拉起来的渔网的人，都清楚这一点。除了意外被渔网捕获并被拖曳着经过压力不断减小的海水的鱼类，一些鱼类有时还会不小心游到了它们不适应的海水中并且发现自己回不去了。或许在追逐食物的过程中，它们会升到自己所适应的区域的最高处，在这一看不见的边界以外它们就会遭遇陌生的生物和不友好的环境。在一层又一层漂浮着的浮游植物上觅食的时候，它们或许会越过这些边界。在这些较浅水域中减小的压力下，它们气囊中的气体就会膨胀。鱼儿变得越来越轻，越来越容易漂浮。或许它努力着下潜回到它的舒适区，用尽全部的肌肉力量去对抗上浮的力量。如果没有成功,它就会“落到”海面上去，轻则受伤,重则死亡,因为压力的突然释放会引起组织的膨胀和破裂。

9

自身重量引起的海水压力相对微小。古老的传言说，在深海中，海水会阻挡从海面上来的物体下沉的道路。这是没有根据的。要是这样的话，下沉的船只、淹死的人的遗体以及没有被饥饿的食腐动物吃光的大型海洋动物的遗体就会永远触不到海底，而是停在海洋中的某个高度上。这个高度是由它们自身的重量相对于海水的压力决定。这样它们会永远在那里漂浮着。然而事实是，所有的物体都会继续下沉，因为它们的重力大于周围海水的浮力。所有大型动物的遗体会在几天时间里沉到海床上去。我们从最深的海盆上打捞到了鲨鱼的牙齿和鲸鱼坚硬的耳骨。它们都是无声的证据。

尽管如此，海水的重量——几英里深的海水对下面所有海水的压力——的确对海水本身有一定的影响。如果这种往下的力量在某个自然法则奇迹般地失效时突然被释放,全世界的海平面都会升高 93 英尺。

这就会让美国的大西洋海岸线向西迁移 100 英里或更多，同样地还会改变全世界各地的其他我们熟悉的地理轮廓。巨大的压力是管理深海中生命的条件之一；黑暗是另一个。深海动物对深海中无边的黑夜做了怪异而且难以想象的适应。这种黑暗与阳光中的世界如此不同，或许只有亲眼见过它的人才能想到它的样子。我们知道，在水下下潜的时候，阳光会迅速消失。红光在第一个 200 或 300 英尺的海水中就会消失，同样消失的还有太阳光中的橙光和黄光。接着绿光消失，在 1 000 英尺的海水中，只有璀璨低沉的深蓝色剩了下来。在非常清澈的海水中，光谱中的紫色光或许还能穿透下一个 1 000 英尺。接着就只剩下深海中的黑色了。

奇怪的是，海洋动物的颜色似乎与它们生活的区域有关。表层海水中的鱼类，像是马鲛鱼和鲱鱼，常常是蓝色或绿色的；僧帽水母的浮囊体和海蜗牛天蓝色的气囊都是如此。在硅藻坪和浮游的马尾藻下，海水变成了更深、更璀璨的蓝色，这里的很多生物就像水晶一样清澈。它们玻璃一样的幽灵外形与周围环境融合在了一起，这让它们更容易躲避无所无在、永远饥饿的敌人。典型的透明族群是箭虫、栉水母和许多鱼类的卵。

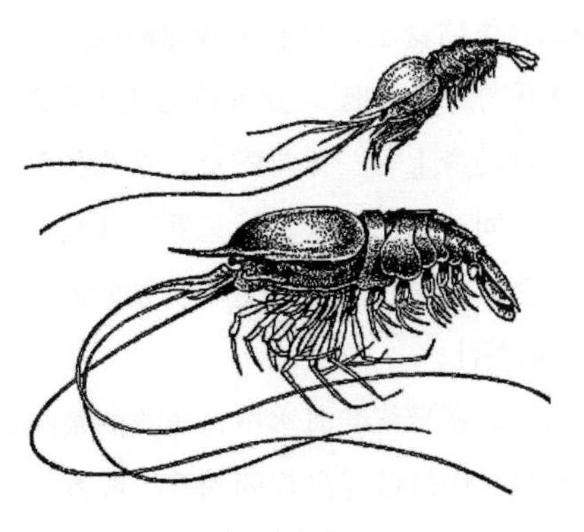

深海明虾

从水面以下 1 000 英尺的地方到太阳光线的最末端，银色的鱼很常见，还有许多种类是红色、淡褐色或黑色的。翼足目动物是深紫色的。箭虫在上层海水中的亲戚是无色的，而这里，箭虫是深红色的。水母在上层海水中是透明的，在 1 000 英尺的海水中是深棕色的。

在大于 1 500 英尺的深度上，所有的鱼类都是黑色、深紫色或棕色的，但是对虾却有着红色、猩红色和紫色的迷人光泽。没有人说得出为什么。因为所有的红色光在上层海水中就早已经除去了，这些生物的猩红色外衣在它们邻居的眼里只能是黑色的。

10

深海中也有星辰，而且或许许多地方还会有等同于月光的古怪而短暂的光亮。这是因为或许有一半生活在幽暗或漆黑海水中的鱼类以及许多更低等生物身上都会发生神秘的磷光。许多种鱼类随身携带着可以任意开关的“火把”，这或许是为了帮助它们找到或追逐猎物。还有一些鱼类身上有一排排的灯，在物种与物种间，这些灯组成的形状各不相同。它们或许是标记朋友或敌人的徽章。深海乌贼会喷射出一种液体，这种液体会变成发光的云，而它在浅水中的亲戚们则会喷射出墨汁。

在远离最长、最强光线的海水中，鱼类的眼睛变大了，仿佛是为了最大程度地利用任何可能出现的光亮。或者它们的眼睛变得可伸缩，像突出的透镜。对于那些永远在黑暗海水中捕食的深海鱼类来说，它们的眼睛通常则会失去视锥细胞或视网膜上的颜色感知细胞，而视杆细胞增强了。后一种细胞可以感知微弱的光线。那些和深海鱼类一样从来看不到阳光的、陆地上的严格的夜行性生物的眼睛，也有这样的变化。

在它们黑暗的世界里，一些动物看上去很可能会失明，就像一些洞穴动物那样。因此，事实上那里也的确有许多动物，和许多靠手杖生活的失明的人一样，对朋友、敌人或食物的所有认知，都通过触觉来获得。超强进化的触手、细细长长的鳍和突起，弥补了缺失的眼睛，帮助它们看路。

柄鳞鲷

最后的植物痕迹留在了浅浅的上层水域中，因为没有植物能在 600 英尺以下的海水中生活，哪怕是十分清澈的海水，而少数物种甚至在 200 英尺以下的海水中就已无法获得足够的光线来维持制造食物的活动了。因为没有动物能自己制造食物，更深海水中的生物过着怪异的、几乎完全寄生的生活，生命的给养完全来自上层海水。这些饥饿的捕食者们会凶残无情地互相捕食，然而整个群落最终还是依赖于缓慢地从上层水域中落下来的雨滴一样的食物碎片生活。这一永不停止的“降雨”，其组成是来自表层海水的死去或正在死去的植物和动物。在海面和海底之间的水平海水层面中，每一个海水层的食物供应都不同，而且总体上深处海水中的食物比上层海水更短缺。从生物的模样，我们可以窥见这里凶残而永恒的食物竞争。一些龙一样的深海小鱼却有长着佩剑一样牙齿的下颌，还有一些鱼类有着巨大的嘴巴和柔韧的身体，可以吞掉身材比它们大几倍的鱼，享受着长久禁食之后的大快朵颐。

11

压力、黑暗——以前几年我们或许还会加上寂静——是深海中的生活条件。但是现在我们知道“海洋是一个寂静的地方”这样的定义是完全错误的。用水中听音器和其他用于海底检测的听音设备获得的广泛经验证明，在世界上大部分地区的海岸线上，都有鱼类、虾、海豚以及其他或许还没有被发现的生物发出的非凡的吼叫声。尽管目前在远洋深海上的此类调查还很少，但是当亚特兰蒂斯号上的船员将水中听音器下放到百慕大外的深水中时，他们记录到了奇怪的喵喵叫、尖叫和幽灵般的悲叹声，这种声音的源头我们还无从所知。但是人们从更浅的海水中捕获到了鱼类，然后把这些鱼类圈养在水族馆里，并将从这里记录到的它们的声音与海洋中听到的声音做对比。在很多时候，研究人员都发现了令人满意的比对一致情况。

在第二次世界大战期间，美国海军设置了水中听音器网络来保护切萨皮克湾不被闯入。1942 年春天，这一网络暂时不能用了。因为每天傍晚，海面上的扬声器都会发出被描述为“空气钻钻开路面”一样的声音。水中听音器中发出的这种外来声音完全掩盖住了行船的声音。最终人们发现，这一声音是一种被称为石首鱼的鱼类的声音。这种鱼在春季从它们在海岸边的越冬地游到切萨皮克湾。一旦确认并分析了这种声音，研究人员就可以用电滤波器把它过滤出来，这样行船的声音就能从扬声器中传出来了。

在同一年的晚些时候，在拉荷亚的斯克瑞普斯研究所的码头外，人们发现了一群石首鱼的合唱。每年从 5 月份直到 9 月末，这个傍晚合唱团在大约日落的时候开始歌唱，“声音逐渐增大，变成了蛙声一样持续的嘶哑吼叫，背景中还有柔和的鼓点声。这种合唱会一直持续 2 ～ 3 个小时，并且最终会减弱成零零落落的单独鸣唱”。将几个石首鱼物种分开放在水族馆中，它们也会发出类似于“蛙鸣似的嘶吼”的声音；但是那柔和的背景鼓点的作者目前还没有被发现——或许是另一个石首鱼物种。

海底下分布最为广泛的声音，是一种像燃烧的干树枝或煎烤的肥肉一样爆裂的声音。这种声音是从枪虾的栖息地附近发出来的。这是一种圆形的小虾，直径大约有半英寸长，有一只非常大的螯足用来打晕猎物。这种虾总是在不断地晃动这只螯足，关节的撞击会发出咔嗒声。就是几千只虾发出的这种声音形成的噪音，被称为“虾噼啪”。在它们发出的这种信号开始被水下听音器捕获之前，没有人能想得到这种小小枪虾的数量如此之大、分布如此之广。在全世界，从北纬 35°到南纬 35°，30 英寻之下的海洋的宽阔带状区域（例如，从哈特拉斯角到布宜诺斯艾利斯）中，人们都能听到它们的声音。

12

哺乳动物以及鱼类和甲壳纲动物也是海底合唱团的一部分。生物学家们在圣劳伦斯河的一个河口，通过水中听音器听到了“尖锐洪亮的哨音和尖叫，其中混杂着滴答声和咯咯声，略微与管弦乐队的演奏相似，还有喵喵声和偶尔的叽喳声”。这一声音的卓越旋律，只有当一群群白海豚从这里向上游或下游游去的时候才能听到，因此它们被认为是这种白海豚发出来的。

[1961 年注：许多年来人们都在猜想声音的产生对海洋生物起到的作用。至少在 20 年以前，人们就已经了解了蝙蝠是靠类似于雷达的生理方法在没有光线的洞穴和黑暗夜晚看路的。它会发出高频率的声音波浪，这种声浪遇到道路中的任何障碍物都会被反射回来，成为回声。那么一些鱼类和海洋哺乳动物发出的声音是不是也起到相似的作用，能够帮助深海中的居民在黑暗中游动以及寻找猎物呢？伍兹霍尔海洋研究所获得的早期记录海底声音的录音带记录了一些神秘的叫声。这种声音是从很深的水中发出来的，因此那里一定是没有光线的。在这段录音中，每一次呼唤之后都跟随着微弱的回声——因为没有更好的名字，这些古怪声音的不知名作者就被命名为“回声鱼”。佛罗里达州立大学的凯洛格最近用捕获的海豚做了巧妙的实验。

这些实验证明了海豚也有与蝙蝠的回声定位或回声测距相似的本领。凯洛格博士发现，海豚会发出水下声波脉冲流，这样它们才能精确地在有障碍物的区域中游动，而不发生碰撞。它们在十分浑浊、不能视物或黑暗的水中也能做到这一点。当实验人员将任何物体放进水潭中时，海豚都会发出声音信号，似乎是要定位这一物体。在水面上用水管打起水花或类似降雨一样"制造出巨大的干扰或响亮的声音信号，会让海豚惊恐地发出哨音，并且做出躲避的游泳反应"。当食物——鱼类在这样的情况下被扔到水潭中时，海豚就会随着传回来的回声左右摇摆着脑袋来找到它们的目标的准确位置。]

深海的神秘、古怪和亘古不变让许多人猜想，或许有一些非常古老的生命形式——一些"活化石"潜藏在深海中，还没有被我们发现。"挑战者"号上的科学家们或许就有一些这样的想法。他们用渔网打上来的生物十分古怪，而且在这以前它们中的大多数都没有被人们见到过。不过，基本上，它们都是现代的物种。它们既不像寒武纪时期的三叶虫，也不像志留纪时期的杜父鱼，与入侵了中生代的海洋的大型海洋爬行动物也没有任何相似之处。相反，它们是发生了怪异进化的现代鱼类、乌贼和虾。它们适应了深海世界中艰难的生存条件，但是它们肯定是在最近的地理时期才进化出来的物种。

深海绝不是生物最初的家园，深海有生物栖息的历史是相对短暂的。尽管生物早就开始了在表层海水中、在海岸边、在河流和沼泽中进化繁衍，但是地球上有两片巨大的地区到后来才被生物入侵，它们就是大陆和深海。正如我们所看见的那样，在陆地上生存的巨大难题，首先在3亿年前被海洋中的殖民者们攻克了。深海，它无尽的黑暗、击碎一切的压力、冰冷的温度，都代表着更多可怕的难题。或许这一地区的成功入侵——至少被高等的生命形式——发生在更晚一些的时候。

13

然而，最近才发生了两件有重大意义的事，让人们仍然没有忘记这样的想法，那就是深海中或许还隐藏着与过去的奇怪联系。1938年12月，在非洲东北角的海岸外，拖网活捉了一条奇异的鱼——人们认为这种鱼本应该在至少6亿年以前就死去了！这就是说，这一物种已知的最后化石来自白垩纪。在这次幸运的拖网捕鱼之前，历史上还从没有发现过该物种的活体。

渔民从仅仅40英寻深的深海中用拖网捕获了这条鱼。这条5英尺长的亮蓝色的鱼有着巨大的脑袋和形状奇怪的鳞、鳍和尾巴——不同于他们以前捕获的任何物种，于是他们把这条鱼送到了最近的博物馆。这一非凡的样本——被命名为矛尾鱼——是目前人们捕获的该物种活体的唯一一只；而且我们似乎可以猜想，这一物种生活在人们通常捕获的鱼类所生活的海洋之下，而南非的这个样本是一条从它正常栖息地游离出来的鱼。

[1961年注：矛尾鱼被认为是一种腔棘鱼，或者是首次出现在大约3亿年以前的海洋中的一种令人难以置信的远古鱼类。岩

石中保存了之后2亿年或更多年的地球历史所产出的腔棘鱼化石；接着在白垩纪时期。在南非外的这些鱼类的记录，最初被认为是一个神秘而非凡的意外，是不可能重复出现的。南非的鱼类学家史密斯教授不赞成这个观点。他相信在海洋中一定还有其他的腔棘鱼，于是开始耐心地调研。这个调研进行了14年才获得成功。在1952年的12月份，这一族群的第二条鱼在马达加斯加的西北角外的昂儒昂岛附近被捕获了。后来米洛特教授接手了这个研究。他是马达加斯加的研究机构的主管。1958年，米洛特教授得到了另外的10个样本，它们中包括7条雄鱼和3条雌鱼。

美国自然历史博物馆的鲍勃·西孚尔博士对化石矛尾鱼出现间隔6亿年之久给出了令人信服的解释。西孚尔博士指出，最早的矛尾鱼来自侏罗纪时期，似乎栖息在多种环境中，包括淡水沼泽以及海洋。另一方面，从侏罗纪时期到现在，它们似乎一直是海洋中的生物。在白垩纪时期的末了，海水从曾经淹没的大陆上退去，将矛尾鱼困在了永恒的海洋盆地上。因此在海底的沉积物中，它们的化石是那样难以获得，发现它们的概率非常渺茫。]

有时候，在深度1/4英里到半英里之间的水下，人们能捕获一些非常原始的鲨鱼。这种鲨鱼因其皱褶的腮而被叫作“皱腮鲨”。这样的鲨鱼大多是在挪威和日本的海域捕获的，欧洲和美国的博物馆中仅保存了50头这样的鲨鱼样本。不过最近人们在加利福尼亚州的圣巴巴拉才捕获了一头皱腮鲨。皱腮鲨与生活在2.5～3亿年前的古代鲨鱼有相似的结构特征。相比现代的鲨鱼，皱腮鲨的腮更多，背鳍更少，它们的牙齿和那些化石鲨鱼一样是分了三个叉的荆棘状。

一些鱼类学家们认为皱腮鲨是一种非常远古的鲨鱼祖先的遗存。这些远古的鲨鱼在上层海水中已经灭绝了，但是皱腮鲨这唯一的物种依然在宁静的深海中继续着它们的生存竞争。

或许还有其他这样的物种潜藏在我们有极少了解的区域，不过它们可能数量不多，而且栖息地分散。深海中的生存条件并不足以支持生物的生存，除非这种生物不断地进化来适应这样严酷的生存条件，抓住每一个机会让活的原生质在这个和黑暗的宇宙空间一样不友好的世界里生存下去。

隐秘之境

撒满沙子的洞穴，清凉而幽深，
那里的风儿都睡着了。
——马修·阿诺德

第一个驶过广阔太平洋的欧洲人对他船下面隐藏的世界充满了好奇。在土阿莫土群岛的圣保罗和洛提比龙（Los Tiburones）两座珊瑚小岛之间，麦哲伦命令船员下放了探测索。这是一种在那个时代常用的探测索，它的长度不足20英寻。这个探测索没有碰触到海底，麦哲伦就宣称他所在的海洋是最深的。当然他是完全错误的，但是这个事件依然具有历史性的意义——这在世界历史上是第一次有航海家尝试测量远洋海水的深度。3个世纪以后，在1839年，詹姆斯·克拉克·罗斯爵士指挥着两艘预示着黑暗的船——厄瑞玻斯号（魔神号）和特罗尔号（恐怖号），从英格兰出发，“驶向南极海洋可航行的海路的最边缘”。在航行途中，他多次试图获得深度数据，但都因为没有足够长的探测索而失败了。最终他在甲板上建造了一条可以探测至“3 600 英寻深或者说超过 4 英里长的探测索。……1 月 3 日，在南纬 27° 26′、西经 17° 29′的位置上，周围的天气和其他所有条件都合适，我们成功地探测到了水深，探测索被下放到了 2 425 英寻处。

这个海洋表面以下的海盆凹陷足有陆地上勃朗峰的高度那么深”。这是第一次成功的深海测深。

但是测量深海的深度长期以来一直是一件费力费时的工作，因此人们对深海地形的了解远远落后于人们对月球近地面地形的了解。多年以来，方法最终得到了改进。美国海军的莫里用结实的麻线替代了罗斯爵士使用的笨重的大麻纤维。在 1870 年，开尔文勋爵使用了钢琴丝。甚至在使用了改进的传动装置以后，一次深海测深工作仍然需要数个小时，甚至有时用一天的时间才能完成。到了 1854 年的时候，莫里搜集了所有可用的记录，发现在大西洋上的深度测量只有 180 次，而且即使在现代回声测量技术被研发出来以后，在世界全部海洋盆地上的测量总次数也只有大约 15 000 次。这大约是每 6 000 平方英里测量一次。

如今成百上千艘船只装备着声波测深装置，在航行中跟踪海底的连续轮廓（尽管只有少数能获得大于 2 000 英寻深度的海底轮廓）。深度测量积累的数据远比人们在地图上勾勒的速度快。逐渐地，就像一位艺术家渐渐地填满了一幅巨大地图的细节一样，海洋看不见的轮廓也呈现了出来。但是即使有了最近这样的进步，海洋盆地精确、细节完善的地图也还需要数年才能构建起来。

[1961 年注：如今回声探测仪器的探测范围已经得到了很大程度上的拓宽，在理想的条件下，最强大的回声探测仪器可以测量海洋最深处的深度。像是海底自身性质和中间海水层的条件都影响着回声探测仪在海洋中实际应用时的效力。尽管如此，海洋学家还是掌握了用于绘制整个海洋的各个部分的可能距离。]

然而，总体的海底地形已经构建起来了。一旦经过潮汐线，三个重要的海洋地理区域就是大陆架、大陆坡和深海海床了。这些地区的各个部分差异极大，就像北极冻原和落基山脉的迥然不同一样。

1

大陆架属于海洋的一部分，但是在所有的海洋区域中，大陆架又最像陆地。除了最深的部分，阳光会穿透大陆架的所有区域。植物在其上的海水中漂浮，海草依附到岩石上并随着海浪飘摇。熟悉的鱼类——不像深渊中那些奇怪的小兽——就像牛群一样在它的平原上活动。大陆架上的很多物质都来自陆地——它们是被流水带到海洋中、又轻轻地落在大陆架上的沙子和岩石碎片以及肥沃的表层土。在世界各地的大陆架上被浅浅的海水淹没的山谷和丘陵上，冰川刻画出了与我们所知的北方地理相似的地形，而且这里撒满了被移动的冰盖沉积下来的岩石和沙砾。事实上，许多地区的（也或许是所有的）大陆架在过去的地理时期都是干燥的陆地，海平面稍稍落下去，它就会被反复地暴露在风、太阳和雨水中。纽芬兰的大浅滩曾经露出到远古海洋的洋面上过，后来又被淹没了。北海大陆架的多格滩（Dogger Bank）曾经是一片草木丛生的陆地，上面栖息着史前的怪兽；现如今，它的植被变成了海草，而它的怪兽变成了鱼类。

在海洋的所有部分中，大陆架作为物质资料的来源，或许对人类来说是最为重要的。世界上最大的捕鱼场，几乎没有例外，都分布于大陆架上相对较浅的海水中。长在这些被淹没的平原上的海草被收集了起来，做成了在食物、药物和商品中使用的各种原材料。随着古代海洋留在大陆上的石油储藏日渐枯竭，石油地理学家们也越来越多地把目光放在了寻找在海洋的边缘陆地下的还没有被画在地图上、没有被开发的石油。

大陆架从潮汐线开始，向海水中延伸成为逐渐倾斜的平原。100英寻的等深线被认为是大陆架和大陆坡的分界线。不过现在大陆架突然由倾斜变成了几乎垂直下降，一直坠入深渊的地方，取代了原来的划分，被看作大陆架和大陆坡的分界线。这一变化发生的平均深度在世界范围内为72英寻；而任何大陆架的最深处大约为200～300英寻。

美国太平洋沿岸的大陆架大都不超过20英里宽——狭窄是边缘有或许正在形成的年轻山脉的海岸的一个特征。然而，在美国东海岸上，哈特拉斯角的北端足有150英里宽。但是在哈特拉斯和佛罗里达南部的海岸外，大陆架几乎是最窄的。这里的狭窄似乎与那条大而湍急的海中河流——墨西哥湾流的压迫有关。墨西哥湾流从这些地方向海岸边转去。

世界上最宽阔的大陆架是北极边缘的大陆架。巴伦支海大陆架有750英里宽。这个大陆架相对也比较深，几乎在水面以下100～200英寻深的地方，仿佛它的海床是跌落了，被冰川的压力压沉了下去。在其上还有一些海沟，海沟之间升起了海岸和岛屿——这都说明了冰川的作用。南极大陆周围的大陆架是最深的，在多个地区做的回声测深都显示，从海岸边一直到大陆架内侧的深度都有几百英寻。

2

一旦离开大陆架的边缘，在想象中看到大陆架的陡峭跌落，我们就会开始感受到深海的神秘和奇异：不断凝聚的黑暗、增长的压力、荒芜的海景——所有的植物已经被留在了身后，只剩下岩石和黏土、泥巴和沙子组成的单调轮廓。

从生物的角度来说，世界上的大陆坡就像深海一样，是一个动物的世界——是一个食肉动物的世界，每一个生物都在捕食另一个生物。因为没有植物能在这里生存，而且从上层海水中漂流而来的仅有的植物也只是阳光照耀的浅水中的植被死去的躯体。大部分大陆坡都在海面波浪作用的区域之下，然而洋流中大规模移动的水在向岸边流动时会压迫着它们；潮汐的脉动敲击着它们；它们还能感受到深处内部海浪的涌动。

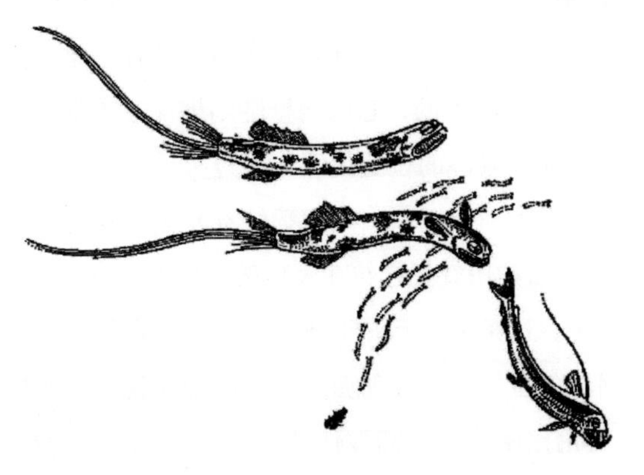

巨尾鱼追逐蝰鱼

从地理的角度来说，大陆坡是地球表面最为壮观的特征。它们是深海盆地的高墙。大陆坡是目前在地球上所发现的最长、最高的悬崖。它们的平均高度有 1.2 万英尺，但是在一些地区，它们能有 3 万英尺那样的高度。大陆上山脉的山峰和山脚之间也没有如此巨大的高度差。

大陆坡地形的宏伟绝不仅仅局限于它的陡峭和高度。大陆坡上还拥有着海洋中最神秘的一个特征，那就是拥有着切进大陆边缘的陡峭悬崖和蜿蜒河谷的海底峡谷。这样的峡谷在世界上许多地方都有发现，当在未被探索的地区进行深度探测时，我们会发现峡谷在世界范围内普遍存在。地理学家们说，一些峡谷是在最近的地质时期——新生代时期形成的，它们中的大部分也许形成于更新世，也就是大约 100 万年以前或更晚的时候。但是它们是如何以及由什么雕刻出来的，没有人能说清楚。它们的起源是最被热烈争论的关于海洋的问题之一。

要不是这些峡谷被深深地埋藏在黑暗的海洋中（许多在现在的海平面以下一英里或更深的地方），它们或许会被列为世界上最壮观的景象。我们会情不自禁地拿海中的峡谷与科罗拉多大峡谷相对比。和河流冲刷出来的陆地峡谷一样，海洋中的峡谷也是深而蜿蜒的河谷，它的纵切面是 V 型的，它的两壁陡峭地向下方的狭窄海床上倾斜。许多大型海洋峡谷的位置说明，在过去，它们与我们所处时代的一些地球上的大河有关联。哈德孙峡谷是大西洋海岸上最大的峡谷之一，一条低矮的山脊把它与在大陆架上蜿蜒穿行了 100 多英里的长峡谷分开了。这条峡谷起源于纽约港和哈德孙河的河口。据一位研究峡谷问题的主要学者弗朗西斯 · 谢泼德所说，在刚果河、印度河、恒河、哥伦比亚河、圣弗朗西斯科河和密西西比河外都有大峡谷。谢泼德教授指出，加利福尼亚州的蒙特利峡谷坐落于萨利纳斯河的一个古老的入海口外；法国的布列塔尼角峡谷似乎与现存的河流没有联系，但实际上它坐落于阿杜尔河的15世纪的古老入海口外。

3

它们的形状及其与现在河流之间的明显关系，让谢泼德认为海洋峡谷是在它们位于海平面以上的时候由大河冲刷出来的。这些峡谷相对幼年的时期似乎与冰河世纪的一些事件产生过联系。人们通常都同意海平面在大冰川存在的时期会下降，因为海水被吸走，冻结在了冰川中。但是大多数地理学家们说海水仅仅会降低几百英尺——还没多到可以解释峡谷形成的高度。根据这一理论，在冰川推进、海平面下降到最低点的时间里，发生了严重的海底泥石流。被波浪搅动起来的泥土被冲下大陆坡，冲刷出了峡谷。然而，现有的证据都不足以得出这样的结论。我们还并不知道峡谷是怎样形成的，它们的秘密仍然存在。

[1961年注：在关于峡谷的这篇描述写下10年以后的今天，我们又了解到了许多关于它们的信息，但是我们仍然还要说：目前关于它们的起源，人们还没有达成普遍的共识。现代海洋学者的许多资源都被用来解决这一问题。潜水员们也参与进来，直接对加利福尼亚峡谷的某些较浅的地方进行了探索，收集了它们的峡壁样本并为它们拍了照片。海洋学者们也使用深海取样器和挖泥船对其他峡谷进行了研究，获得了岩石和沉积物的

样本。精确深度记录器提供了关于它们形状的更多信息。作为这些研究的结果，我们现在知道峡谷分为五种，它们的特点如此不同，我们几乎可以确定地说它们有不同的起源。用单一的理论去解释它们是不可能的。

海洋地理学家弗兰西斯·谢泼德教授过去提出了“峡谷是由河流的冲刷形成，后期又被淹没”的理论，如今他认为这一理论对于一些峡谷是对的，对于另一些则不对。例如，一些海洋河谷是水槽形状的，谷壁是直的，出现的区域周围的地壳处于不安的活动中，因此这样的峡谷或许代表着岩石海床的断层或裂缝。一些“峡谷是由被称为浊流的巨大沉积物流冲刷形成”的理论，最近因为海床动态活性的新概念而获得了更多的支持。对这些非常有趣的海床特征进行的所有类型的具体研究，不仅让它们自己的历史更清楚，而且有助于我们对地球历史的理解。]

4

深海盆地的海床或许和海洋本身一样古老。在海洋形成后的上亿年间，据我们所了解这些更深的凹陷从来没有干涸过。当大陆架边缘在不同地理时期经受了波浪的冲刷以及雨和风霜的侵蚀时，深海依然被几英里深的海水严密地包裹着。

但是这并不意味着深海的地形自创世以来就没有变过。海床，就像大陆的地壳一样，是地球的地幔上一层薄薄的壳。这里，它隆起成一些皱褶，因为内部降低了不可获知的温度，这样覆盖在外面的地壳就收缩了起来；那里，陷落成了深深的沟壑以应对地壳调整的压力和张力；然后它又从地壳的裂缝中涌起，高耸成了圆锥状的海底山脉和火山。

直到最近的年月里，地理学者和海洋研究者还一致说深海的海床是一个广阔且无比平坦的平原。某些地形特征的存在被发现了，例如大西洋中脊和许多非常深的凹陷，像是菲律宾群岛外的马里亚纳海沟。但是这些被认为是平坦的海床上非常奇异的特例，其他地方依然是十分平坦的。

海床是平坦的这一传说被瑞典深海探险完全打破了。这个探险队在 1947 年的夏天从哥德堡出发，接下来花了 15 个月的时间探索海床。当瑞典信天翁号沿着巴拿马运河的方向跨越大西洋时，船上的科学家们被海床的极度崎岖震惊了。他们的回声探测仪很少能显示超过连续几英里的平坦海床。相反，海底的轮廓起起伏伏，规模宏大，每一个起伏都有半英里至几英里那么宽。在太平洋上，十分崎岖的海底地形让许多海洋学仪器都派不上用场，不止一个取样管被留在了那里，或许是卡在了某个海底裂缝里。

其中一个没有高山或丘陵的海床在印度洋中，位于斯里兰卡的东北部，在那里信天翁号航行了几百英里都没有发现明显的起伏。他们试图从这个海底平原上取些样本，但是没有成功。因为取样管不断地被打碎，这说明海底是坚硬的火山岩，而且这片广阔的高原应该是在一次惊人的海底火山喷发中形成的。或许印度洋下的火山岩平原与华盛顿州东部巨大的玄武岩高原或者印度的德干高原是相似的。德干高原是由 10 000 英尺厚的玄武岩形成的。

5

在大西洋海盆的一些地方，伍兹霍尔海洋研究所的船亚特兰提斯号发现了占据了从百慕大到大西洋中脊之间以及到中脊东部的海洋盆地的平坦地区。只有一系列或许来源于火山喷发的小圆丘打破了这个平原平坦的地形。这些特定的区域如此平坦，似乎它们大部分没有被打扰，长久以来默默接收着沉积下来的沉积物。

海床上最深的洼地并不像我们期待的那样出现在海洋盆地的中央，而是在大陆附近。棉兰老岛海沟是最深的海沟之一，它位于菲律宾群岛东部，是一个极棒的海底深坑，有六个半英里那么深。日本东部的图斯卡罗拉海沟，几乎也有同样的深度，是小笠原岛、马里亚纳群岛和帕劳群岛（Palaus）等岛屿组成的太平洋岛弧外缘的众多狭长的海沟之一。在阿留申群岛的海洋方向是另一系列的海沟。大西洋的海沟与西印度洋群岛接壤，也位于合恩角以下，这一片弯弯曲曲的岛屿就像走进南洋的台阶一样。在印度洋中，在东印度洋群岛弯曲的轮廓下面也有它们的海沟。

[1961 年注：人们最近在关岛外的马里亚纳海沟中又探测到了新的深度，的里雅斯特号深海潜艇就是在这个海沟中进行了创造历史记录的下潜。在这个海沟中，1951 年挑战者号记录了 10 863 米或大约 6.7 英里的深度。因为挑战者号回声测深的具体地点给了出来，这一深度是可以验证的，所以这个深度被我们认为是有真实记录的最大深度。然而，在 1958 年，俄国科学家乘坐维恰斯号也在马里亚纳海沟报告了略微更深的发现

(11 034 米或 6.8 英里)，但是他们没有给出具体的地点。]

弧形列岛和深深的海沟之间总是有这样的联系，而且这两种地理类型总是出现在火山动荡的地区。人们一致认为它们的模样与山脉形成和伴随的海床剧烈调整有关。在弧形列岛的凹陷一侧是一排火山；在突起一侧，则是向下弯曲的陡峭海床，这就导致了具有宽阔 V 型形状的深海沟的形成。这两种力量似乎处于一种不安的平衡中：地球向上折叠以形成山脉，海盆表面的地壳向下凹陷形成了下层的玄武岩物质。有时，似乎看来是下陷的巨大花岗岩被粉碎了，然后又升起来变成了岛屿。这就是人们假设的西印度群岛的巴巴多斯和东印度群岛的帝汶岛的起源。这两座岛上都有深海沉积物，仿佛它们曾经是海床的一部分。然而这一定是十分罕见的。伟大的地理学家戴利这样说：

> “地球的另一个特性是无限期地对抗剪压力的…… 能力。大陆俯视着海床，意志决绝地拒绝向那里走去。太平洋下的岩石坚硬到足以承受无限期的巨大压力。这些压力来自地壳向下凹陷的汤加海沟，来自夏威夷岛的 10 000 米高的岩浆圆顶和其他的火山产物。”

6

最鲜为人知的海床坐落在北极海以下。探测这里的深度要面临的物理难题是艰巨的。足足有 15 英尺厚的永恒冰盖覆盖着整个中央盆地，船只难以走近。1909 年，皮尔里在雪橇犬队的帮助下来到了极地，在这一途中他做了几次深度测量。在距离极点几英里的地方的一次尝试中，缆绳在被下放了 1 500 英寻后断掉了。在 1927 年，休伯特 · 威尔金斯爵士乘飞机在巴罗角以北 550 英里的地方降落，获得了 2 975 英寻的回声探测结果，这是目前在北极海记录的最大的深度数据。一些船只（比如挪威弗拉姆号和俄国的谢多夫号和萨特阔号）为了跟随冰川漂浮好穿越海盆而有意地被冻结在冰川上。这样一来它们获得了大部分极地中部地区的深度数据。在 1937 年和 1938 年，俄国科学家们在极点附近登陆，在冰川上生活了一段时间。这期间他们随着冰川漂流，由飞机来提供给他们生活必需品。他们几乎做了 20 次深度测量。

最大胆的北极海深度测量计划是威尔金斯（Wilkins）想出来的。他于 1931 年乘坐鹦鹉螺号潜艇出发，试图从冰盖下穿越斯匹次卑尔根岛和白令海峡之间的整个海盆。鹦鹉螺号在从斯匹次卑尔根岛出发几天后，潜水装置就发生了机械故障，导致了这一计划没能执行。在 20 世纪 40 年代中期，在整个北极地区用各种方法进行的深度测量只有 150 次，世界之巅的大部分地区都是没有被测量过的，它的轮廓只能凭猜测去想象。在第二次世界大战结束之后不久，美国海军开始用新的方法测量冰川下海洋的深度，这或许将会为解答北极海这一谜题提供答案。未来的深度测量或许还能证明一个有趣的猜想，那就是将大西洋平分且被认为是触及了冰岛最北段的山系或许跨越了北极海盆，一直延续到了俄国的海岸上。跟随着大西洋中脊的震中带似乎穿越了北极海，而且在有水下地震的地方，我们至少可以合理地猜测那里或许有山脉地形。

7

[1961 年注：大西洋中脊可能延伸穿过北极海盆的假设已经在海洋地质学令人兴奋的新发展中得到了证实。事实上，一些地质学家最近提出，整个大西洋中脊是一座连续山脉的一部分，它们遍布大西洋、北极、太平洋和印度洋的底部，长度足有 40 000 英里（见前言）。至于对北极海盆本身的探索，这一让事实取代了各种理论推断的革命性发展的实现，要归功于美国核潜艇的使用。这种潜艇可以从冰盖下通过，直接去探索海洋深处。1957 年，与威尔金斯的常规潜艇有着同样名字的新鹦鹉螺号在先行性探索中初次在北极冰川下穿行。这次探索意在发现通过潜艇探索这些区域的可行性。鹦鹉螺号在水下停留了 74 个小时，穿越了几乎 1 000 英里的距离。它收集了大量的数据，其中包括海洋深度和冰川厚度的数据。然后，在 1958 年，鹦鹉螺号从阿拉斯加的巴罗角出发，抵达了北极，而后又转至大西洋，从而穿越了整个大西洋盆地。在这次历史性的旅行的途中，它绘制出了首个涵盖大西洋盆地中央的连续记录的回声测深仪曲线。其他的核潜艇也相继为我们带来了更多关于北极海的信息。现在我们从核潜艇的工作以及其他常规探索工作中清楚地了解到，北极海的海底地形大部分和普通的海洋盆地是一致的，平坦的海底平原上面散布着一些海洋山脉和崎岖的高山。目前我们发现的最大的深度是 3 英里多一点。阿拉斯加外的陆架坡折（更加急剧的下降从这里开

始)是不寻常的35英寻那样小的深度。在国际地球物理年的时候，人们从岩芯管和挖泥船获得的样本以及深海照片中发现，这里的海底上广泛地覆盖着岩石、沙砾和贝壳，这些贝壳主要属于浅水物种。现在的冰层中似乎没有或者几乎没有携带像岩石碎片和沙子这样的物质，因此现在在海底样本中发现的物质一定是来自在某一个过去的地质时代从周围大陆漂流过来的冰块。那时候北极海是相对开阔的海洋。俄国的科学家在海洋生物方面做了十分广泛的研究，他们获得了一些有趣的数据。这些数据似乎否定了南森之前的想法。南森认为北极海中央的植物和动物生命一定十分匮乏。从“北极”流动台收集的数据证明，在北极地区生活的浮游植物和浮游动物数量极大。在冰川表面还进化出了很少受到研究的有机体，这些有机体中含有大量脂肪并且给冰川染上了黄色和红色的色彩。在冰川表面，人们没有发现硅藻，但是在冰川上融化的湖泊中，人们却发现了这种生物。同时发现的还有其他浮游植物。通过从太阳中吸收大量的能量，丰富的硅藻群系促进了冰盖的进一步融化。在北极的夏季，大量的浮游生物吸引了无数的鸟儿和各种哺乳动物前来觅食。]

8

海底地貌的最新地图上出现了一个新特征——这在20世纪40年代以前是从没有被包括在内的——一组大约160个奇怪的、顶部平坦的海底山脉。它们位于夏威夷和马里亚纳群岛之间。普林斯顿大学的地理学家赫斯指挥美国船只约翰逊角号在太平洋上进行为期两年的军事巡航时，注意到了这些特殊的地形。在这艘船的水深图上出现了大量的海底山脉，赫斯立即感到迷惑了。回声测深仪移动的笔在描绘海底轮廓的时候，不时就会突然画出一个陡峭的高山轮廓，一座座高山是那么孤零零地站在海床上。不像典型的火山锥那样，所有这些高山的顶部都是宽阔而平坦的，就像山峰被波浪削了去，又磨平了。这些海底高山大约有半英里至一英里多高。这些高山的平顶峰是如何形成的，这恐怕是和海底峡谷一样的巨大谜题了。不像分散的海底山脉，这一长长的系列山脉在地图上被标出来许多年了。大西洋中脊在一个世纪以后也被发现了。早期为跨越大西洋的电缆路线所做的研究已经给出了它存在的最初线索。德国海洋船流星号在于 20 世纪 20 年代往返大西洋的时候发现了大西洋中脊的大部分轮廓。伍兹霍尔海洋研究所的亚特兰蒂斯号用了几个夏天的时间在亚速尔群岛附近对大西洋中脊做了透彻的研究。如今我们能绘制出这一宏伟山系的轮廓，还能窥探一些这些隐藏山峰和山谷的细节。大西洋中脊在冰岛附近的大西洋中部开始。从这一北纬地带，这一山脉向南在大陆中间延伸，穿越赤道来到了南大西洋，又继续向南纬 50°延伸；在非洲的端点上，这一山脉突然向东部急转，向印度洋延伸了去。它的路线基本上与相邻的大陆的海岸线相近而且平行，甚至连在巴西海岸线的突起和非洲向东弯曲的海岸线之间，赤道上的具体曲折都是一致的。对于一些人来说，这种弯曲说明大西洋中脊是大陆板块的一部分，根据一种理论，在南美洲和北美洲大陆从欧洲和非洲脱离的时候，大西洋中脊被留在了海洋中部。然而，最近的研究表明，在大西洋海床上有厚厚的沉积物，这些沉积物的形成需要几亿年时间的积累。

9

大西洋中脊长10 000多英里，它大部分地区的海床都进行了扰动不安的活动，整个中脊看上去是在相反的巨大力量相互作用下形成的。从它的西部山脚下一直到大陆坡滑向大西洋盆地东部的地方，在这一段上，大西洋中脊是安第斯山脉的两倍宽，更是阿巴拉契亚山脉的数倍宽。在赤道附近，一条深深的沟壑将它从东到西斩断——这个沟壑就是罗曼什海沟。东大西洋和西大西洋深深的盆地仅仅在这一个位置上可以沟通，尽管在它更高的山峰上还有其他更小的山口。

当然，这个中脊的大部分是被淹没在水下的。它的中央脊柱升起在海床以上大约5 000 ~ 10 000英尺高的地方，但是在它的山峰上还有一英里深的海水。不过这里或那里有一些山峰突破了黑暗的深海，来到了海面以上。它们是中大西洋的岛屿。大西洋中脊的最高峰是亚速尔群岛的皮克岛。它从海床上升起来2.7万英尺高，海平面以外只有7 000 ~ 8 000英尺高。中脊上最尖锐的山峰是被称为圣保罗的礁石群，在赤道附近。五六个小岛组成的岛屿群还没有1/4英里宽，它们的岩石斜坡如此陡峭，在距离海岸边只有几英尺的海上，海水就超过半英里深。阿森松岛上狂暴的火山是大西洋中脊的另一个峰点，而特里斯坦－达库尼亚群岛、戈夫岛和布维岛也是如此。

但是大西洋中脊的大部分还是永远隐藏在人类的视线以下。它的轮廓是依靠神奇的声波探测间接绘制的。取样器和挖泥船带来了物质的碎片；它的地形的部分细节也被深海摄像机拍摄了下来。在这些帮助下，我们可以用想象力绘制出宏伟的海底山脉以及它们陡峭的峡谷和岩石平台、深深的沟壑和高耸的山峰。如果我们要把海洋中的山脉与陆地上的其他山脉进行比较，我们一定会想到在树木线以上的陆地山脉，以及它们被雪覆盖的无声峡谷和被风清扫干净的裸露岩石。因为海洋中有倒置的树木线或植物线，其下没有植物能够生长。海底山脉的斜坡更加晒不到太阳光，那里只有裸露的岩石，而在峡谷中只有默默沉积了几亿年的厚厚的沉积物。

太平洋和印度洋洋面下都没有像大西洋中脊这样被淹没的高山，但是它们有小一些的山脊。夏威夷群岛是横穿中太平洋盆地将近 2 000 英里的山脉的山峰。吉尔伯特和马歇尔群岛则站立在另一条中太平洋山系的肩膀上。在东太平洋，一个宽阔的高原连接着南美洲的海岸和中太平洋的土阿莫土岛；而在印度洋中，一条长长的山脊从印度一直贯穿至南极洲，它的大部分长度上都要比大西洋中脊更宽更深。一个最为有趣的猜想是：与陆地上的过去和现在的山脉相比，海底山脉的年龄大小如何？回顾过去的地理时代，我们会意识到高山在陆地上的耸起伴随着火山喷发和地球的剧烈震动，它们又在雨水、雾气和洪水之下崩裂消磨。海洋中的山脉又是如何的呢？它们的形成过程也是一样的吗？它们也在出生之时就开始死去了吗？

10

有一些证据可以证明海洋中的地壳并不比陆地上的地壳稳定多少。地球上的地震，有相当一部分在地震仪的追踪下可以发现源头在海洋中；而且我们稍后会了解，海洋中的活火山和陆地上的活火山一样多。显然大西洋中脊在地壳变化充足的沿线分布；尽管火山火大多数时候是沉寂的，但是目前大西洋中的大部分地震都发生在这里。几乎整个太平洋盆地的大陆边缘都会随着地震颤抖，因为火山而暴躁。这些火山中有的是经常活跃的火山，有的是死火山，有的只是在一次爆发之后休眠上一个世纪。太平洋边缘的高山几乎形成了不间断的边界，从这些高山上，陆地的轮廓突然倾斜到了极深的海水中。在南美洲海岸外，沿着阿留申群岛伸展、跨越日本、向南延伸至日本海外和菲律宾的深深海沟说明，在巨大张力作用下这种地带的地貌正在形成中。

然而，海底山脉最接近于诗人口中的“永恒山岭”。大陆上的山脉刚刚形成的时候，自然界的力量就试图将它抹平。深海中的山脉在成熟的过程中不受到普通侵蚀力量的干扰。它在海床上逐渐长大，会将火山山峰伸出到海面以上。这些岛屿受到雨水的攻击，不久年轻的山脉就被打磨到了波浪以下；在海水进攻的骚乱中，它沉到了水面以下。最终山峰被消磨了下去，不再受哪怕最可怕的风暴海浪的拉扯。在昏黄的海水中，在宁静的深海里，海洋山脉获得了安宁，不再受到攻击。

在这里它可能会几乎保持不变，或许在陆地生命存在的整个时期都保持同一副模样。因为这一真实的不朽，最古老的海洋山脉一定要比陆地上所剩的山脉古老得多。赫斯教授发现了中太平洋的山脉，他说这些“被淹没的古老岛屿”可能在寒武纪之前就已经形成了，或者是在大约 5 亿～ 10 亿年前的某个时候形成的。这样一来它和劳伦系山脉的大陆山脉就是在同一个时间形成的。即使海洋山脉发生了变化，这个变化也十分微小，它们的高度就像少女峰、埃特纳火山或胡德山这些现代陆地山峰。而劳伦系时期的山脉如今几乎连一点点遗迹都不存在了。根据这一理论，太平洋山脉一定和阿巴拉契亚山脉形成的时间一致，也就是在 2 亿年以前。太平洋中的山脉仍然屹立不动，而阿巴拉契亚山脉早已消磨成了地球面部上的一丝丝皱纹而已。6 亿年以前，当阿尔卑斯山和喜马拉雅山、落基山和安第斯山脉刚刚成就雄伟的高度时,海洋山脉就已经很古老了。然而，很有可能当这些山脉也消磨成尘埃时，这些海洋中的高山依然屹立不倒。

11

当我们更多地了解了海面下隐藏的陆地时，我们会不断地想问：这些被淹没的水下高山会与那些著名的“消失的大陆”相关吗？所有这些传说中的国度身上都有着幽灵般不真实的故事——传说中印度洋中的利莫里亚、圣布伦丹之岛以及迷失的亚特兰蒂斯——它们都像深深扎根在种族记忆里一样，在世界上许多地方的传说中顽固地反复出现。

最著名的是亚特兰蒂斯；根据柏拉图的描述，它是在赫拉克勒斯之柱以外的大岛或陆地。亚特兰蒂斯是爱好军事的人的故乡，统治着这个地方的是强大的国王，他们常常对非洲和欧洲大陆发起进攻。亚特兰蒂斯将大部分利亚比控制在自己的力量下，他们在欧洲的地中海海岸上游行，最终进攻了雅典。然而，“在强烈地震和洪水的夹击下，在一个白天和一个致命的夜晚之后，所有对抗希腊的战士都被洪水吞没了。亚特兰蒂斯岛消失在了海面以下。自从这以后，这些海域没有行船能够通过；船只无法通过这里是因为被埋葬的岛屿之上蔓延的黄沙”。

亚特兰蒂斯的传说流传了几个世纪。当人类勇敢地驶进了大西洋，穿越了这片广袤的大海，后来又研究了它的深度以后，人们开始猜想这片迷失大陆的所在地。各种大西洋岛屿都被说成是这片更加广阔的陆地的一点点遗迹。圣保罗被海水冲刷的孤寂岩石或许比其他岛屿更经常地被认为是亚特兰蒂斯的遗迹。在过去的一个世纪里，随着人们对大西洋中脊的更多了解，猜测也常常集中到了这片远在水面以下的巨大的地区。

不幸的是，对于这些奇诡的想象来说，如果中脊曾经露出在海面上，那个时期的人类一定还远不能在这样的亚特兰蒂斯上生存繁衍。一些从大西洋中脊上获得的样本表明，沉积物是典型的远洋上的连续沉积物，这片海洋远离陆地，可以追溯到大约 6 000 万年以前。而人类，连最原始的人种，都仅仅是出现在大约过去的 100 万年里。

就像其他深深扎根在民俗中的传说一样，亚特兰蒂斯的故事中蕴藏着一些真实的成分。在人类在地球上的朦胧发端中，这里那里的原始人类都有一些关于沉没岛屿或半岛的知识。那些故事或许没有亚特兰蒂斯故事中那样戏剧性的突然属性，但是它们确实发生在人类可以观察到的时间里。目击了这样一个事件的人一定会把它描述给他的邻居和孩子们听，这样，逐渐地，关于沉落大陆的传说就诞生了。

12

在今天的北海水下，就静静地躺着一个这样的迷失城邦。仅仅在几万年以前，多格滩还是干燥的陆地，但是如今渔民们拖着他们的渔网来到了这片著名的捕鱼场，在被淹没的树干中间捕捉鳕鱼、狗鳕和比目鱼。

在更新世时期，当大量的海水被海洋收了起来，冻结在了冰川中时，北海的海床露了出来，并且在一段时间里变成了陆地。这是一片低洼、潮湿的土地，上面覆盖着泥炭沼泽；然后渐渐地森林从附近的陆地上搬迁了过来，因为我们能看到在那时的这片地区上，在苔藓和蕨类植物中间还生长着柳树和桦树。动物们也从大陆上搬了下来，在这片新赢来的土地上定居下来。它们中有熊和狐狸以及土狼，还有野牛、北美野牛、披毛犀和猛犸象。原始人从森林中搬到这里，带着粗糙的石头工具；他们追踪鹿和其他的猎物，用燧石翻起了潮湿森林中的根系。

然后，随着冰川开始撤退，融化的冰山产生的洪水倾倒进海洋中，海平面开始上升，这片土地变成了岛屿。或许在连接的海峡还没有变得太宽之前，人类就逃到了大陆上，将他们的石头工具留在了身后。但是大部分动物显然依然留在那里，逐渐地它们的岛屿缩小，食物越来越稀少，但还是无路可逃。最终，海洋覆盖了这座岛屿，宣布整片陆地和所有生物的归属权属于大海。

至于那些逃走的人，或许他们用自己的原始方式把这个故事告诉给了其他的人。这样世世代代相传，直到它被固定在了种族的记忆中。

这些事实还不曾出现在任何一段历史记载中，直到一代人以前，欧洲的渔民搬到了北海中央，开始在多格滩上拖网捕鱼。他们很快在周围发现了一片丹麦大小的不规则高地，这块高地躺在水下大约60英尺的地方，但是四周陡峭，处于更深的海水中。他们的拖网立即捕捞上来许多在任何普通渔场上都没有发现过的东西。其中有大块松散的泥炭，渔民们称其为“沼泽木”；还有许多的骨头，而且尽管渔民们不确定它们究竟是什么，但它们似乎属于大型陆地哺乳动物。所有这些物品损坏了他们的渔网，妨碍了他们捕鱼，因此只要有可能，渔民们就会把它们拖下海岸，将它们扔进深海中。但是他们带回了一些骨头、一些沼泽木和树木的碎片以及粗糙的石头工具，这些样本被送到了科学家那里以进行验证。

从这些渔网里奇奇怪怪的碎片中，科学家们辨认出了完整的更新世的动物和植物，以及石器时代的人类的工具。在想到北海曾经是干燥的陆地时，他们勾勒出了多格滩这一迷失岛屿的故事。

无尽的降雪

深沉海底，
流落着尘世的诗篇。
——卢埃林 · 波伊斯[①]

地球上的每一个部分，或空气或海洋，都有它独特的气息，这种品质或特点将它们中的每一个部分都与众不同地独立了出来。当我想起深海海床的时候，占据我想象力的压倒性的独一事实是沉积物的积累。我总是能看见从上面而来的物质持续不断地往下漂浮，一片一片，一层一层——持续了几亿年，只要有海洋和大陆存在，这种“降雪”就依然会继续。

因为沉积物是地球所见过的最旷日持久的一场“降雪”中的雪花。当第一场雨降在裸露的岩石上时，侵蚀力的作用便开始了，沉积物的降雪也开始了。当生物在表层海水中生长起来，保护着它们生长的石灰壳和硅质壳被它们抛弃、开始向海底漂浮的时候，降雪的过程也加速了。默默地，无休无止地，随着地球进程的从容延续，沉

① 卢埃林 · 波伊斯（Llewelyn Powys，1884—1939 年）：英国小说家、散文家。

积物的积累也在进行着。地球最不缺的就是时间了。在一年里，沉积物的积累只有很少，在一个人一生的时间里也并不多，但是在地球和海洋生命中，它们积累起来的量却如此巨大。

降雨、土地的侵蚀、负载沉积物的流水，在全部地质时期中进行着，只是节奏和速度不同。除了每条奔赴大海的河流中负载的淤泥，组成沉积物的还有其他材料。吹起在地球高空中的火山灰最终落到了海洋上，在洋流中漂浮，吸饱了水，沉了下去。海岸边沙滩上的沙子被海风吹了起来，落在了海水里，也沉了下去。沙砾、鹅卵石、小圆石以及贝壳被冰山和浮冰带走，当冰块融化的时候被释放到了水中。铁屑、镍和其他进入地球大气中的碎片也在海洋上空成为这场规模巨大的降雪中的一片片雪花。但是最为广泛分布的，是数十亿又十亿的小贝壳和骨骼、生活在上层海水中的所有微小生物的石灰质或硅质残骸。

1

沉积物是一种地球的史诗。当我们足够有智慧的时候，或许我们就能够从它们中读到全部的历史。因为一切都写在这里。组成沉积物的材料的性质，和它们中分出的连续的层的排列，反映出了上层海水中和周围陆地上发生的一切。地球历史的戏剧性和灾难性都在沉积物中留下了痕迹——火山的喷发、冰川的进退、沙漠土地上灼热的干旱以及洪水扫除一切的破坏力。

沉积物这本书在当代科学家的时代才被翻开，1945 年以来在收集和解释样本方面我们取得了令人激动的进步。早期的海洋学家会用挖泥船从海底挖起表层的沉积物。但是他们真正需要的是一种用苹果去核器原理工作的仪器，这种仪器可以垂直钻至沉积物底部，以取出长条状的样本或“果核”，其中物质的顺序没有被打乱。1935 年，皮戈特博士发明了这样的设备，在这种“枪”的帮助下，他在从纽芬兰到爱尔兰之间的大西洋深海中获得了一系列的长条状样本。这些样本平均长约 10 英尺。在 10 年后，瑞典的海洋学家库伦贝格研发出了活塞式取样器。他用这样的取样器获得了 70 英尺长的原模原样的样本。海洋中不同地区的沉积速率是无法确切知道的，但是速度通常都十分缓慢；因此像这些样本都代表着上百万年的地质历史。

研究沉积物的另一个独具匠心的方法，是哥伦比亚大学和伍兹霍尔海洋研究所的莫里斯 · 尤因教授使用的。尤因教授发现他可以通过发出声音并测量回声的方法来测量覆盖在海床岩石上的沉积物的厚度。从沉积物表层（表面上的海底）会收到一次回音，从“底部的底部”或者真正的岩石海床上还会传来第二次回音。在海洋中携带和使用炸药是危险的，所有的船只都不要尝试，不过瑞典的信天翁号以及对大西洋中脊进行探索的亚特兰蒂斯号都使用了这个方法。在亚特兰蒂斯号上，尤因也使用了震波折射的技术，这样声波可以在水平面上移动，穿越了海床的岩石层，提供了关于岩石性质的信息。

但是在这些技术被研发出来以前，我们只能猜测平铺在海床之上的沉积物积累的厚度。如果我们去回顾那漫长岁月里从未间断的降落——一次一颗沙砾、一颗接一颗的脆弱的壳，这里一颗鲨鱼的牙齿，那里一颗流星的碎片——但是整个过程坚持不断地进行着，无休无止、不知疲惫，我们可以料想这个数值是巨大的。这个过程显然与帮助形成山脉一层层岩石的过程相似，因为岩石曾经也是时常漫过大陆的浅浅海水下柔软的沉积物。随着海洋退去，沉积物中间固化，变得坚硬，形成了大陆厚重的沉积岩外壳——在空前的地球运动中我们可以看到这一岩层被提起、被倾斜、被压缩、被打破。而且我们知道，在一些地方沉积岩有几千英尺厚。然而当瑞典深海考察队的指挥汉斯·皮特森宣布信天翁号在大西洋远洋盆地上的测量表明沉积物层足有 1.2 万英尺厚时，所有人都感受到了满满的喜悦和震惊。

2

如果大西洋海床上沉积着大于两英里厚的沉积物，那么就产生了一个有趣的问题：在沉积物巨大的重量下，崎岖的海床是否曾经下沉了一定的深度？地理学家们持有不同的意见。最近发现的太平洋山脉或许给出了一个它拥有的证据。如果它们真的像它们的发现者所称呼的那样，是“被淹没的远古岛屿”，那么它们可能是通过海床的陷落才来到现在在海平面之下一英里左右的位置上的。赫斯认为这些岛屿形成的年月如此久远，那时候珊瑚虫都还没有进化出来，否则珊瑚会在这些海洋山脉被刨平的平坦表面生长起来，而且它们将自己建造起来的速度完全赶得上海床陷落的速度。无论如何，我们都难以理解如果不是地壳在它的重压下下陷，它们怎么会被磨损到刚刚低于“波浪基部”的位置。

可能的是，这些沉积物在位置和时间上受到了不均衡的扰乱。与在大西洋某些部分发现的 1.2 万英尺的厚度相比，瑞典的海洋学家在太平洋或者印度洋中从来没有发现厚度超过 1 000 英尺的沉积物。或许一场大规模海底喷发带来的岩浆形成了厚厚的一层海底岩石，新的沉积物在它上面积累了起来。因而这一层岩浆阻断了声波。

尤因报告了大西洋中脊沉积层厚度的有趣不同和从美洲这一边靠近大西洋中脊的方法。当海底的地形变得不那么平坦，开始倾斜形成中脊上的小丘陵时，沉积物也变厚了，仿佛在山坡上形成了1 000 ~ 2 000英尺厚的巨型漂浮物。在中脊山脉的高处，还有很多层小到几英里、大到几十英里宽的平台，这里的沉积物更深，能厚达3 000英尺。但是在中脊的脊柱上，在陡峭的山坡、山峰和峰尖上，裸露的岩石出现了，沉积物被一扫而光。

[1961年注：当海床上大部分区域的沉积物已经得到了测量后，海洋学家们十分惊讶——但是他们的惊讶涉及这样的事实：总体上，沉积物的表层如此薄，比相关证据让我们料想的薄得多。在广阔的太平洋中，沉积物（未固化的沉积物加上沉积岩）的平均厚度只有1/4英里。总体上要比大西洋稍厚一些。（这些是平均数值；当然还存在一些深许多的沉积物。）在一些地方，几乎没有沉积物。几年以前，几位海洋学家获得了锰结核的图片。它们位于大西洋的海床上，厚度极大；还有一些在太平洋东南部的复活节岛的山脊上。可以追溯到第三纪的鲨鱼牙齿（因此大约有7 000年了），有时会成为这些节瘤中的结核。显然，它们在结核周围沉积下连续的层的过程是非常缓慢的。汉斯·皮特森（Hans Pettersson）估计它的生长速度为每1 000年生长1毫米。然而，在这一期间里，这些节瘤躺在海床上，深到足够将它们包裹起来的沉积物还没有积累起来。

通过观察沉积物中一些成分的放射性衰变，人们对在后冰川时代的沉积速度有了一些认识。如果这一沉积速度在海洋的整个历史上都是如此，那么沉积物的平均厚度要比现在看起来的大得多。是许多沉积物被溶解了吗？还是现在被淹没的大部分陆地上的物质被淹没的时间比我们认为的多，因此它们有更长的时间接受缓慢的侵蚀？对神秘的沉积物，人们给出过这样或那样的解释，但是没有一个解释完全让人信服。或许，在海床上钻一个深至莫霍洛维奇不连续面的洞的重要工程，会为我们提供一些现在缺失的解释。]

3

在思考厚度和分布的这些差异时，我们不可避免地会想到它与一场持久降雪的相似性。我们会想起这场深海的降雪就好比刮着暴风雪的阴冷北极冰原。连日的风暴到访这个地方，这时候雪花被吹了起来，充满在空气中；然后天气回归平静，降落的雪变得轻盈。在沉积物的降雪中，同样也有轻和重的交替。重的降雪与大陆上的造山运动阶段相联系，这时候陆地被抬高，雨水从山坡上冲了下来，携带着泥巴和岩石碎片进入了大海；在造山运动的间歇，降雪变得轻盈，这时候大陆是平坦的，侵蚀放慢。接着，在我们想象中的冻原上，风再一次将雪吹了起来，它们充满了山脊之间的峡谷，雪堆叠了起来，直到大陆的地形被刷新，山脊被冲刷干净。从在海床上漂浮的沉积物中，我们看到了风的力量，这里的风可能是深海洋流，它用自己的规则对沉积物做了重新分配，尽管它们的规则人类尚不能理解。

然而，我们了解沉积物层的基本模样已经有许多年了。在大陆地基的周围，在大陆坡边缘外的深海中是来自陆地上的泥土。这些泥土有许多种颜色——蓝色、绿色、红色、黑色和白色——它们因气候的变化以及发源地的主要土壤和陆地岩石的不同而呈现出明显的差异。在更远处的海水中是主要发源于海洋的软泥——它们是数万亿微小的海洋生物的遗体。在温带海洋中的大部分区域，海床上大面积覆盖着被称为有孔虫类的单细胞生物的遗骸，其中最丰富的物种是球房虫。球房虫的壳在非常古老的沉积物和近代的沉积物中都能看到，不过，经过了漫长的岁月，这一物种也发生了变化。了解了这一点，我们大约可以根据它们的出现追踪到沉积物出现的年代。不过，它们还一直是简单动物，生活在杂乱雕刻的碳酸钙壳里，整只动物身材如此渺小，你必须要用显微镜才能看到它的细节。根据单细胞生物的习性，每一只球房虫并不会死去，而是一分为二，成为两只球房虫。在每一次分裂的时候，旧的壳被抛弃，形成两个新的壳。在富含石灰质的温暖的海洋中，这些微小的生物会疯狂地繁殖。因此，尽管它们每一只都那么渺小，无数只球房虫的壳却覆盖了上百万平方英里的海底，深度也有几千英尺厚。

4

然而，在海洋深处，石灰石还没落到海洋底部时，大部分就已被深海中的巨大压力和较高的二氧化碳含量溶解掉了，形成了海洋中巨大的化学物质仓库。二氧化硅能更好地抵抗溶解。能完整地抵达深海的大块有机物遗骸，属于看似结构最为脆弱的单细胞生物——这是海洋中有趣的悖论之一。放射虫类会让我们不受控制地想到雪花，它们都同样地形状万千，同样有奇异的边儿，同样地杂乱无章。然而因为它们的壳是用二氧化硅而不是石灰石制成的，它们可以保持不变地降落到深海中。因此，在北太平洋的热带深海中有宽阔的放射虫软泥带，这些软泥带说明大量的活放射虫类曾经在这里生活过。

还有两种有机沉积物是用另外两种生物的名字来命名的，因为这些生物的遗骸形成了这样的沉积物。硅藻是海洋中的一种微小植物，它们在冷水中生长得最为繁盛。在南极海的海床上有一条宽阔的硅藻软泥带，这个区域就在流冰群掉落形成的冰积物地带的外侧。在北太平洋中还有另一条硅藻软泥带，这个区域就在从阿拉斯加到日本的巨大海沟一带。这两个地带都是富营养海水从深处升起来的地方，可以供应大量植物的生长。硅藻和装在二氧化硅外壳里的放射虫类一样，身材微小，有各种形状的盒子一般精心设计过的壳。

在开阔的大西洋上相对较浅的地区，有一块块由被叫作翼足类动物的蜗牛的遗骸组成的软泥。这是一种会游泳的脆弱的蜗牛。这些长着翅膀的软体动物，拥有极为美丽的透明外壳，在这里那里的分布丰富到难以置信。翼足类动物软泥是百慕大地区的特征性海底沉积物，在南大西洋中也有大块这样的软泥。神秘又古怪的是一大片覆盖着柔软红色沉积物的地区，尤其是在北太平洋中的这一区域。这些沉积物中看不到任何有机物的残骸，只有鲨鱼的牙齿和鲸鱼的耳骨。这种红色的黏土出现在极深的海中。或许其他沉积物中的所有物质，在抵达这片有巨大压力的冰冷地带以前就已经被溶解了。

5

我们对沉积物中包含的故事的解读才刚刚开始。当更多的样本被收集起来加以研究时，我们显然会揭秘更多有趣的故事。地理学家们指出，从地中海里获得的一系列样本或许能解答几个关于海洋和地中海盆地周围陆地的历来有争议的问题。例如，在这片海洋下的沉积物层的某处，在分界明确的沙层中，会有证据证明撒哈拉沙漠形成以及干燥的风开始席卷变迁的地表并将它们带入海洋的时间。从阿尔及利亚外的地中海西部获得的长条状样本显示了可以追溯到成千上万年前的火山活动，其中包含的史前喷发是我们毫不了解的。

十多年以前，皮戈特（Piggot）在开尔文爵士号电缆船上从大西洋中获得的样本已经被地理学家们详细地研究过了。据他们分析，这些样本可以追溯到一万年以前，可以让我们感知到那时候的地球气候韵律的脉动。因为这些样本是由一层层冷水球房虫动物群（也就是冰川期沉积物）间隔着温水性质的球房虫软泥组成的。从这些样本提供的线索中我们可以看到冰川间歇期，这时候的温和气候和海床上的温和海水滋养了海洋中生活的喜温生物。在冰川间歇期之间，海水变冷。云聚集了起来，雪降了下来，在北美洲大陆上形成了巨大的冰盖，冰山移到了海岸边。冰川气势磅礴地抵达了海洋；在那里它们制造出了成千上万的冰山。冰山缓慢而恢宏地进入到海洋中，而且因为地球大部分处于极寒中，这时候的冰山可以和现在少数游离的冰山一样飘荡到更远的南方。当它们融化的时候，它们将负载的淤泥、沙子、沙粒和岩石碎片释放了出来。当它们从陆地滑向海洋的时候，冰山下面携带了大量被冻结进去的这些物质。因此冰川沉积物会出现在普通的球房虫淤泥中，在那里刻下了冰川期的记录。

然后，海水再度变得温暖起来，冰川融化撤退，温水物种的球房虫再次在海洋中生长起来——生长、死亡，然后漂落到海底形成新一层球房虫淤泥，这一次是在冰山带来的淤泥和沙粒之上。温暖和柔和的记录再次被写进了沉积物中。从皮戈特的样本中，我们可以重新构建起被温暖的气候阶段分离的四个不同的冰川前进时期。想到就在我们生活的现在，一轮新的暴风雪正在降落、降落，雪花一片一片，落在海床上，这是多么有趣！成百上千亿只球房虫在飘落，将这个我们生活的总体上温和而温暖的时代毫不含糊地写进了记录里。一万年以后，又是谁来阅读这些记录呢？

岛屿的诞生

许多碧绿的岛偏偏
就在广阔幽深的大海中。
——雪莱

上百万年以前，一座火山在大西洋的海床上造就了一座山。在一次又一次的喷发后，它堆起了巨大的火山岩层，直到底部的火山岩有几百英里宽，而顶部耸起到了海面上。最终火山岩的顶端露出在海面外的部分大约有 200 平方英里的面积，它就成了一座小岛。几千年过去了，几千年又几千年过去了。最终，大西洋的波浪将这座小岛削去了尖儿，打磨成了沙洲——只剩下一小部分还留在海面以外。它就是百慕大。

百慕大出现的故事增增减减几乎也适用于从远离陆地的海洋中冒出来的每一座岛屿。因为海洋中这些孤寂的岛屿基本都不同于大陆。现在的主要大陆板块和海洋盆地和它们在过去地质时期中的样子有很多的相似之处。但岛屿短暂，它们在今天被创造，在明天又被毁灭了。它们是海底火山撼天动地的喷发的结果，火山或许用了上百万年才达成所愿。这一点几乎没有例外。陆地和海洋那些看似毁灭性、灾难性的进程，最终却是创世的行为，这是另一个悖论。

岛屿总是让人类着迷。或许欢迎在无垠的海上偶然升起来的陆地是人类这种陆生动物的本能反应。在距离最近的大陆 1 000 英里远的巨大海盆之上，在数英里深的海水上，我们乘船遇到了一座岛屿。这时候我们的想象力可以跟随着岛屿下面的坡地，来到深海中它们在海床上生长起来的地方。我们疑惑，为什么、通过怎样的方式，这样的岛屿才能在海洋中间升起来。

1

长期的剧烈活动标志着火山岛诞生这样一个事件的发生：地球的力量试图创造，而所有海洋表面的力量试图反抗。一座岛屿发源的海床或许大约都不会超过 50 英里厚——在空前巨大的地球上，这样的一层微不足道。其中有深深的裂缝和裂沟，这是过去岁月里不均衡的冷却和收缩导致的。在这些脆弱的地带，融化的岩浆从地球内部冲了出来，并最终在海水中爆发了。但是海底火山不同于陆地上的喷发，在陆地上岩浆、融化的岩石、气体和其他的喷出物从一个火山口中被卷进了空中。而在海洋底部，火山要对抗中上层所有海水的力量。尽管要承受 2 ~ 3 英里深的海水的巨大压力，新的火山锥在一波又一波的岩浆中向海面建造了起来。一旦来到波浪的触及范围以内，它柔软的火山灰和凝灰岩就受到了猛烈的攻击。在很长的一段时间里，这个潜在的岛屿都会是一个沙洲，无法突破出来。但最终在一次新的喷发中，火山锥终于被送到了空气中，还用结实的熔岩建造起了阻挡波浪攻击的壁垒。

航海家的地图上表明了无数的、最近才发现的海底山脉。它们中的许多，都是过去地质时期被海水淹没的岛屿。同样的地图还显示了至少在 5 000 万年以前从海面中长起来的岛屿，还有一些则是在我们知道的时代里才露出到海面上来的。在这些地图上标记出来的海底山脉中，有一些将会成为未来的岛屿，如今它们正在我们看不见的海床上塑造着，向海面生长着。

因为海洋绝不会被海底火山的爆发毁灭掉。火山爆发如此常见，有时只有仪器才能监测到，有时随意就能观察到。火山地带的船只或许会突然发现自己置身在了剧烈搅动的海水中。大量的蒸汽升腾了起来。海水似乎在激烈的湍动中冒起了泡或者沸腾了起来。海面上喷起了巨浪。从隐藏在深处的火山口，漂浮起鱼类和其他深海生物的尸体以及大量的火山灰和浮石。

在世界上较大的火山岛屿中，最年轻的一个是南太平洋中的阿森松岛。第二次世界大战期间，美国飞行员这样唱道：

> 如果我们找不到阿森松，
> 抚恤金就会送到我们妻子的手中。

这座岛屿是在巴西拱起在大西洋中的驼背与非洲的突起之间的唯一一片干燥土地。这是一片令人望而却步的煤渣，其中分布着不少于 40 个死火山的火山口。然而这里并不是一直这样贫瘠，因为在阿森松岛上人们发现了树木的化石遗迹。没有人清楚这些森林在过去发生了什么。大约在 1500 年，第一批探索这个岛屿的人看到的这座岛是没有树木的，然而今天除了它上面被叫作格林山（Green

Mountain）的最高峰，人们还是看到一点自然的绿意。

2

近代以来，我们还从没看到过有像阿森松岛这样大的岛屿诞生，不过时不时地，还可以见到报道说出现了一座新的小岛。但是或许一个月、一年、五年以后，这座小岛就又消失在了海洋中。它们是尚在形成中的小岛，注定只会在海面上短暂地露面。

大约在 1830 年，这样一座小岛突然出现在了西西里亚和非洲海岸之间的地中海上。在那一地区有火山活动迹象出现以后，它就从 100 英寻的海底升了起来。海浪、风和雨攻击着它。它柔软多孔的材料十分容易被腐蚀。于是它很快就被侵蚀掉，沉进了海里。这座小岛现在变成了一座沙洲，在地图上被标记为格雷厄姆礁（Graham's Reef）。

突出在澳大利亚东部将近 2 000 英里的太平洋上的火山的山峰叫作猎鹰岛，它于 1913 年突然消失了。13 年后，在附近火山的剧烈喷发以后，它又同样突然地出现在了海面上，直到 1949 年它还是大英帝国的属地。后来殖民地大臣又报告了这一岛屿的再次失踪。

几乎从诞生那一刻开始，火山岛屿就注定要走向毁灭。它自身就携带着自我溶解的种子，因为新的火山喷发或者柔软土壤的崩裂也许都会剧烈地加速它的崩解。一座岛屿的毁灭来得迅速还是发生在很长一段地质时期之后，这也取决于外在的力量：会冲刷掉土山山峰的雨水、海洋甚至以及人类自身。

南特立尼达拉岛（South Trinidad）在葡萄牙语中是“Ilha

Trinidade”，这是一座典型地被长期风霜雕刻成了奇怪形状的岛屿。在这座岛屿上，溶解的迹象十分明显。这一群火山山峰位于开阔的大西洋上，距离里约热内卢东北部大约1 000英里远。1907年，奈特(E.F. Knight) 写道，特立尼达拉岛“从里到外烂透了，物质都被火山灰和水的作用分解了，因此到处都崩裂成了碎片”。在奈特到访这里的9年的间隔里，这座山峰的一侧整个崩塌成了碎石和火山碎屑。

3

有时候，崩裂发生得如此突然而且剧烈。历史上最猛烈的一次爆发将喀拉喀托岛掏空了。1680年，在荷属印度的爪哇岛和苏门答腊岛之间的巽他海峡上，这座小岛尝试性地爆发了一次。200年以后，这里发生了一系列的地震。在1883年春，浓烟和蒸汽从火山锥的裂缝里升了起来。地面明显变暖了，示警性的隆隆声和嘶嘶声从火山中传来。接着，在8月27日，喀拉喀托火山真的爆发了。在长达两天的可怕持续喷发中，火山锥整个北部的一半都被带走了。海水的突然涌入加剧了这一潭过热的水流的暴怒。当白热的岩浆、融化的岩石、蒸汽和浓烟形成的地狱最终止息，这个耸立在海上大约1 400英尺高的岛屿变成了在水面以下1 000多英尺的裂缝。只有火山口边缘还有一点原先岛屿的遗迹。

喀拉喀托岛因为它的毁灭而闻名世界。这次爆发引起的上百英尺高的波浪毁灭掉了海峡附近的村庄，杀死了上万人。在印度洋的海岸和合恩角上也能感受到这样的波浪；这个波浪绕过了合恩角，甚至来到了大西洋上，并向北扩展，一直到英吉利海峡都留下了它的痕迹。火山喷发的声音在菲律宾群岛、澳大利亚和将近 3 000 英里以外的马达加斯加岛都能听得见。火山灰形成的乌云、被从喀拉喀托岛的心脏中撕碎的岩石升起到平流层，又在其中作环球旅行，导致在喷发后的将近一年里，全世界各国都看到了一系列恢宏壮观的日落。

尽管喀拉喀托岛的戏剧性离场是现代人目击的最猛烈的一次火山喷发，喀拉喀托岛本身似乎却是一次更大的火山喷发的产物。有证据显示，今天的巽他海峡所在的水域过去曾经是一座巨大的火山。在某个遥远的过去，一次巨大的火山喷发将它吹走了，只留下底部。这个火山底部如今看来是由岛屿形成的不连续的环。这些岛屿中最大的就是喀拉喀托岛。而在喀拉喀托岛的死亡中，又带走了最初的火山口边缘。但是在 1929 年，一座新的火山岛在这个地方形成了，就是阿纳克—喀拉喀托岛，也就是喀拉喀托岛之子（Child of Krakatoa）。

4

海底火山活动和深海地震扰动了阿留申群岛所在的整片区域。这些岛屿本身是 1 000 英里长的海底山脉的山峰，而火山活动是这一山脉的主要工程师。这一山脉的地理结构我们尚不了解，但是它从一侧大约 1 英里、另一侧大约 2 英里的深海中陡峭地长了起来。显然这一长而狭窄的山脉指明了地壳下的一条深深的裂缝。在许多这样的岛屿上，火山还是活跃的，或者只是暂时休眠。在这一地区短暂的近代航海史上，经常会有新出现的岛屿见报，但是到了第二年它可能就消失不见了。

叫作波哥斯拉夫岛的小岛自1796年首次被发现以来，已经几次改变了形状和位置，甚至还完全消失一次，不过后来又再度出现了。这座原生的小岛是一块被雕刻成了奇妙塔状的黑色岩石。探险家和捕海狗的人在迷雾中遇到它时想到了城堡，于是给它取名“城堡石(Castle Rock)”。现在这个岛只剩下了一两个尖塔，在这些黑色岩石长长的沙嘴上聚集着一些海狮，高大的岩石丛中还回响着几千只海鸟的叫声。自人类开始观察它以来，这座母体火山就爆发了至少6次，而在每一次爆发中，滚开的海水中都会升起新的冒着蒸汽的岩石块，一些岩石能长到几百英尺高的地方，直到新的火山喷发将它们毁灭。正如火山学家贾格尔（Jaggar）描述的那样，每一个新出现的火山锥都是“活的山峰，等同于火山口，是6 000英尺高的熔岩在海底堆起来的巨大堆块，它们从阿留申山脉坠入深海的白令海峡的海床上堆叠了起来”。

被叫作圣保罗群岛的一群奇异迷人的小岛，是海洋岛屿起源于火山这个几乎是普遍性规律的少数例外中的一个。圣保罗群岛位于巴西和非洲之间的广阔大西洋上，是在湍急的赤道洋流中从海床上升起来的一座座障碍物。一望无尽地滚动了1 000英里的赤道洋流在这里遇到了巨大的阻力。这一群岛占据了不足1/4英里的长度，形状是一个弯曲的线条，就像马蹄铁。最高的山峰在海面上不足60英尺高；海浪能打湿它的最高峰。岩石陡峭地没入水中，一直到海底都十分陡峭。自达尔文时代起，地理学家们就对这些黑色的、被海浪冲刷的群岛的产生感到困惑。他们大都认为形成它们的物质和海床本身是一致的。在某个远古的时代，难以想象的地壳内部压力将一块结实的岩石向上推动了两英里多。

圣保罗群岛贫瘠荒芜，连一片地衣也没有生长，因此似乎是全世界最难找到带着捕捉昆虫等节肢类动物的心愿在这里织网的蜘蛛的地方之一。然而，达尔文在1833年到访这里的时候却发现了蜘蛛，而在40年以后，效忠于英王的挑战者号上的自然学家们也报告说在那里发现了忙碌着结网的蜘蛛。另外还有几种昆虫也生活在那里，一些是海鸟身上的寄生虫（有3种海鸟在这些岛屿上筑巢），其中一种昆虫是生长在鸟类羽毛中的棕色小飞蛾。这几乎是全部圣保罗群岛的物种清单。没有包括在内的是一种奇特的蟹类，它们涌上这些小岛，主要以飞鸟带来哺乳幼鸟的飞鱼为食。

圣保罗群岛不是唯一拥有自己独特生物群的海岛。海洋岛屿上的植物和动物群落都与大陆上的植物和动物群落出奇地不同。岛上物种的类型独特而且重要。除了人类最近引入的物种，远离大陆的岛屿上几乎从没有陆生哺乳动物。只有一种学会了飞翔的哺乳动物——蝙蝠有时会出现在那里。那里没有青蛙，没有火蜥蜴，也没有其他的两栖类动物。爬行动物中，或许有一些蛇类、蜥蜴和龟会出现在那里，但是离主要的陆地越遥远，出现的爬行动物就越少，真正偏僻的岛上则根本没有。那里通常有少数几种陆生鸟类、一些昆虫和一些蜘蛛。在距离最近的大陆1 500英里远的、南大西洋中偏僻的特里斯坦－达库尼亚群岛上，则没有陆生动物，只有3种陆生鸟类、少数几种昆虫和几种小蜗牛。

5

既然物种这样稀少，那么一些生物学家认为的“这些岛屿可以通过陆地桥的迁徙被动物们殖民化”的观点是难以实现的，尽管的确有一些很好的证据证明这些陆地桥曾经存在过。这些岛屿上并不存在那些需要从陆地桥上不湿脚地来到这里的动物。另一方面，我们在海岛上发现的植物和动物都是乘着风或者从海上就能来到这里的生物。变通地想，我们应该假设这些岛屿的物种是通过地球史上最奇怪的一种迁徙方式迁徙过去的。这种迁徙早在人类出现在地球上以前就开始了，而且一直在继续。这种迁徙看上去似乎更像是一系列随机的事件，而不是有序的自然过程。

一座岛屿从海洋中形成之后，会有多久是处于完全荒芜的状态？这个问题我们只能靠猜测。显然，在最初的时候，它的荒芜、残酷和不友好是人类难以想象的。没有活的生物在它火山山岭的斜坡上活动，也没有植物覆盖它裸露的熔岩地。但是逐渐地，植物和动物或是乘着风，或是伴着洋流，或是乘坐木块、漂浮的灌木或树木从遥远的大陆来到这里，殖民了这些荒芜的土地。

大自然的方法总是这样从容不迫而且不屈不挠，一座岛屿在几千甚至几百万年的时间里慢慢地储备起了生物。也许自有史以来，一种生物（比如海龟）成功地在一个海岸上登陆的机会不超过五六次。所以焦急地去疑惑为什么人类不能常常目睹这样机会的到来，显然是没有很好地理解这一宏大的自然进程。

然而，我们常常能看到这样的方法。我们常常能在距离像刚果河、恒河、亚马孙河和奥里诺科河这样的热带大河的河口 1 000 英里远的地方，看到海上漂浮着的无根树木和像席子一样的植被所形成的自然救生艇。这样的救生艇上能容易地携带昆虫、爬行动物和软体动物乘客。这些不太情愿的乘客中，有的或许能忍受多个周的海上旅行，其他的则或许在旅途的最初就死去了。或许最适应乘坐这种救生艇旅行的，是木材钻孔虫，这种昆虫是整个昆虫王国中在海洋岛屿上最常见到的一种昆虫。最可怜的救生艇乘客莫过于哺乳动物。不过甚至连一只哺乳动物都可能跨越岛屿之间的距离。在喀拉喀托火山爆发的几天之后，一只小猴子被从巽他海峡上的一根浮木上救了下来。它的身体严重烧伤，但它竟然奇迹般地从这样的经历中生还。

6

水、风和气流同样在为岛屿带去居民的工作上扮演着重要的角色。上层空气甚至在人类进入自己的飞行器之前就是一片交通拥堵的地方。在距离地面几千英尺的空气中拥挤着各种各样的生物，有的在漂浮着，有的在飞翔，有的在滑翔，有的像气球一样膨胀起来，还有的不自主地被大风卷了起来。发现空气中这些丰富的浮游生物，是在人类发明了闯入这些地区的工具之后。科学家们用专门的网和陷阱从上层空气中收集了许多种生活在海洋岛屿中的生物。他们在将近 3 英里高的高空中捕捉到了蜘蛛。有趣的是，在这些海洋岛屿上几乎都能发现这种蜘蛛。飞行员们无数次在 2 ～ 3 英里高的空中遇到这种蜘蛛丝状的、白色“降落伞”。在 6 000 ～ 16 000 英尺的高度上，风的速度达到了 45 英里／小时，但人们依然捕获了许多种活的昆虫。在这样的高度和这样的风力下，它们很可能会被带到几百英里远的地方去。在5 000英尺高的空中，人们还收集到了一些种子。在这些常见的种子中有菊科植物的种子，尤其是被称为“蓟”的典型的海洋岛屿上的植物。

关于活的植物和动物借助风的传送，还有一个有趣的事实，那就是在地球的上层大气中，风吹的方向并不一定与地球表面的风向是一致的。信风十分浅，因此当一个人站在距离海面1 000英尺高的圣海伦娜悬崖上时，他的身下是吹得更加猛烈的风。一旦被吸进了上层空气中，昆虫、种子和相似的物件会轻易地被吹向与岛屿水平方向上的风相反的方向。

在迁徙时到访海洋岛屿的许多鸟儿，也与植物的分布以及或许一些昆虫和微小的陆生贝类的分布有不小的联系。查尔斯·达尔文用从一只鸟的羽毛上获得的小泥球培育出了82种不同的植物，这些植物分属于5个不同的属！很多植物种子有勾或刺，正适合粘在羽毛上。像太平洋金鸻这样的鸟儿，每年都会从阿拉斯加的大陆上飞到夏威夷群岛甚至更远的地方一次，它们或许就是关于植物分布的许多谜团的答案。

喀拉喀托火山的灾难给了自然学家们一个完美的机会去观察一座岛屿的殖民化。在1883年的火山爆发之后，喀拉喀托火山岛屿的大部分都已经被毁掉了，剩余的部分覆盖着一层厚厚的岩浆和火山灰。这些岩浆和火山灰在之后的几周里依然滚烫。这时候，从生物的角度来看，喀拉喀托岛已经是一个新的火山岛了。一旦能够在这里着陆，科学家们就开始寻找生命的痕迹了——尽管很难想象怎么会有活的生物能在这一地方幸存。他们在这里没有发现一棵植物，也没有发现一只动物。直到火山喷发后的第九个月，自然学家库特（Cotteau）才报告说：“我只发现了一只微型的蜘蛛——只有一只。这只革命性的奇异先锋正在忙着织网。”因为这个岛上并没有昆虫，这只勇敢的小蜘蛛织的网显然是要白忙碌一场。而且，除了少数几片绿色的叶子，在喀拉喀托岛上将近 1/4 个世纪里根本没有生物生存。后来殖民者们来到了这里——1908 年来了几只哺乳动物；接着到来的是大量的鸟儿、蜥蜴和蛇，以及各种软体动物、昆虫和蚯蚓。荷兰科学家发现，喀拉喀托岛的新居民中，90% 是从空中来到这里的。

7

岛屿上的生物远离大陆的生物群，没有机会进行杂交，而杂交的方式则倾向于保留平均的、消除新的和奇异的，因此岛上的生物会以卓越的方式进化。在这些遥远的零星陆地上，大自然成功地创造出了奇怪而精彩的物种。仿佛是为了证明它令人称奇的能力一样，几乎每一个岛屿都进化出了独特的物种，这些物种十分独特，在地球上的任何其他地方都没有相同的物种。

年轻的查尔斯·达尔文就是从写在加拉帕戈斯群岛的熔岩区上的历史中，获得了对物种起源的宏伟真相的最初认识。在观察奇怪的植物和动物——巨大的乌龟、在海浪上捕食的奇异的黑色蜥蜴、海狮以及各种非凡的鸟类时，达尔文感动于它们与南美洲和中美洲大陆物种些微的相似性，还着迷于它们不仅与大陆物种而且与该群岛中其他岛屿上物种的不同。一些年以后，他在回忆中写道：“在空间和时间上，我们都似乎离那个伟大的真相更近了。也就是秘密中的秘密——地球上新生物的首次出现。”

在岛屿上进化的新生物中，最令人惊奇的例子就是鸟儿。在人类尚未出现的某个遥远时代，一种像鸽子一样的小鸟出现在了印度洋上的毛里求斯岛。通过我们只能靠想象来猜测的进化过程，这种鸟儿失去了飞行的能力，进化出了短小而粗壮的腿，身材变大，长到了现代火鸡的个头——这就是著名的渡渡鸟的起源。但是人类在毛里求斯岛上出现之后不久，这种鸟儿就消失了。新西兰是恐鸟的唯一家园。这种像鸵鸟一样的鸟儿中，有一个物种站起来有 12 英尺那么高。恐鸟从第三纪的早期就在新西兰游荡，但是在毛利人来到这里后不久，那些还留在这里的恐鸟就很快灭绝了。

除了渡渡鸟和恐鸟，其他的岛上生物也趋向于变得更大。或许加拉帕戈斯群岛龟类也是在到达群岛以后才变成巨型龟的，尽管大陆上的化石遗迹让我们对这一点生疑。翅膀用途的丢失，甚至翅膀的丢失（恐鸟没有翅膀），是海岛生活的通常结果。在风多的小岛上，昆虫总是会失去飞行能力——保留飞行能力的昆虫有被吹进海里的风险。加拉帕戈斯群岛上有一种没有飞行能力的鸬鹚。在大西洋的岛屿上，就有至少 14 种不会飞的秧鸡。

8

岛屿物种最有趣的一个品质是它们的极端驯服——在与人类相处的时候缺乏机智，即使惨痛的教训也没有很快教会它们这一点。

当罗伯特·库什曼·墨菲（Robert Cushman Murphy）和一行人在1913年乘雏菊号双桅横帆船到访南特立尼达拉岛的时候，燕鸥停在了捕鲸船上的人的头顶上，还好奇地打量他们的脸孔。雷仙岛上的信天翁有着跳奇妙的仪式性舞蹈的习性。它们会允许自然学家们在它们的栖息地上行走，并会对来访者的礼貌问候回以相似的认真的鞠躬。在达尔文到访加拉帕戈斯群岛的一个世纪以后，英国鸟类学家大卫·莱克也到访了这里。他发现这里的鹰会允许人抚摸自己，而霸鹟则试图拔走人的头发去筑巢。他写道："野外的鸟儿在人的肩膀上落下来是一种奇怪的乐趣；如果人类不是这么有破坏力，这种乐趣还要常见得多。"

但是人类在海岛上写下了作为破坏者的最黑暗的记录之一。人类几乎没有在哪一个岛屿上驻足而没有带来破坏性改变的。人类通过砍、伐和烧来破坏环境。人类还很可能带来了穷凶极恶的大鼠，而且人类几乎总是会将一整个挪亚方舟的山羊、猪、牛、狗、猫和其他非土著的动物和植物带到岛屿上。海岛上原有的生物，在这个灭亡的黑夜里一个一个沉沦。

在整个生物世界中，我们怀疑是否还会有比岛上生物和它的环境更加精妙地平衡的关系了。这种环境是非常独特的。在几乎不改变航程的洋流和风管辖的大海中央，气候很少会改变。自然天敌也少，或许根本没有。大陆上时常上演的严苛的生存竞争在海洋上缓和了很多。当这种柔和的生命图案被突然改变时，海洋生物几乎没有能力做出调整来生存下去。

恩斯特·迈尔（Ernst Mayr）说起了1918年在澳大利亚东部豪勋爵岛（Lord Howe Island）外失事的汽艇。上面的大鼠涌上了岸。

在两年里，它们几乎灭绝了当地的所有鸟儿，一个土著人写道："鸟儿的天堂变成了荒野，死亡的寂静笼罩了昔日的欢歌。"

9

在特里斯坦－达库尼亚群岛（Tristan da Cunha）上，漫长岁月中在那里进化出来的独特的陆生鸟类，几乎所有的都被猪和大鼠消灭了。塔希堤岛本地生物群也被人类引入的外来生物占据了领地。夏威夷群岛比世界上几乎任何其他地方都更快地失去了原有的植物和动物，这都是人类干扰了自然平衡的后果的典型例证。动物与植物、植物与土壤的某种关系随着时间加强了起来。当人走了进来并粗鲁地扰乱了这种平衡，他就引起了一系列的连锁反应。

温哥华（Vancouver）给夏威夷群岛带去了牛和山羊，随之给森林和其他的植被带来的伤害是巨大的。很多引入的植物的影响也是不好的。一种叫作紫茎泽兰（pamakani）的植物在很多年以前被米基（Makee）船长带到了这里，据报道说是为了装饰他在毛伊岛上的美丽花园。这种植物拥有非常轻的风媒种子，很快这些种子就逃离了这个船长家的花园，毁掉了毛伊岛上的牧场，并且在岛屿之间传播。民间护林保土队的年轻人们一时之间都被号召起来去清理掉霍诺柳利森林保护区（Honouliuli Forest Reserve）的紫茎泽兰，但是还没等它们被毁灭掉，新的植物种子又乘着风到来了。马缨丹(Lantana)是另一种作为装饰性物种被带来的植物。如今这种植物多刺的蓬乱植株覆盖了几千英亩土地，尽管人们投入大笔钱引进了寄生昆虫来控制它。

从前在夏威夷有一个组织，专门引入异域的鸟儿。今天你来到这些岛屿上，看到的不会是当年迎接库克船长的鸟儿，而是来自印度的八哥、美国或巴西的红雀、亚洲的鸽子、澳大利亚的织布鸟、欧洲的云雀和日本的山雀。大部分土著的鸟儿都已经灭绝了，要寻找逃走的鸟儿的痕迹，你不得不去最荒僻的山岭上寻找。

一些岛屿物种的生命力十分脆弱。雷仙岛水鸭（Laysan teal）仅仅生活在雷仙岛这座小岛上，在世界上的其他地方都看不到它们的踪迹。甚至在这个岛上，也只有在岛屿的一端才能看到它们，因为这里有渗流的淡水。也许这个物种的总数不超过 50 只。毁掉它们的家园——这片小小的沼泽地，或者引入一种霸道或强势的物种，就能轻易折断它们纤细的生命线。

人总是习惯性地通过引入外来物种来干涉自然的平衡。大多数时候，人们这样做时并没有意识到跟随在后面的一连串致命事件。但是近代以来，我们至少可以从历史教训中有所收获。大约 1513 年，葡萄牙人将山羊引入到了圣海伦娜岛这座新被发现的岛屿上。这座岛上有产胶树、黑檀树和巴西木形成的茂密森林。到了大约 1560 年的时候，山羊就繁殖到了如此大的规模，几千只山羊组成一英里长的山羊群，在这座岛屿上游荡。它们弄断了小树，吃掉了小树苗。不过到了这个时候，殖民者们也开始砍伐森林了，因此很难说到底是人还是山羊应该对这场毁灭负责。但是后果是毫无疑问的。到了 18 世纪早期，这些森林就消失了，自然学家阿尔弗雷德·华莱士（Alfred Wallace）后来把这个曾经覆盖着森林的美丽火山岛描述成了“岩石沙漠”，最初的植被仅仅覆盖着最难以企及的山峰和火山口。

10

1700 年，天文学家哈雷（Halley）到访大西洋岛屿的时候，他在南特立尼达拉岛的海岸边放下了几只山羊。这次，在没有人类的帮助下，森林的消失发生得如此之快，几乎在那个世纪就完成了。如今，特立尼达拉岛的斜坡上是一片幽灵森林，遍布着早已死去的树木倒地的腐烂树干，不再被交错的树根攥紧的柔软火山土壤也都滑向了海洋。

太平洋岛屿中最有趣的一个是雷仙岛，这片小小的土地是夏威夷群岛的最外层岛屿。这座岛屿上曾经生长着檀香木和扇叶棕榈树的森林以及 5 种陆生鸟类，它们都是雷仙岛所独有的。其中一种是雷仙岛秧鸡，这是一种地精一样的美丽生物。它们身高不足 6 英寸，翅膀看起来太小（也从来没有被用作翅膀过），而脚又似乎太大，声音就像远处叮叮当当的钟声。在大约 1887 年，一艘访船的船长带走了一些秧鸡，将它们带到了以西 300 英里的中途岛，这些秧鸡就在那里安下了第二个家。这似乎是一次幸运的搬家，因为之后不久，兔子就被引入到了雷仙岛。在 1/4 个世纪里，兔子就吃光了这座小岛上的植被，将它变成了一片荒漠，最后也把自己饿死了。对于秧鸡来说，它们岛屿上的灾难是致命的，雷仙岛上最后一只秧鸡死于 1924 年。

如果中途岛的秧鸡没有遭逢相同灾难的话，雷仙岛的秧鸡殖民地或许以后还能重建起来。在太平洋上的战争期间，大鼠被船只和登陆艇带到了一座又一座岛屿上。1943 年，它们入侵了中途岛。成年秧鸡遭到了屠杀。卵被吃掉了，幼鸟被杀了。世界上最后一只秧鸡就只活到了 1944 年。

海岛的悲剧在于它的物种在漫长岁月中进化出来的独特性和不可替代性。在一个理性的世界里，人应该把这些岛屿当成珍贵的财产，作为有着世界上独一无二的精美创造的无价之宝的博物馆存在。哈德孙（W. H. Hudson）对阿根廷草原上鸟儿的挽歌或许更适合用来缅怀这些岛屿——“美丽已经逝去，而且永不会再回来。”

古代海洋的样子

直到海洋缓慢地升起，陡峭的崖壁崩塌，
直到深深的海湾吞噬了梯田和草原。
——斯温伯恩[①]

我们生活在海洋上升的时代。在美国的整个海岸上，自1930年以来，海岸检潮仪和大地测量都感知到了海平面的持续上升。1930—1948年马萨诸塞州和佛罗里达州之间上千英里的海岸和墨西哥湾沿岸的水平面上涨了大约1/3英尺。太平洋海岸的水面也上升了（但是更缓慢）。潮汐测量仪的这些记录不包括风和风暴带来的水面的暂时前进和后退，但是显示出了海洋向陆地的持续不停的前进。

海平面上升的证据是有趣甚至令人兴奋的，因为在人类短暂的生涯中，我们很少能真正观察和测量到巨大地球韵律的进程。正在发生的事情并不新鲜。在漫长的地质时代中，海水多次漫过了北美洲，又多次退回到大洋盆地中。因为海洋和陆地的边界是地球最短暂和一闪而过的特征，而且海洋永远在重复着它对大陆的入侵。它就像巨大的浪潮一样起起伏伏，有时它的洪水会吞没半个大陆，潮水迟

① 斯温伯恩：英国维多利亚时期的一位重要诗人。

迟不愿意退去，活动的节律神秘而又沉着。

现在海洋又再次满溢了起来。海水从大洋盆地的边缘溢了出来。海水充满了大陆边缘的浅海，例如巴伦支海、白令海和中国海。海水还进入了各地的内陆，进入了像哈德孙湾、圣劳伦斯湾、波罗的海和巽他海这样的海湾。在美国的大西洋海岸上，许多河流的入海口已经被前进的海水淹没了，像是哈德孙河和萨斯奎哈纳河。切萨皮克湾和特拉华湾下隐藏着被淹没的古老海峡。

1

潮汐测量仪上清晰显示的前进，或许是几千年以前开始的漫长上升的一部分——或许那是从最近的冰川时代的冰河融化开始的。不过最近几十年来，世界各地才有了仪器去测量海面的上升。因为缺少世界性的记录，在1930年以前，人们并不知道在美国观察到的海面上涨，其实所有其他大陆也是这样。

没有人知道海洋在什么时候、从哪里开始停止上涨并且退回到海盆中去。如果北美洲大陆的海平面上升100英尺（陆地上的冰融化后足以供应这样的上升），大部分大西洋海滨——海边的城市和乡镇都会被淹没。海浪会冲击阿帕拉契山脉的山脚。墨西哥湾的海岸平原会被淹没在水下，而密西西比河谷的低矮处也会被淹没。

然而，如果海平面上升到600英尺那么高，这个大陆的东半部大部分地区将会消失在水下。阿帕拉契山脉会变成一系列山脉岛屿。墨西哥湾会向北延伸，最终与从大西洋而来、贯穿圣劳伦斯河谷最终灌入大湖区的洪水在大陆中部相遇。加拿大北部的大部分地区将会被从北冰洋和哈德孙湾而来的水覆盖。

所有这些对我们来说都是非凡而且可怕的，但是事实上北美洲和大部分其他大陆曾经面对过海洋更加广阔的入侵，那时候的规模比我们刚刚想象的要大得多。或许地球历史上最大的一次淹没发生在大约 1 亿年以前的白垩纪时代。那时候海水从北面、南面和东面入侵了北美洲，最终形成了从北冰洋到墨西哥湾的绵延 1 000 英里宽的内陆海，并且向南延伸，覆盖了从墨西哥湾到新泽西之间的海岸平原。在白垩纪洪水最盛的时候，半个北美洲都被淹没了。海水在整个世界上升起来，覆盖了不列颠群岛的大部分，只有零散的古老岩石露出在海面上。在欧洲南部，只有古老的岩石高地还矗立在海面上，海水甚至漫过了这片大陆中部高原上长长的河谷和海湾。海洋入侵了非洲，并带来了砂岩沉积物，后来这些风化的岩石为撒哈拉沙漠提供了沙漠里的沙子。从被淹没的瑞典，一个内陆海流经俄国，覆盖了里海，一直延伸到了喜马拉雅山脉。一部分印度也被淹没了，同样的还有澳大利亚、日本和西伯利亚。在南美洲大陆上，安第斯山脉后来崛起的地方也被海水淹没了。

这些海洋入侵事件以各种广度和不同的细节一次次地重复着。大约 4 亿年以前非常古老的奥陶纪海洋，几乎淹没了半个北美洲大陆，只留下一些大型岛屿还标志着这片大陆的边缘，内陆海上也仅仅升起了零星的小岛。泥盆纪和志留纪的海洋入侵也几乎同样地广阔。但是每一次入侵的形状都略有不同。我们怀疑大陆的每一个部分都在某一个地质时期被淹没在了这些浅浅的海洋中。

2

你不必非得踏上一段旅程才能找到海洋，因为古老海洋的遗迹无处不在。尽管你可能身处距离海洋 1 000 英里远的内陆，你也可以轻易地找到痕迹，在你的脑海中重新勾勒出在远古的过去，像幽灵般的海浪涛声隆隆，波澜壮阔的样子。因此，在宾夕法尼亚州的一个山头，我就坐在了白化的石灰石岩石上，这样的岩石是上亿只微小的海洋生物的贝壳形成的。它们曾经在伸展到这个地方的海洋的臂弯里出生，然后死去，它们的石灰质遗体留在了海底。在那里，经过了亿万年的时间，它们变成了岩石，而海洋也退却了。又经过了亿万年，这些岩石被膨胀的地壳推了起来，如今又形成了长长的山脉脊柱。

远在佛罗里达埃佛格雷湿地（Everglades）的内陆，我惊奇于自己竟然感受到了海洋的存在，后来才意识到这里是同样的平坦，同样有巨大的空间，同样是天空和多变流云的主宰，直到我想起：自己脚下被耸立起的参差不齐的珊瑚岩所打破的一望无际的平坦，仅仅是在最近才在温暖海水中由忙碌的珊瑚礁建造师建造起来的。如今，这些岩石上覆盖着稀薄的草和沼泽水，但是到处都能感觉到这片陆地是刚刚形成最薄一层装饰的海床。在任何时候，这个过程还会发生反转，海洋会再次将这里收回。

因此在每一片陆地上，我们或许都能感受到海洋曾经的存在。在如今两万英尺高的喜马拉雅山脉上，我们能看到海洋石灰岩。在南欧、北非以及亚洲西南部的延伸处，还有温暖清澈海水中形成的岩石的遗存。那是在大约 5 千万年以前。一种叫货币虫的大型原生动物大量在海底游荡，它们中的每一只在死后都成了厚厚的货币虫石灰岩层的一部分。许多年以后，古埃及人用这样的岩石雕刻了狮身人面像，他们还从同样岩石形成的沉积物中获得了建成他们金字塔的材料。

3

多佛著名的白色悬崖是白垩纪时期海洋沉积的白垩组成的，它形成于我们之前提到的白垩纪海洋入侵时。白垩从爱尔兰延伸到丹麦和德国，在南俄罗斯形成了最后的海床。白垩是由叫作有孔虫的微小海洋生物的贝壳形成的，这些贝壳被纹理细致的碳酸钙沉积物胶着在了一起。覆盖着中等深度海床的大部分区域的，是有孔虫软泥，而白垩似乎是浅灰色的沉积物。但是白垩的质地十分纯净，因此周围的陆地必须是低洼的沙漠，很少物质会从那里被带到海洋上去。白垩中经常会出现风带来的石英砂颗粒，这就证明了这个观点。在某些白垩层中还有一些燧石粒。石器时代的人会开采燧石作为武器和工具，还会用这种白垩纪海洋的遗物来生火。

地球上很多自然奇迹的存在，都要归结于海洋曾经爬上陆地，留下了沉积物，然后又退去的事实。例如在肯塔基州有猛犸山洞，其中的地下通道有几英里长，顶部有 250 英尺高。古生代的海洋沉积下了巨大厚度的石灰岩，在地下水的溶解作用下，这些山洞和通道慢慢形成了。同样地，尼亚加拉大瀑布的故事也要追溯到志留纪时期，当时北冰洋一片巨大的海湾向南爬上了大陆。其中的海水很清澈，因为边缘的陆地比较低洼，很少沉积物或泥沙被带到内陆海洋中。这时候海床上沉积了大片叫作白云石的坚硬岩石，接着它们就形成了现在加拿大和美国边界线上的长长悬崖。几百万年以后，融化的冰川释放的洪水冲刷了这座悬崖，将白云石下面柔软的页岩切了下来，导致大片大片的下部切割的岩石从上面分离。这样，尼亚加拉瀑布和峡谷就形成了。

一些这样的内陆海洋是大陆上巨大而重要的特征，尽管与中央的海盆相比，所有这些内陆海洋都比较浅。从最早的时候起，大量海水就存在于真正的海盆中了。一部分内陆海的海水或许足有600英尺深，这大约是大陆架外侧边缘的深度。没有人知道内陆海洋流的模样，但是它们一定常常将热带的温暖带到高北方的内陆。例如，在白垩纪时期，在格陵兰就生长出了面包树、肉桂、月桂和无花果。当大陆被缩小成一片片岛屿时，一定只有少数一些地方拥有典型而严苛的极冷和极热的大陆性气候；而温和的海洋性气候则十分普遍。

4

地理学家们说，地球历史的每一个宏大周期里都包括三个阶段：在第一个阶段，大陆很高，侵蚀活跃，而且海洋主要被限制在它们的海盆里；在第二个阶段，大陆是最低的，而海洋已经入侵了广阔的陆地；在第三个阶段，大陆已经开始再次上升。已故的查尔斯·舒科特（Charles Schuchert）是一位地理学家。他将自己的大部分精力用来绘制古代的海洋和陆地。根据他所说，“今天我们生活在一个新的循环的开始，这时候的大陆是最大、最高的，而且景色是最宏伟的。然而，海洋已经开始了对北美洲的又一次入侵”。

是什么让海洋走出了长久以来居住的海盆而去入侵陆地呢？或许原因不止一个，而是许多因素的集合。

地壳的流动性与海洋和地球之间变化的关系有脱不开的联系——组成我们地球最外层的、有着惊人可塑性的物质会向上或向下扭曲。地壳运动影响着陆地和海底，但是在大陆边缘，这种影响最显著。变化可能涉及一片海洋的一个或两个海滨，以及一个大陆的一片或全部海岸。这一变化以缓慢神秘的周期进行着。每一个阶段可能需要几百万年的时间才能完成。大陆地壳的每一次向下运动总是伴随着海洋缓慢淹没陆地的洪水，而每一次向上的膨胀又伴随着海水的撤退。

但是地壳的运动不是海洋入侵的唯一原因。除此之外，还有其他的重要原因。显然其中一个原因是来自陆地的沉积物对海水的置换。河流带来并沉积在海洋中的每一粒沙子和每一块淤泥替换了相应量的海水。陆地的崩解和陆地上物质向海洋的运输自地质时代开始就在不受打扰地进行着。我们可能会以为海平面在稳定地上升，但是事实没有这样简单。随着陆地在失去一些物质，它也在升高，就像抛弃了一部分货物的船只。获得了沉积物的海床在压力之下还会下沉。导致海平面上升的这些条件的恰巧组合是一件非常复杂的事情，不容易被察觉或预测。

5

接着是海底火山的生长，火山在海床上建起了巨大的火山锥。一些地理学家们认为，这些对海平面变化有重要的影响。其中一些这样的火山，体积是惊人的。百慕大是最小的一个，但是它在水下的体积有大约 2 500 立方英里。火山岛屿夏威夷群岛也在太平洋上绵延将近 2 000 英里，其中包括几座不小的岛屿；它们置换出来的海水一定是惊人的。当这个世界见过的最大洪水入侵这些大陆时，夏威夷群岛从白垩纪海洋中升起来或许不是偶然。

在过去的 100 万年里，海洋入侵的所有其他原因都在冰川这个主导因素下相形见绌。更新世时期的标志就是巨大冰层的交替进退。厚厚的冰盖四次在陆地上形成并生长起来，压迫向南方的峡谷和平原。这些冰盖又四次融化收缩，从这些它们覆盖的大陆上回退。我们生活的时代是第四次冰川回退的末期。在最后一次更新世的冰川作用中形成的冰山，有一半还遗留在格陵兰和南极洲的冰盖和某些山脉上分散的冰川中。

每一次冰盖随着一个又一个冬天未融化的积雪加厚并且扩张，它的增长就意味着海面相应的下降。因为直接地或间接地，作为雨水或雪降落在地面上的水分都是从海洋这个大水库里抽取出来的。通常这样的抽取是暂时的，雨水通过正常的降水和冰雪融化回到陆地上来，最终还要回归海洋。但是在冰川时代，夏季极冷，而且任一个冬天的雪都没有完全融化，而是留到了下一个冬天。到了下一个冬天，新的雪又将它们覆盖。因此，随着海水被冰川夺走，海平面在渐渐下降。在每一次主要的冰川作用最盛的时期，全世界的海洋都处于最低的海平面上。

现在，如果你找到正确的地方，你还会看到一些这种古老海洋海平面的证据。当然，非常低的海平面留下的海岸线被深深的海水掩盖了起来，只有通过回声探测才能间接地发现。但是过去时代高出今天的水平面留下了我们能看到的痕迹。在萨摩亚，在如今高出海平面 15 英尺的崖壁脚下，我们能看到海浪在岩石上削刻出的平台。在其他的太平洋岛屿、南大西洋的圣海伦娜岛和印度洋的岛屿、西印度洋群岛以及好望角周围，你都能看到这样的痕迹。

如今，在远离海浪击打和浪花投掷的悬崖高处有一些海蚀洞，它们很好地说明了海洋和陆地关系的变化。在世界各地，你都能看到这些广泛分布的洞穴。在挪威西海岸上，就有一个被海浪冲刷出来的巨大隧道。

在多加藤岛（Torghattan）坚硬的花岗岩上，满溢的间冰期海水拍击的海浪在这个岛屿上切割出了一条长约 530 英尺的通道，开凿出了将近 500 万立方英尺的岩石。这个隧道如今在海面以上 400 英尺高的地方。它的升起部分是冰川融化之后地壳向上反弹造成的。

在这一周期的另外一半中，随着冰川变厚，当海洋逐渐下沉时，世界的海岸线正在经历空前绝后的戏剧性变化。每一条河流都感受到了下降的海水的影响，河水加速向海洋流去，给了河道下沉和蚀刻的新力量。追随着下移的海岸线，河流也将自己的行程延伸到了最近还属于倾斜海底的干燥沙子和泥土上。这样，这些狂奔的洪流——裹挟着融化的冰川水——捡起了大量疏松的泥土和沙子，像一道浑浊的洪水，翻滚着进入海洋中。

6

在更新世的一次或多次海平面上涨中，北海海床上的海水被抽干了，并且一度变成了干燥的陆地。北欧和大不列颠群岛上的河流追随着回退的海水，向海洋流去。最终，莱茵河与泰晤士河的整个河道并拢。易北河和威悉河变成了一条河。塞纳河在如今被称为英吉利海峡的地方滚滚向前，并在大陆架上蚀刻出一条水槽——或许就是如今在兰兹角外可以通过测深感知到的被淹没的河道。

所有更新世的冰川作用中，最伟大的一次发生在较后来的时候——或许仅仅在大约两万年以前，完全是在人类已经出现的时候。海平面的显著下移一定对旧石器时代的人类生活造成了影响。当海平面降到这浅浅的大陆架以下时，白令海峡成了干燥的陆地，显然他们能够在不止一个时期里穿过白令海峡的宽阔桥面。那时还有其他的路桥也是这样创造出来的。当海水从印度的海岸上退下去，一个长长的水下堤坝变成了浅滩，并且最后露出水面时，原始人类就是穿过了这样的“亚当桥”，来到了斯里兰卡岛的。

远古人类的许多居住地一定在海岸边或者在河流的大三角洲上，而那些人类文明的遗迹一定早就存在于被升起的海水覆盖以前的洞穴中了。我们可以通过搜寻这些古老的被淹没的海岸来获得对旧石器时代的人类更多的了解。一位考古学家建议去搜寻亚得里亚海较浅的部分，乘坐潜艇，抛掷下最结实的电缆，或者乘坐玻璃底的船，带着人造光源去到那里，希望找到贝壳堆的遗迹——它们是曾经生活在那里的早期人类的厨房垃圾。戴利（R.A. Daly）教授指出：

最后一个冰河世纪是法国历史中的驯鹿时代。人类那时生活在俯瞰着法国河流的河道的著名山洞中，捕猎着在冰层边缘的法国冻原上繁荣生长的驯鹿。最近冰河时代整体海洋平面的上涨，必然伴随着下游河段的水面上涨。因此最低的山洞一半或全部很可能被淹没了。……在那里，我们可以试着去寻找更多的石器时代人类的遗迹。

7

我们在石器时代的祖先一定知道在冰川附近生活的艰难。当人类以及其他植物和动物在面对冰川向南方搬迁的时候，还有一些一定是留在了看得见、听得见这些冻僵的大墙的地方。这个世界一定是一个充满了暴风雨和大风雪的地方。蓝色的冰山主导着地平面，又高耸至灰色的天际，凛冽的风从冰山上怒吼着冲下来。充满了天地间的冰山向前移动着，伴随着狂暴的骚乱，成吨的冰山互相碰撞着，比肩接踵地扎进了海里，发出了雷声般的隆隆巨响。

但是那些生活在半个地球以外地方的人，在印度洋的某个阳光充沛的海岸上行走着，在海水刚刚退去的陆地上捕猎。这些人一点儿都不了解远方的冰川，他们也不明白自己之所以能在那里行走和捕猎，是因为成吨的海水在遥远的地方被冻成了冰雪。

在任何对冰河世界重建的想象中，我们都会被一个撩人的困惑折磨：在冰川分布最普遍的时期，当不明量的水被冻结在冰川中时，海平面会降到多低？是仅仅下降差不多 200 或 300 英尺——这个数字也是地质时代陆缘海洋潮涨潮落中经常出现的数字——还是会剧烈地下降 2 000 甚至 3 000 英尺？

各种这样的猜测都有一位或多位地理学家支持，被认为是真实的可能。他们的观点如此不一致，这或许并没有让人很惊讶。仅仅在一个世纪以前，路易斯 · 阿加西让这个世界初步了解了移动的冰山和它们对更新世世界的主动性的影响。从那时起，地球上各个地区的人们都在耐心地收集事实，重建冰河的四次连续的前进和后退事件。到了当代，科学家们在像戴利这样勇敢的思想者的带领下，才明白冰层的加厚意味着海平面相应地降低，而伴随着融化的冰川的每一次回退，回流的水会再次抬升海平面。

关于这样的“交替性的取走和恢复”，大多数地理学家的观点比较保守，认为海平面的降低最多也不会超过 400 英尺，而且或许只有这个数字的一半那么多。大多数认为“海平面的降低要比这一数字大得多”的人的推论是基于海底峡谷，也就是那些在大陆坡上刻出来的深深的沟壑。这些峡谷在目前海平面之下一英里或更深的地方。那些认为至少这些峡谷的上部是被流水蚀刻出来的人说，在更新世冰川作用中，海平面一定下降了足够多，才会发生这样的事情。

海水最大规模地退回海盆中，这个问题要留待对海洋的秘密有更深入的探索之后才能解开。我们似乎正处在令人激动的新发现的边缘。现在海洋学家和地理学家们比以往任何时候都有更好的工具去探索深海，去从岩石和深层的沉积物中取样，并且去更清晰地阅读过去历史的昏黄书页。

同时，海洋在地球更宏大的潮汐中翻涌和流动，它的历程不是用小时来考量的，而是用千年来计算的——这样巨大的潮汐是人类感官所看不到且不能理解的。它们最终的原因如果有一天被发现，或许会被发现是深藏在暴怒的地球中央，或者位于黑洞洞的宇宙空间的某个地方。

第二卷　不安的海洋

风和水

风的脚步照耀在海岸边。

——斯温伯恩

当波浪朝着英格兰最西段的兰兹角翻滚而来时，它们带来了大西洋深处的气息。从深海中陡峭升起的海床上向海岸边翻滚而来，从深蓝色的海水进入到不安的绿色海水，波浪经过测深绳的边缘并带着混乱的涟漪和湍流翻滚到了大陆架上。从浅滩底部，它们向陆地上冲去，拍击着锡利群岛和兰兹角之间海峡中的七石岩，冲向了浅水中打磨得光亮的低陷的壁架和岩石。当它们靠近兰兹角的岩石凸起时，它们经过了躺在海底的一个奇怪仪器。通过它们起起伏伏的波动的压力，它们向这个仪器诉说了自己来处——遥远的大西洋海水中的许多故事，而且它们携带的信息被这个仪器翻译成了人的大脑所能理解的符号。

如果你到访这个地方，去和负责的气象学者聊一聊，他就会告诉你这些每分每秒、一小时又一小时，带着远方的信息翻滚而来的海浪的历史。他会告诉你：这些海浪是在哪里、通过风对水的作用创造出来的；产生它们的风的力量有多大，风暴的速度有多快；以及如果必要的话，在什么时候需要向英格兰沿海地区发布风暴预警。他会告诉你：大部分翻滚着经过兰兹角记录仪的海浪诞生于纽芬兰东部和格林兰南部那多风暴的北大西洋；一些可以追溯到大西洋另一侧的西印度群岛和佛罗里达沿岸上移动的热带风暴；少数是从世界最南端翻滚而来，从好望角来到兰兹角，做了长达6 000英里的大半个圆圈的旅行。

1

在加利福尼亚州的海岸上，波浪记录仪监测到了从同样远的地方奔来的浪涌。夏季一些拍击在那个海岸上的浪潮，诞生于南半球的西风带。康沃尔的记录仪和加利福尼亚州的那些，以及美国东部海岸上的少量记录仪，自第二次世界大战末期就在使用。这些实验有几个目标，其中就包括研发新型的天气预报方法。北大西洋沿岸的地区根本不需要依靠波浪来获得天气信息，因为它们有无数的气象站，而且这些气象站的位置绝佳。波浪记录仪目前在所在的这些地方使用，只是被用来作为测试实验室，好研发这种预测天气的方法。这种模式很快会被用于世界上的其他地方。在那些地方，除了波浪带来的数据，并没有其他的气象数据可以依靠。尤其是在南半球，许多海岸是被来自几乎没有船只到访而且偏离正常航线的遥远海洋上的波浪冲刷着的。风暴会在这些遥远的地方出现，悄无声息地突然冲向海洋中央的岛屿或暴露在大海面前的海岸。在上百万年中，波浪在风暴的前头翻滚着，是呼喊出的警告声，不过一直到了今天，我们才学习着去阅读它们的语言。或者说，至少到了现在，我们才学着这么科学地做。波浪研究的这些现代成就，却可以在传说民谣中找到依据。对于太平洋岛屿上世世代代的居民来说，某种形式的浪涌意味着台风的来临。几个世纪以前，当爱尔兰某个孤寂海岸上的农民们看见长长的浪涌时，他们知道这预示着他们的海岸上即将翻滚起狂怒的风暴，于是他们心惊胆战地传递着这场死亡波浪的消息。

如今我们对海浪的研究已经成熟，在所有地区我们都能找到现代人实际应用海浪的证据。在新泽西朗布兰奇的渔码头外，在海床上的1/4英里长的管道末端，一个波浪记录仪在安静而且持续地记录着从开阔的大西洋上而来的海浪。通过经由管线传输的电脉冲，每一个波浪的高峰和相继波峰之间的间隔被传送到了海岸边的工作站，并作为图像被自动记录了下来。美国陆军工兵部队的海岸侵蚀委员对新泽西海岸的侵蚀度十分关注，并对这些记录做了详细的研究。

在非洲的海岸外，在高处飞行的飞机最近拍摄了一系列海浪和海岸附近地区的照片。从这些照片中，经过培训的人能够确定海浪流向海岸的速度。然后他们就可以运用一个数学公式，将进入浅水中的海浪的行为与它们下面的深海联系起来。通过所有这些信息，他们为英国政府提供了对海岸外的深渊的有用调查。深海作为这个帝国几乎不可触及的一部分，本来可以用普通的方法来测深，但是花费高昂而且还有无尽的麻烦。和我们对海浪的大部分新知识的诉求一样，海浪的这个应用也诞生于军事需要。

在第二次世界大战中，预测海洋的状态，尤其是海浪的高度，成了常规的战略准备，在欧洲和非洲暴露在大海面前的海岸上尤其如此。但是将理论应用于实际的条件下，一开始总是困难的。解读任一预测的海浪高度或海面的起伏程度对人和货物从船舶向海岸上的运输的影响，也是如此。正如一位海军长官所说，实用军事海洋学的初次尝试是“关于海洋属性基本原理的基本信息近乎绝望的匮乏”中“最令人恐惧的一课”。

2

自从地球形成，被我们叫作“风”的移动的巨大气团就在地球表面上横行。而且只要有海洋，海水就会被风扰动。大部分海浪是风对海水作用的结果。不过也有一些例外，比如一些海浪有时是海底地震产生的。但是我们大部分人最了解的海浪是风浪。

在开放的海洋上，海浪的样子十分混乱——是无数不同的波浪阵，混合着，追赶着，超越着，或者有时彼此吞没着，每一组波浪的起源地和起源方式不同，移动的方向也不同；一些注定不能抵达任何一个海岸，另一些注定要翻滚过半个海洋，才能最终在某个遥远的海岸上伴随着一声轰隆巨响溶解。

从这样看似毫无希望的混乱中，许多人经过多年的耐心研究，还是发现了大量惊人的秩序。尽管关于海浪我们还有许多要去学习，还要做很多才能利用海浪，但是在坚实的事实依据上，我们可以构建起一个海浪的生命历史，在其多变的生存条件下预测它的行为，并且预测它对人类生活的影响。

去在想象中构建一个典型的波浪的生活史之前，我们需要了解一些它的物理特征。一个波浪从波谷到波峰之间有高度。从它的波峰到下一个波浪的波峰之间是一个波浪的长度。波浪的周期是相邻的波峰经过一个固定的点需要的时间。所有这些数据都不是稳定不变的；所有都会变化，但是它们都与风、海水的深度以及许多其他因素有明确的联系。而且，组成一个海浪的水并不会一直跟着这个海浪穿越大海。每一个水分子都跟着海浪的行程做了圆周或椭圆轨道的运动，但是回归点几乎接近原来的位置。幸好是如此，否则组成海浪的大团海水在海面上穿行，航海会成为不可能。那些用波浪的知识专业处理这些事的人，常常会使用一个生动的表达——“风区长度”（length of fetch）。风区长度是指波浪在从一个固定方向吹来的风的作用下，在没有障碍物的时候移动的距离。风区长度越大，波浪越高。真正大的波浪要在海湾或较小的区域这样受限的空间内才能产生。或许600～800英里长的风区，风力有大风那样的速度，才会翻起最大的海浪。

现在让我们假设，在一段平静之后，一个风暴在大西洋深处发展了起来，或许是在我们避暑的新泽西海滩外1 000英里的地方。那里的风吹得毫无规律，有时突然刮起一阵狂风，有时方向变换，但是总体上，风是向海边吹来的。风下面的水层回应着变化的压力。水面不再平坦，而是充满了相间的沟壑和凸起。波浪向岸边涌过去，创造了它们的风控制着它们的命运。当风暴仍在继续而波浪向海岸边涌去的时候，它们受到了来自风的能量，高度继续增加。在达到一个点之前，它们会继续吸收风中的巨大力量。随着对大风中力量的不断吸收，它们的高度也在继续增加；但是当波浪长到了波峰与波峰之间距离的1/7那么高时，它就会倾倒，翻滚起白色的泡沫。有着飓风般力量的风常常会以绝对的暴力将泡沫从浪头上吹下来。在这样的风暴中，最高的海浪会在风开始止息的时候升起来。

3

但还是回到我们典型的海浪。这样的海浪诞生于遥远大西洋上的风和水中。它在风的能量下成长到足够的高度，与相邻的海浪一起形成了叫作“海洋”的混乱、不规则的图案。当波浪逐渐走出了风暴区时，它们的高度开始降低，相邻波峰之间的距离增加，而且在海面上出现了一个浪涌——以平均每小时大约 15 英里的速度移动着。在海岸附近，长长的规则的浪涌取代了开阔海洋上的湍流。但是随着浪涌进入浅水中，惊人的变化发生了。波浪自形成以来第一次感受到了浅滩的引力。它的速度减慢，后续的海浪的波峰拥挤着来到这里，它的高度突然就增加，波浪的形状变得陡峭起来。接着，伴随着海浪急促跌落下去飞溅和滚落的水花，海浪溶解成了一团混乱而沸腾的泡沫。

一个坐在沙滩上的观察者，可以动用智慧去猜测这些在他面前沙滩上出现的海浪是被近海岸的狂风制造出来的，还是被遥远的风暴制造出来的。刚刚被风制造出来的小海浪形状陡峭，有一个波峰，即使在海上也是这样。你可以看见这些海浪来到这里的时候，它们在遥远的地平线上形成了白色的浪头；一片片泡沫在浪头前方飞溅，浪花在它们前进的方向上沸腾、翻滚，而且海浪最后的破裂是一个缓慢且从容的过程。但是，如果一个波浪在进入波浪带的时候逐渐增高，就像为了生命的最后一幕聚集所有的力量，如果波峰在它前进的路上形成并且开始向上弯曲，如果整个海浪突然带着巨大的咆哮声跌进低谷中——那么你会认为这些波浪是从非常遥远的海洋中的某处来的访客。它们在你脚下溶解时，已经走了足够长、足够远的路。

4

我们所追随的大西洋海浪的特点，总体上也适用于全世界各地的海浪。海浪的一生会经历各种事件。它能存活多久，会走多远，会以怎样的方式终结，都在很大程度上取决于它在海面上前进时遇到的状况。因为海浪最主要的一个特点是它要移动；任何妨碍或阻挡它运动的物体都会让它走向溶解和死亡。海洋本身的力量也会深深影响一个波浪。当潮流跨越海浪的路径或从它流向相反的方向流过来时，一些最恐怖的海洋场面将会出现。这就是著名的苏格兰“恶浪”，就像设得兰群岛最南端的萨姆堡海角的海浪成因。在吹起东北风时，这里很平静；但是当风生的海浪从其他地方翻滚进来时，它们遇到了要么向海岸边流淌要么在落潮中向海洋流去的海潮。这就像两头猛兽的相遇。海浪和潮汐为争夺 3 英里宽的海洋而对抗，这时候潮流首先从萨姆堡海角外全力流淌下来，然后渐渐地向海洋移动，仅仅在潮汐暂时减缓的时候才止息。

“在这样混乱、翻滚、沸腾的海洋中，船只常常会完全难以控制，有时甚至会沉没。”不列颠群岛的领航员说，“而没有沉没的船只则会在这里飘飘荡荡上许多天。”在世界上的许多地方，这样危险的水域都被拟人化了，它们的名字在世世代代的航海人中间流传。正如在我们的祖父和祖父的祖父的时代，在将奥克尼群岛从苏格兰北端分离开的彭特兰湾两岸，邓肯斯比的潮涌和梅伊的潮水互相对抗着。1875 年的《北海领航》中为海员提供了在该海湾航行时应该注意的事项的指南，这些内容被一字一句地写在了现在的领航书籍中：

> 在进入彭特兰湾之前，所有的船只都要准备好封舱，而且小船只的舱门在最好的天气里也应该封好。因为很难看清楚远处的状况，船只会如此突然地从平静水域进入到波浪里，而且变化一旦发生，人们根本没有时间做准备。

这两个急流都是远洋上来的浪涌与流向相反的潮汐相遇造成的，因此在彭特兰湾的东部，邓肯斯比的潮涌遭遇了从东部来的浪潮和急流，而在西部，梅伊的潮涌遇到了退潮和向西的浪涌。因此，根据现代的领航员指南，“从没有亲身经历过的人想象不出海上可以掀起多么大的风浪”。

这种因海浪与潮流之间不屈不挠斗争而形成的裂流，可以为附近的海岸提供保护。很久以前，托马斯·史蒂文森观察到，只要萨姆堡的急潮流在海上聚集起波浪并且破裂，海岸边就几乎没有波浪；而一旦潮汐的力量用光了并且不能再冲下海洋，巨大的波浪就会卷积起来，冲上海岸并且最后升到高高的崖壁上。在西大西洋上，在芬迪湾的入海口，高速流动的混乱潮流是从西南到东南之间各个方向上来的波浪遇到的强大对抗力，因此在这个海湾上形成的这样的波浪都发源于这里。

5

在开阔的外海上，一连串的波浪若是遭遇了这样不怀好意的风就会迅速被毁掉，因为能创造出波浪的力量同样也会毁掉它。因此大西洋上新鲜的信风常常会在从爱尔兰吹向非洲的过程中抚平一些潮涌。而一阵友好的风，若是突然在波浪移动的方向上吹起来，也会让波浪的高度上升，速度达到每分钟一英尺或两英尺。一旦一片片波浪被创造了出来，风就只能在波浪之间的低处吹，这样就将波峰迅速地推了起来。

海湾的岩石崖壁、沙滩、泥潭或岩石滩涂都会对朝着海岸涌来的波浪的命运造成影响。从开阔的海洋向新英格兰北部海岸涌来的长长浪涌几乎从没有达到完全的高度。它们在经过被称为乔治沙洲的水下高地上时力量被消耗；在耕耘者浅滩那里，一些最高的小山岭露出了海面。分散在海湾或海湾入海口中的岛屿也吸收了波浪的力量，因此海湾的海岸边从没有波浪。甚至连海岸外零散的礁石也通过让最高的波浪在那里破碎而为海岸提供了保护，因此这些海浪从没有抵达过海岸边。

冰、雪和雨都是海浪的敌人，在合适的条件下，它们都会毁灭一朵海浪或者缓冲海浪对海岸的冲击。在成片稀稀疏疏的冰山中间，船只会遇到平静的海洋——哪怕大风肆虐，波浪拍打着冰山的外缘。海洋上形成的冰晶会通过增加水分子之间的摩擦来抚平海浪；甚至连精致的晶体状的雪花也有较小程度的此类作用。一场冰雹会打倒海洋上所有的浪涌，甚至连一场急雨也常常会让海面变得像涂了油的丝绸一样光滑，在浪涌的前方形成片片涟漪。古时候的潜水员会在口中含一口油，当海面上涌起风浪、妨碍他们工作的时候，他们就会在水面下吐出这口油。这是应用了今天每一个海员都知道的道理——油似乎对远洋上新产生的波浪具有安抚的作用。大部分沿海国家的航海指南中都说明了在海上的紧急情况下使用油的指示。不过，一旦海浪的形状开始溶解，油对海浪就几乎没什么作用了。

在南大洋上，海浪没有因为打在任何一个沙滩上而毁掉，西风制造出来的巨大浪涌就在世界上转来转去。在这里形成了最长的海浪以及那些有着最大波峰侧向宽度的海浪。因此我们会以为最高的海浪也在这里形成。然而，我们还没有证据证明南大洋的海浪超过了其他海洋上的巨浪。从工程师和船只上长官的公开文字中精选的一系列报告表明：在所有海洋上，从波谷到波峰之间高度超过 25 英尺的海浪是很罕见的。但是风暴浪或许会长到两倍高，而且，如果强风在同一个方向吹上足够长的时间，达到 600 ~ 800 英里的风区长度，得到的海浪甚至会更高。在海洋上，风暴浪可能达到的最大高度是一个颇受争议的问题，大多数教科书里写的是保守的 60 英里，而水手们都坚持说有更高的风暴浪。当杜蒙 · 杜维尔报告称自己在好望角外遇到了 100 英尺高的海浪时，科学家十分质疑这些数据。不过，有一个巨浪，因为测量方法的准确性，似乎让人们不得不相信——

1933 年 2 月，美国船只瑞马波号在从马尼拉驶向圣地亚哥的时候遇到了连续 7 天的暴风天气。这个风暴是从堪察加半岛一直延续到纽约的天气紊乱的一部分，因此风获得了不间断的上千英里的风区。在风暴最厉害的时候，瑞马波号在海上顺风而行。到了 2 月 6 日，狂风达到了最凶残的强度。68 海里 / 小时的狂风呼啸着在海上发作起来，海水升起到了高山般的高度。在那一天的早些时候，瑞马波号上的一位长官站在船桥上观望，在月色中他看到船尾海浪升起到了主桅杆上乌鸦巢中一根铁皮条上方的高度。瑞马波号船身平稳，船尾处于海浪的波谷中。这样的情形让船桥和波浪的波峰正好处在一条直线上，根据船的尺寸进行简单的数学计算就可以算出波浪的高度——它有 112 英尺高。

6

海浪在远洋上会威胁船只和人类的生命，但是它们最危险的时候还是在世界的海岸线周围。无论海洋上的风暴浪有多高，正如随后一些历史事件所显示的，充足的证据证明：惊雷般的破浪区的破碎海浪和上涨的海水会吞没灯塔、粉碎建筑，并且从 100 ~ 300 英尺高的海上向灯塔的窗户上抛掷石块。在这样巨大的海浪力量面前，码头、防浪板和其他海岸边的装置都像孩子的玩具一样脆弱。

世界上几乎每一个海岸都会定期受到猛烈海浪的光顾，还有一些海岸从来就没见过海洋温和的面孔。“世界上没有一个海岸比这个更恐怖了！”火地岛的布赖斯勋爵惊叹说。他所在的地方，海浪咆哮着拍击海岸，据报道，在宁静的夜晚里，在 20 英里外的内陆上都可以听到这海浪的声音。达尔文曾经在他的日记里写道：“这样一个海岸上的声音，足够让一个新水手连续一周被死亡、苦难和沉船的噩梦折磨。”

一些人宣称，从加利福尼亚州到胡安 · 德福卡海峡的美国的太平洋海岸上，有不逊色于世界上其他地方海浪的可怕海浪。但是要说哪个海岸的海浪会比设得兰群岛和奥克尼群岛的海浪更凶恶，似乎是很难让人相信的。它们正处于从冰岛和不列颠群岛向东的气旋风暴的路径中央。通常朴实无华的不列颠群岛的领航指南中，也以康德拉的散文体一样的语言描述了这种风暴的全部感情和怒气：

> “在通常每年发生四五次的可怕狂风中，空气和水的区别消失了，水花遮盖住了附近的物体，所有一切都被包裹在了厚重的迷雾中；来到开阔的海岸上，海水立即升了起来，海浪撞击在岩石海岸上，产生的泡沫高达几百英尺，铺散在了整片土地上。”

然而，在短暂的狂风中海洋上并不会卷起太大的风浪，在面对连续多天的平常的风吹拂时，海洋才最可怕。那时候大西洋的全部力量都敲击着奥克尼群岛的海岸，成吨重的岩石被从海床上提了起来，浪涌的咆哮在20英里外就能听到，海浪升起到60英尺高的地方，冲上在哥斯达角（Costa Head）西北部12英里远的北部浅滩。在斯凯尔（Skail）和波尔赛(Birsay)的人都能看到这些海浪。

第一个测量海浪的力量的人是托马斯·史蒂文森，他是罗伯特·路易斯的父亲。史蒂文森发明了被称为波浪测力计的仪器，并用它来研究拍击着他家乡苏格兰的海岸的海浪。他发现，在冬季狂风大作的时候，海浪的力量可以达到每平方英尺6 000磅。或许就是具有这样力量的海浪，在1872年12月份的风暴中摧毁了苏格兰海岸上的维克地区的防浪堤。维克地区的防浪堤朝向海洋的一端，有一块超过800吨重的混凝土。这块混凝土还被铁条结实地捆绑在地下的岩石上。在冬天狂风最盛的时候，驻地的工程师在防浪堤上方的崖壁上观察海浪的肆虐。他目瞪口呆地看着这块混凝土被提了起来，并且被冲向了大海。

在风暴结束以后，潜水员检查了出事的地方。他们发现，不光是那块巨大的混凝土，就连它捆绑的岩石也一起被带走了。海浪将这个重量不低于 1 350 吨或者说 2 700 000 磅的庞然大物撕裂、提起，并且整体地移动了。5 年以后，人们更加清楚这一壮举只是一场带妆彩排，因为重达 2 600 吨的新桥墩也在另一场风暴中被带走了。

7

在海洋面前的孤独的壁架上，或者在暴露于风暴海浪全部力量面前的岩石海岬上，都驻守着灯塔守护人。从他们所做的记录中，我们可以轻易地汇编出一长串关于倔强的海洋的奇怪的事迹。在设得兰群岛最北端的恩斯特岛上，位于海面以上 195 英尺高地方的灯塔，房门竟然被海浪击碎了。在英吉利海峡上的主教石灯塔上，高高悬挂在高水位以上 100 英尺地方的钟也在一场冬天的狂风中被撕扯了下来。在苏格兰的贝尔岩石灯塔附近，在 11 月份的一天，尽管没有风，却有很强的地面涌浪在流动。突然，一股潮涌爬上了灯塔，升到了岩石上 117 英尺处的镀金球上，撕掉了位于水面以上 86 英尺处灯塔上连接的梯子。还有一些事迹在一些人看来则染上了超自然的色彩，就像 1840 年的爱德斯通灯塔上发生的事。这个灯塔的入口大门是跟平常一样用结实的螺栓固定好的。在一个海上十分不平静的夜里，这扇门被从里面打碎了，所有螺栓和合页都松开了。工程师们说这种事情是因为气压的作用才发生的——海浪撤退产生突然的反向气流，加之门外压力的突然释放，导致这一事件发生。

在美国的大西洋海岸上，马萨诸塞州的麦诺特壁架上，97 英尺高的灯塔常常被破碎海浪的水花完全包裹住。1851 年，这个壁架上较早的灯塔被海水冲走了。然后还有常常被引述的北加利福尼亚州海岸上的特立尼达拉角灯塔在一场 12 月风暴中发生的故事。灯塔守护人在海面以上 196 英尺高的灯塔中观察风浪，他能看见附近的派利特岩 (Pilot Rock) 不断被冲至上百英尺高岩顶的海浪淹没。然后，一个最大的浪头开始拍打灯塔下面的悬崖。这个海浪就像坚实的墙壁一样，一直升起到灯塔的水平高度，接着将自己的浪头完全地甩在了灯塔上面。这样的拍击让旋转的灯停了下来。

在岩石海岸上，一场可怕的风暴波浪可能会用石块和破碎的岩石碎片来武装自己。这就极大地增强了它们的杀伤力。在距离海平面 100 英尺的俄勒冈海岸上的蒂拉穆克岩上有一座灯塔守护人的房子。曾经，一块重达 135 磅的岩石就被海浪高高地抬升起来并抛掷到了这座房子的房顶上。在这个海浪跌落的时候，它在礁石上撕裂出了一个 20 英尺长的洞。同一天还下了数场小岩石雨，它们打碎了高于海平面 132 英尺的灯塔上的许多玻璃道路。这类故事中最奇异的一个，与邓尼特角的灯塔有关。这个灯塔坐落于彭特兰海湾西南入口处的一座 300 英尺高的悬崖上。这座灯塔的窗户不断地被从悬崖上扫起来，并被海浪抛掷过来的岩石打碎。

在无数个千年的时间里,海浪不断地拍击侵蚀着世界的海岸线——在这里砍掉一个悬崖,在那里从沙滩上夺走数吨沙子。然而在破坏之余，它们又建造起一片片沙洲或者一个个小岛。不像淹没半个大陆的洪水所带来的那种缓慢的地质变化，海浪的作用与短暂的人类生命步调一致，因此大陆边缘的塑造有时是我们每一个人都可以看到的。

8

科德角（Cape Cod）的黏土高崖从伊斯特汉（Eastham）发源，向北延伸，最后消失在尖顶山（Peaked Hill）附近的沙丘上。这个高崖被海浪侵蚀得如此之快，被政府选址为高地灯塔的10英亩[①]土地有一半已经消失了，而这些悬崖也据说正在以每年三英尺的速度向后撤退。科德角在地质时代上不算古老，它是最近的冰川时期的冰川造物，但是看起来，自它形成以来，波浪已经砍掉了它大约两英里宽的一片土地。以现在的侵蚀速度，外侧海角的消失是注定的了，在未来4 000或5 000年里就会成为现实。

海浪对岩石海岸的作用就是通过研磨凿刻来磨损它，并且夺走它的岩石碎片。而每一个岩石碎片又成为它打磨海岸的工具。当一片片岩石从底部被切削下来时，整个巨大的岩石就会倒塌进海洋中。它们在那里被海浪研磨机研磨成碎石，从而成为更多海浪进攻的武器。在岩石海岸上，这样对岩石和岩石碎片进行的打磨和抛光一直在进行着并且是可以听见的，因为在这样一个海岸上，海浪破碎的声音不同于海浪在沙滩上破碎的声音——这种深沉的轰隆声是让人不能轻易忘记的，在海滩上随意漫步的人永远不会忘记这样的一幕。很少有人能真正听到海浪研磨机在海洋中的声音。但是亨伍德在到访延伸进海洋中的一个英国矿区时，有了这样罕见的经历，并把它记录了下来：

---

① 英亩：面积单位，1英亩≈4046.9平方米。

“站在悬崖下面的矿区，我们和海洋之间只隔着9英尺的岩石，大卵石的滚动、鹅卵石无休无止的研磨声、巨浪狂暴的轰隆声以及它们回潮时发出的沸腾撕裂的声音，让风暴看上去如此生动和恐怖，让我们根本难以忘怀。我们许多次因为担心面前的岩石屏障不够安全而退了回去。在多次尝试之后，我们才敢继续我们的调查。”

大不列颠这座岛屿一直都知道海洋的可怕侵蚀力，因为大不列颠的海岸一直被侵蚀。乡村调查员约翰·图克绘制的一幅可以追溯到1786年的古老地图，列出了位于霍尔德内斯海岸上的一长列消失的城镇和乡村的名单。其中记载着被海洋冲走的霍恩锡·巴顿、霍恩锡·贝克和哈特伯恩，迷失在海洋中的古老的威瑟恩西、海德或海斯。许多其他的古老记录也提供了与现在海岸线的比照，这些记录显示出，在海岸上的许多地方，崖壁的年均侵蚀速度惊人，在霍尔德内斯高达15英尺以上，在克罗莫和曼斯利之间为19英尺，而在索思沃尔德则有15～45英尺那么多。不列颠岛的一个工程师写道：“不列颠岛海岸线的轮廓每一天都在变化。”

然而，我们最美丽最有趣的一些海岸线风景，还要归功于流水的这种雕刻作用。海蚀洞就是海浪在崖壁上冲刷出来的，海水冲进岩石裂缝中，并在液压的作用下让岩石破裂。年复一年，裂缝不断变宽，而精细的岩石成分也不计其数地被不断带走，山洞就形成了。在这样一个洞穴中，流水的重量以及水在封闭空间中产生的奇怪吸力和压力会继续这种挖掘的过程。当破碎的海浪从上方抛掷下来的时候，海浪大部分能量都转移到了这一小部分水中，这样的洞穴顶部（以及悬崖）因此要承受攻城槌一样的锤击。最终，洞穴的顶部形成了一个洞，水柱从这个洞口喷了出来。或者在一个狭窄的海岬上，最初形成的洞穴两侧也会被冲刷开，这样就形成了自然的石桥。后来，在数年的侵蚀之后，拱顶跌落，海洋一侧的岩石块遗世独立，这样一个烟囱形状的奇异构造被叫作海蚀柱。

9

人类想象力中最为根深蒂固的海浪，是所谓的潮汐波浪。这个术语通常被用于两种非常不同的海浪，不过它们都与潮汐没有关系。一种是海底地震引起的地震海浪，另一种是超大风或风暴海浪——有着飓风一般力量的风，将巨大的水团带到了远高于正常高水位线的地方。

大部分地震引起的海浪现在被叫作海啸，它们诞生于海床上最深的沟壑。日本、阿留申和阿塔卡玛海沟制造的海浪已经要了许多人的命。这样的海沟本质上就是地震的孕育者。那里是一个处于不安和失衡状态的地方。海床向下膨胀和扭曲才形成了地球表面最深的坑。从古人的历史记载中到现在的报纸新闻上，人类的描写常常会提到这些突然从海上升起来的巨大波浪对人类在海岸边居住地的破坏。最早的一个记录发生在公元358年地中海的东部海岸上。海浪经过了岛屿和低矮的海岸，将船只冲到了亚历山大的屋顶上，淹死了数千人。在1755年的里斯本地震以后，据说比最高潮位还要高5英尺的海浪冲上了卡迪斯的海岸。它在地震一个小时之后到来。这一波海浪的潮水后来穿过大西洋，在九个半小时里到达了西印度群岛。在1868年，南美洲绵延将近 3 000 英里的西海岸被地震摇晃得支离破碎。在这次最猛烈的震动之后不久，海水就从海岸上退了下去，将在 40 英尺深的海水上抛锚停泊的船只搁浅在了淤泥中，然后海水又变成了巨大的波浪，返回到了这里。船只被带到了 1/4 英里远的内陆。

海水从正常水位突然撤退，常常是地震海浪即将到来的第一个警告。1946 年 4 月，在夏威夷海岸上，人们习以为常的海浪声突然停了下来，留下一片古怪的安静。土著人很是惊讶，他们怎么会知道，远在 2 000 英里以外，在阿留申群岛中的乌尼玛克岛（Unimak）外，深深的海沟的斜坡上发生了地震，而海水从礁石和浅海岸上的退去正是对这场地震做出的反应。他们也不知道，在不长的时间里，海水会迅速地升起来，仿佛来得仅仅是流动得太快的海水，而不是海浪。这一上涨将海水带到了比正常潮汐水位高 25 英尺或更多的地方。亲眼目睹的人这样描述道：

> “极其混乱的海啸波浪前端陡峭，冲上了海岸。……在每一波海浪之间，海水从海岸上退去，暴露出礁石、海岸泥滩和海港底部，退到了离正常海滨线 500 英尺之外的地方。水的流动迅速而混乱，发出喧嚷的嘶吼声、咆哮声和炸裂声。在许多个地方，房屋都被带到了海里。在一些地方，甚至连巨大的岩石和混凝土块都被带到了礁石上。……人和他们的财产被卷进了海里，其中一些人在几个小时之后被用从飞机上空投下来的船和救生筏救了起来。”

10

在开阔的海洋上，阿留申地震引起的海浪只有一或两英尺高，根本不会被船只注意到。然而，它们两个相邻波峰之间的长度大约有 90 英里。这些海浪用了不到 5 个小时的时间就抵达 2 300 英里以外的夏威夷群岛，可见它们移动的平均速度大约有每小时 470 英里那么远。它们也被记录到曾到达太平洋东部海岸上远至南半球智利的瓦尔帕莱索。也就是说，海浪从它所掩盖的震中，在大约 18 个小时的时间里来到了 8 066 英里外的地方。

这次特别的地震海浪的发生，产生了一个与其他海浪不同的结果。这让人们开始思考：既然或许我们对这样的波浪以及它们的行为已了解足够多，我们就可以设计一个预警系统，这样一来它们的发生就不会那样出乎意料了。地震学家和波浪潮汐专家们通力合作，建立了一个保护夏威夷群岛的系统。从科迪亚克到帕果帕果，从巴波亚到帕劳之间的太平洋上，分布着装有专门仪器的站点网络。这个预警系统包括两个阶段。首先是一个基于美国海岸和大地测量局（Coast and Geodetic Survey）运营的地震监测站的新型声音报警器，它能让工作人员立即注意到地震的发生。如果发现地震的震中在海底，这样一来可能会导致地震海浪，他们就会向选定的潮汐监测站发出预警信号，潮汐监测站则要观察他们的仪器，找到加速的海啸到来的证据。（通过辨别其特定的周期，甚至连最小的地震海浪都能被监测到；而且，尽管在一个地方它可能很小，但是在另一个地方这些海浪可能会上升到危险的高度。）当火奴鲁鲁的地震学家收到通知说海底地震发生了并且某个站点真正记录到了它产生的海浪时，他们就会计算海浪到达地震中央和夏威夷群岛上任意一个点的时间。这时候他们就可以发出警告，疏散海滩和海滨地区了。由此，人类在历史上第一次能够有组织地对抗在太平洋上横冲直撞的海浪，保护有人居住的海滩不被突然冲上来的可怕海浪拍击。

[1961 年注：从建立到 1960 年，这个预警系统向夏威夷群岛的居民发出过 8 次地震海浪到来的预警。在其中 3 次里，绝大部分的海浪的确袭击了这些岛屿。然而没有一个像 1960 年 5 月 23 日的那些海浪那么大或者有破坏力。1960 年的这次地震海浪发源于智利海岸上的剧烈地震，它们从那里穿过太平洋来到了夏威夷群岛。没有这样的警告，生命的损失显然会是巨大的。火奴鲁鲁气象台的地震仪刚一记录到智利的第一次地震，这个系统就开始工作了。来自分散的潮汐站点的报告让工作人员充分了解了地震海浪的形成以及在太平洋上的传播。借助早期的新闻布告栏以及后来的官方海浪警告，气象台警告了当地居民并且预测了海浪达到以及各地区受影响的时间。这些预测在合理范围内是精确的，而且尽管财产损失严重，人员的伤亡仅限于不听警告的少数人。这一系统对海浪活动报告的范围向西包括了新西兰，向北包括了阿拉斯加。日本海岸也遭受过严重的海浪袭击。尽管美国的预警系统不包括其他国家，火奴鲁鲁官方仍然向日本发出了海浪预警。不幸的是他们的预警被忽视了。

现在（1960 年），这一预警系统包括在太平洋东部和西部海岸上以及一些岛屿上的 8 个地震监测站和 20 个广泛分布的海浪监测站，其中 4 个安装有自动波浪检测仪。海岸和大地测量局认为，多一些波浪报告潮汐站，会改进这一系统的效率。然而，目前这一系统的主要缺点是无法预测抵达任一特定海岸的海浪的高度，因此他们向所有地区发出的地震海浪预警都是一样的。因此，还需要研究预测海浪高度的方法。不过，尽管目前还有这样的不足，这一系统仍然满足了空前的需要，因此国际上有强烈的兴趣将这一系统推广到世界上的其他地方。]

11

有时候会升起到飓风区低矮海滩上的风暴浪属于一种风浪，但有别于普通的风和风暴引起的海浪，它们伴随着海平面的整体上涨，因此被叫作风暴潮。海水的上涨常常如此之快，让逃生几乎成为不可能。在热带飓风中消失的人，有大约 3/4 是丧命于这样的风暴潮。在美国，从风暴潮而来的最著名的灾难，发生在 1900 年 9 月 8 日的得克萨斯州的加尔维斯顿、1935 年 9 月 2 日和 3 日的下佛罗里达群岛和 1938 年 9 月 21 日伴随着新英格兰飓风的水面灾难性上涨。有史以来，飓风海浪带来的最可怕的毁灭发生在 1737 年 10 月 7 日的孟加拉湾，那时，两万艘船被毁掉了，30 万人被淹死了。

[1961 年注：1953 年 2 月 1 日淹没了荷兰海岸的海洋洪水值得在大风暴海浪史上记上一笔。在冰岛西部形成的冬季狂风席卷大西洋，进入北海。它所有的力量最终都压在了出现在它的中央路径的第一片土地上——荷兰的西南角。风暴驱使的海浪

和潮汐残暴地拍击着岸堤，这些古老屏障的几百多个地方都打开了裂口，洪水从这些地方灌入，淹没了农场和村庄。这场风暴开始于 1 月 31 日，星期六。到了星期天的中午，荷兰的 1/8 领土已被淹没在水下了。被淹没的包括 50 万英亩荷兰最好的农业用地——被水破坏，被盐浸透——成千上万的建筑、几十万头牲畜和大约 1 400 人。在荷兰对抗海洋的漫长历史中，这是海洋造成的伤害中最严重的一次。]

还有一些其他的大浪会定期到访海滨地区并且连续数天用毁灭性的海浪拍击海滩，这样的大浪叫作长涌。这些海浪也是风浪，但它们与距离海滩几千英里远的海洋上的气压变化有关。低压区——像冰岛南端的那个——是臭名昭著的风暴制造者，那里的风将海水抽打成巨大的波浪。当海浪离开风暴区以后，它们就会变低变长；并且，在海洋上旅行了或许数千英里之后，它们又变成了被叫作涌浪的起起伏伏。这些涌浪十分规则并且很低，当它们经过其他地区新形成的短而汹涌的海浪时，常常不会被注意到。但是当浪涌靠近海岸时，它们会感受到下面逐渐变浅的地面，于是开始堆叠成高而陡峭的海浪。在海浪区，海浪这种变陡峭的趋势十分醒目，波峰形成，破碎掉，大团的水向下轧来。

北美洲西海岸上的冬季浪涌是从阿留申群岛南部旅行到阿拉斯加海湾的风暴的产物。在夏季来到这个海岸上的浪涌，其起源可以追溯到位于赤道以南几千英里的咆哮西风带。因为盛行风风向的关系，美国东部海岸和墨西哥湾上不会出现诞生于远方风暴中的浪涌。

摩洛哥的海岸尤其受到浪涌的影响，因为在直布罗陀海峡以南大约方圆 500 英里内都没有庇护的避难所。有史以来，长涌就不断地到访大西洋的阿森松群岛、圣海伦娜、南特立尼达拉岛和费尔南多—迪诺罗尼亚岛。显然，同样的海浪也出现在里约热内卢附近的南美洲，在那里它们被叫作“回头浪”(resacas)。从南太平洋西风带的风暴而来的各种性质的海浪攻击着波莫多群岛（Paumotos Islands）；还有一些海浪是南美洲太平洋海岸的大浪日的成因。据罗伯特·库什曼·墨菲所说，最初是从事鸟粪生意的船长要求某些日子里给予特殊津贴，因为在这段日子里，装船的工作会受到浪涌的打扰。在这样的大浪日里，力量巨大的长涌会冲上防浪堤，并且据说会带走 40 吨的运货车厢，将混凝土桥墩生生拔起来，将铁轨拧成线团。

浪涌从诞生地开始的缓慢旅行，让摩洛哥保护国可以提供预测海洋状况的服务。经过了用破碎船只和码头进行的漫长而曲折的实验后，这项服务在 1921 年实现了。每天电报报道的海况会提前告知人们麻烦的大浪日即将到来。得到了浪涌到来的警告之后，在港内的船只会驶去外海上躲避。在这项服务建立以前，卡萨布兰卡市的港口一度瘫痪了 7 个月，而圣海伦娜港口的所有船只也曾有那么一两次全部损毁。正在英国和美国测验的现代海浪记录仪器，很快将会为所有这些海岸提供更强大的保护。

12

最让我们联想纷纷的永远是那些看不见的东西，波浪也是如此——海洋中最大并且最引人恐惧的海浪是看不见的。它们在看不见的深海中沿着神秘的路途前进，沉闷而无休无止地滚动。许多年来人们都知道，北极探险的船只常会被困在人称“死水”的海域中，在其中要费尽艰辛才能前行。如今人们知道，所谓的死水，是在薄薄的表层淡水层和下面的盐水层的边界区域的内部海浪。20 世纪初期，几个斯堪的纳维亚水道测量家呼吁学界关注海底波浪的存在，不过在这之后，又过了一代人的时间，科学界才有仪器去透彻地研究海底波浪。

如今，尽管这些巨大的海浪在深深海洋中起起伏伏的原因仍然是一个谜，它们在所有海洋中的分布却是肯定的。在深海中，这些海浪翻动着潜水艇，就像它们在海面上的同伴翻动着轮船一样。它们与墨西哥湾流和其他强大洋流的碰撞，似乎是海面波浪与相对的潮流的戏剧性会面的深海版。或许内部海浪会出现在不同的海水层的边缘，就像我们看见海浪在空气和海洋的交界处产生一样。但是这些海浪从来没有在海面上移动过。包含在其中的水多到不能想象，一些这样的海浪最初就有 300 英尺高。

关于它们对鱼类和其他深海生物的影响，我们只有很少的了解。瑞典科学家说，当深处的内部海浪冲上海底山脊并且冲进海湾中时，鲱鱼也会被带到或吸入瑞典的一些海湾中。在远洋上，我们知道，不同温度或盐度的水的界线常常是适应了特定生存条件的活的生物所不能跨越的一道屏障。这些生物会自主地随着深海波浪的涌动而移动吗？适应了海水不变的温度的大陆架底部的动物群，会遭遇什么？当海浪从北极的冰水中涌来，像风暴浪一样冲上那些黑暗的深处坡地时，它们的命运又是怎样的呢？目前我们还无从知晓。我们只是感觉到在动荡的海洋深处隐藏着比我们已经解开的更大的秘密。

行星流

数百万年以来，

阳光、海水和无主的风紧紧相拥。

——卢埃林·波伊斯

1949 年仲夏，当信天翁 III 号在乔治沙洲上的迷雾中摸索着前行了整整一个星期时，我们在甲板上的人对巨大洋流的力量有了亲身的体验。我们和墨西哥湾流之间相隔着至少 100 英里的冰冷的大西洋海水，但是风坚持不懈地从南方吹来，墨西哥湾流温暖的气息席卷了整个沙洲。温暖的风和冰冷的水的组合招来了无尽的迷雾。一天又一天，信天翁号在一个小小的圆形房间中打转儿，这个房间的无形墙壁是柔软的灰色帘子，而这个房间的地板就像镜面一样光滑。有时候，一只海燕飞过来，它像燕子一样拍打着翅膀，穿过了这个房间，就像用魔法一样从墙壁上穿过，出来又进去。在傍晚的时候，太阳在落山之前是悬挂在船只绳索上的一个浅浅的银色圆盘，让漂浮的迷雾带染上了晕开的光彩，并且营造出了让我们在记忆中寻找柯勒律治诗句的意境。一种可以感受到但是看不到的强大的存在，无时无刻不在向我们显示却从不展示它的接近，这明显要比与洋流直接相遇更加富有戏剧性。

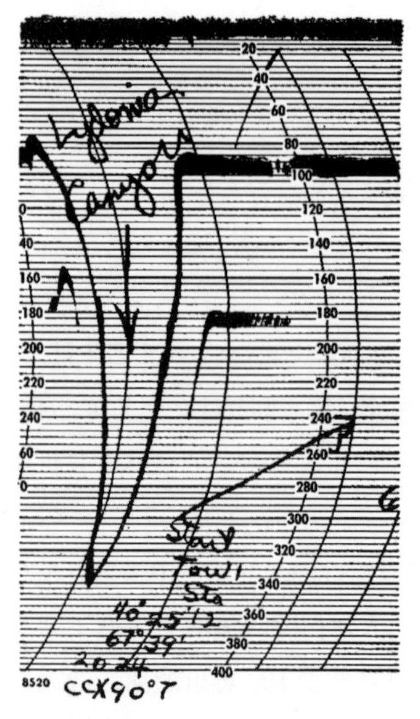

美国船只信天翁 III 号在穿过乔治沙洲的外缘时绘制出了利多尼亚峡谷（Lydonia Canyon）的轮廓。

海洋中永恒的洋流在某种程度上是她最壮观的现象。看着我们在洋流中的倒影，我们的大脑仿佛立即被从地球上拿走。我们忽然就置身于另一个星球上，从那里去观察地球的旋转，观察深深扰动地表或轻轻将它包围的风以及太阳和月球的影响力。因为所有这些宇宙力量都与海洋中的大洋流有着密切的联系，这为它们赢得了所有用在它们身上的词汇中我最喜欢的一个——行星流。

1

自世界之初始，海洋中的洋流，毫无疑问，一定很多次改变过它们的行程（我们知道，例如，墨西哥湾流的年龄不超过 6 000 万年），但哪一位作家要是敢于描述像寒武纪时期的这条洋流，或泥盆纪、侏罗纪的这一洋流，他显然又太过大胆了。然而，就短暂的人类历史而言，海洋环流的主要模式不可能有重要的改变，而且洋流首先打动我们的正是它们的永恒性。这并不让人惊讶，因为产生洋流的力量在地球史上没有表现出发生任何实质性改变的意图。主要的驱动力是风提供的；修饰性的影响是太阳、地球永恒向东的旋转和大陆的巨大障碍。

海洋表面会受到太阳不同程度的加热。海水被加热时，它会膨胀并且变轻，而冰水则会更重、更密集。或许极地和赤道海水的缓慢交换是这些不同带来的，热带被加热的海水在上层中向极地移动，而极地的海水则沿着海床向赤道移动。但是这些流动都在风驱逐的海流的更大运动中被遮掩或迷失掉了。最稳定的风是信风，它从东北和东南方向斜对着吹向赤道。是信风驱使着赤道洋流绕着地球旋转。自转的地球会产生一种偏转力，这种力量，在所有会移动的物体(像是船、子弹或鸟儿)上产生的效果,和对风跟雨产生的效果相似。在北半球，它会让所有会移动的物体向右旋转；而在南半球则向左旋转。通过这些和那些力量的合力，产生的洋流图案是缓慢循环的涡流——它在北半球向右或者说顺时针旋转，而在南半球则逆时针旋转。

还有一些例外。似乎从来不同于其他海洋的印度洋就是一个重要的例外。在反复无常的季风的主导下，印度洋上的洋流会随着季节而改变。在赤道以北，巨大洋流的流向要么向东、要么向西，这取决于季风的风向。在这个海洋的南部，还存在着一个十分典型的逆时针的洋流类型：在赤道以南向西，沿非洲海岸上向南，因为西风又流向东部的澳大利亚，又沿着季节性改变的曲折路径而向北流去——有时为太平洋送去了水，有时又从那里获得了补给。

南极海洋仅仅是一个环绕地球的连续的水流，是典型的大洋图案的又一个例外。它的水不断地被从西方和西南方向吹来的风驱逐着向东和东北方向流去，而且大量淡水从融化的冰川上涌入，加快了洋流的速度。它不是一个封闭的环流；水被送到了浅层洋流中并且经由深处的路径来到附近的海洋，其他海洋反过来也会为它补充水。

2

在大西洋和太平洋上，我们能十分清晰地看到产生这种行星流的宇宙力量的相互作用。

或许因为许多个世纪以来，来来往往的贸易航路多次跨越大西洋，它的洋流才最早地为海员们所了解，也被海洋学家们研究的最好。在帆船航海的时代，数代海员都熟悉流速强劲的赤道洋流。赤道洋流如此决绝地向西流动，试图下到南大西洋的船只根本无法前行，除非它们在东南信风区获得了必要的东行航程。1513 年，庞塞·德莱昂的三艘船从卡纳维拉尔角向南驶向托尔图加斯，有时根本无法穿越墨西哥湾流，而且尽管“顺风航行，他们却没有前进而是在后退”。几年以后，西班牙的船只学会了利用这些洋流，会在赤道洋流中向西航行，而在归途中则经过墨西哥湾流，一直走到哈特拉斯角，从那里才驶进开阔的大西洋上。

墨西哥湾流的第一幅地图是于 1769 年在本杰明 · 富兰克林的指挥下绘制的，那时他任殖民地代理邮政大臣。波士顿的海关署抱怨从英国来的邮政包裹向西运送时，航行要比罗德岛的商船多用两个星期的时间。富兰克林十分困惑，就去求助楠塔基特海的船长提摩

太 · 富尔杰。他告诉他说，这有可能是真的，因为罗德岛的船长很熟悉墨西哥湾流，会在向西航行的时候避开它，而英国的船长并不熟悉。富尔杰和其他的楠塔基特捕鲸船船长十分熟悉这一湾流，因为据他解释说：

> “在我们追逐鲸鱼的时候，鲸鱼会沿着湾流一侧游动，却不会进入湾流中。我们也要沿着湾流一侧航行，有时为了到另一侧，我们需要穿过墨西哥湾流。在穿越墨西哥湾流的时候，我们有时会遇到正在湾流中央、逆流航行的邮政船。我们会和他们说话，告诉他们：他们正在洋流上逆向行驶，他们面对的是每小时3英里的逆流。我们建议它们离开洋流，但是他们太聪明了，怎么会听这些头脑简单的美国渔民的建议？”

富兰克林想，“地图上没有绘制出这条洋流真的很遗憾”，于是请富尔杰为他绘制出来。于是墨西哥湾流的路径就被绘制在了一幅古老的大西洋地图上，并由富兰克林送到了英格兰的法尔茅斯，送给邮政船的船长使用，“然而他们根本没有重视”。后来法国印发了这一地图，而在独立革命以后，美国哲学学会的学报也刊登了这一地图。只是哲学学会的编辑们为了省钱，将富兰克林的地图与完全不相关的一幅画合在了一个版面上。这一幅画是约翰·吉尔平关于“鲱鱼年度迁徙”的论文中的插图。后来的一些历史学家误认为富兰克林墨西哥湾流的概念与左上角的插图有联系。

3

要不是因为巴拿马地峡的偏转屏障，北赤道洋流会穿越太平洋。在北美洲和南美洲大陆被分开的许多地质时代里，北赤道洋流的确穿越了太平洋。在白垩纪后期巴拿马山脊形成之后，这一洋流折了回来，向东北方向流去，重归大西洋并且成为墨西哥湾流。从尤卡坦海峡向东，经过佛罗里达海峡，墨西哥湾流规模巨大。如果想到由来已久的海洋中的“河流”概念，那么这条河流从一岸到另一岸的宽度有 95 英里。从河面到河床的深度有一英里。它的流速将近 3 节①，流量则要比密西西比河大许多百倍。

甚至在由柴油产生动力的今天，在南佛罗里达外向海岸方向航行的船只也要对墨西哥湾流充满全部的敬意。如果你在迈阿密河的下游乘坐一条小船出海，几乎任意一天，你都能看到大货轮和油轮在南方的航线上行驶，似乎与佛罗里达群岛出奇地靠近。陆地方向是海底礁石形成的连绵不断的墙，黑色的巨大珊瑚将自己坚硬的顶端送到了离海面一两英寻的地方。海面方向上是墨西哥湾流，当大型船只对抗着墨西哥湾流向南航行时，它们要花费更多时间和燃料才能做到。因此，它们宁愿在礁石和湾流之间摸索着前行。

南佛罗里达外湾流的力量或许来自于它的确是在向下流动的事实。强劲的东风在狭窄的尤卡坦海峡和墨西哥湾之间堆叠起大量表层海水，因此这里的海平面要比大西洋远洋上高一些。在佛罗里达的墨西哥湾岸区的细得礁，海平面要比圣奥古斯丁的海平面高 19 厘

① 节，速度单位，1 节≈ 1.85 千米 / 小时。

米（大约七个半英寸）。在这个洋流中，还有其他不均一的海平面。在地球旋转的偏转力作用下，轻一些的水来到了洋流的右边，因此在墨西哥湾流中，海面实际上是向右侧升起的。在古巴的海岸上，海洋比沿大陆的海洋部分高出 18 英尺，因此完全推翻了我们所说的海平面的字面意思。

4

向北，墨西哥湾流沿着大陆坡的轮廓前行，来到了哈特拉斯角外的海面上，从那里又来到了更加开阔的海洋上，抛弃了大陆低陷的边缘。但它还是在大陆上留下了痕迹。南美洲海岸上四个雕刻得十分优美的海角——卡纳维拉尔角、恐怖角、瞭望角和哈特拉斯角——显然是由墨西哥湾流在行程中形成的强劲涡流所塑造出来的。这四个海角都是向海洋方向突出的尖端；而每两个海角之间的海岸都是一个长长的弧形——这是由在墨西哥湾流的涡流中律动旋转的水作用形成的。

在哈特拉斯角外，墨西哥湾流离开了大陆架，开始向东北方向流动，成了一条狭窄而弯曲的洋流，与两侧的水有着鲜明的区别。在大浅滩的尾端以外，拉布拉多洋流深绿色的北极水和墨西哥湾流温暖的紫蓝色海水之间有一条清晰的分界线。在冬季，洋流边界之间的温度变化如此突然。当一艘船驶进墨西哥湾时，它船头处的水温度比船尾高 20℃，这里有一个“冰墙”，将这两个巨大的水团分离了开。世界上最浓密的迷雾海岸之一，就在这一地区的拉布拉多洋流的冰水之上——它是像毯子一样密实的白色迷雾。它是墨西哥湾

大西洋和太平洋系统

A 亲潮	B 日本洋流
C 北赤道洋流	D 赤道逆流
E 南赤道洋流	F 西风漂流

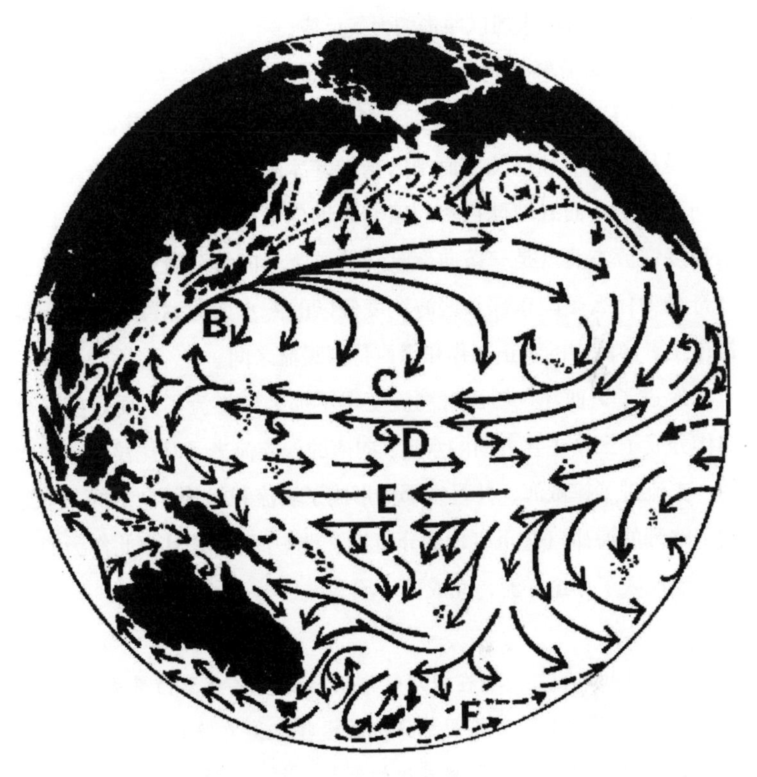

大风生海流的路线

——→：温暖或中性

- - - →：冷水

A 墨西哥湾流　　B 拉布拉多洋流

C 加纳利海流　　D 北赤道洋流

E 南赤道洋流　　F 本格拉洋流

G 南极洋流　　H 巴西洋流

J 洪堡洋流

流对冰冷的北海海水加以冲击的大气反应。

墨西哥湾流感受到海床的升起的地方，被叫作大浅滩的尾端。在那里，墨西哥湾流向东弯折，并且它的航线开始变得弯弯曲曲。或许是从巴芬湾和格陵兰而来的携带着冰山的北极水逼迫着墨西哥湾向东流去，而且地球自转的偏转力也总是让洋流向右方流去。拉布拉多洋流本身（是一条向南流动的洋流）向大陆流去。下一次当你奇怪为什么美国东部某些海滨度假区的海水如此冰冷时，要记得拉布拉多洋流中的水正在你和墨西哥湾暖流之间。

经过了大西洋，墨西哥湾流变得不那么像洋流了，而是应该被叫作分成了三个主要方向的水流：向南的一支流去了马尾藻海，向北的一支流进了挪威海，并且在那里形成了涡流和涡旋；向东的一支温暖了欧洲的海岸（甚至有一部分流进了地中海），并且由此作为加纳利海流汇入了赤道洋流，完成了环流。

[1961 年注：现在海洋学家们总是称之为墨西哥湾流体系，以显示他们发现了墨西哥湾流的温暖水流在哈特拉斯角以东不是连续地流动，而是像屋顶的瓦片一样互相层叠着排列。这些洋流不仅是层叠着的，还狭窄而且迅速。这一湾流的主力在大浅滩的东部，早已经被发现了，人们早已知晓它是从大浅滩西部起源的；而它的延伸不是普通意义上的分支，而是一系列新的洋流，每一支新的洋流都在前一支旧的洋流北面。

随着海洋学家对海洋环流动力学的研究越来越多，他们也更多地感叹海洋和大气体系的相似之处。墨西哥湾流的杰出研究者哥伦布 · 艾思林用一个绝妙的类比描述了墨西哥湾流的分支。“中纬度的盛行西风带高处的急流中有许多相同的现象，”他说，“尽管每一个大气急流的尺寸要比墨西哥湾流体系的重叠的分支大得多。”]

5

南半球的大西洋洋流实际上是北半球赤道洋流的镜像。这个巨大的螺旋逆时针流动——向西，向南，向东，再向北。在这里主导的洋流在海洋的东部，而不在海洋的西部。它是本格拉洋流，是一条沿着非洲西海岸向北方流动的冰水河。南赤道洋流在海洋中是一条强劲的河流（挑战者号上的科学家说它就像水车水流一样灌注到了圣保罗岩上），在南美洲海岸外的北大西洋失去了相当多的一部分水——大约每秒钟有 600 万立方米。剩下的部分变成了巴西洋流，它向南弯转流动，又向东成为南大西洋或南极洋流。整体上它是一个浅水流的体系，大部分路径深度不超过海面以下 100 英寻。

太平洋的北赤道洋流是地球上最长的向西流动的洋流，从巴拿马到菲律宾群岛的 9 000 英里的路程中，一路通畅，无所阻挡。在遭遇了菲律宾群岛之后，大部分洋流向北方弯折，成了日本洋流——它是亚洲的墨西哥湾流。一小部分坚持向西方流去，在亚洲群岛组成的迷宫之间摸索着前行；一部分掉头，沿着赤道逆向流动，成了赤道逆流。因为日本洋流的水是深深的蓝紫色，因此它又被叫作黑潮。它沿着东亚外的大陆架向北方流去，直到被从鄂霍次克海和白令海而来的亲潮的大量冰水驱离大陆。日本洋流和亲潮在充满迷雾和风暴的地区相遇，就像在北大西洋上墨西哥湾流与拉布拉多洋流的相遇一样以迷雾为标志。在向美洲流去的途中，日本洋流成为巨大的北太平洋涡流的北方墙壁。随着从亲潮、阿留申和阿拉斯加而来的冰冷的极地水的汇入，它温暖的海水变凉了。当它来到美洲大陆的时候，日本洋流已经变成了一条冷水洋流，沿着加利福尼亚的海岸向南方流去。在那里它继续被深海的上升气流凉透，并且它与美洲西海岸温和的夏季气候有很大关系。在南加利福尼亚外，它汇入了北赤道洋流。

我们应该会期待在开阔的南太平洋上发现所有海洋洋流中最强劲的一条洋流，但这似乎并不正确。南赤道洋流常常被岛屿打断，要不断地向中央盆地改换流向。等到它靠近亚洲的时候，在大多数季节里，南赤道洋流都是相对微弱的一个洋流。它消失在了东印度群岛和澳大利亚周遭杂乱无序的洋流中了。西风漂流或者南极洋流是大洋流向极地流去的一部分，它诞生于在海洋上呼啸、从未被陆地打断的世界上最强劲的风。其中的细节和南太平洋大部分洋流一样，我们还没有足够的了解。我们有透彻了解的只有一个——洪堡洋流。它对人类生活的影响如此直接，超过了其他所有洋流。

[1961 年：海洋学最令人激动的一个新事件，是在南赤道洋流下发现了有一个相反的强劲洋流在流动。这一逆流的中心位于海面以下 300 英尺的地方（尽管在它的东段——加拉帕戈斯群岛附近要浅一些）。这一海面以下的洋流大约有 250 英里宽，并且以大约 3 节的速度沿赤道向东流了至少 3 500 英里。（海面洋流的速度只有大约 1 节。）1952 年，汤森 · 克伦威尔在为美国渔业与野生动物局调查金枪鱼捕猎方法的途中，发现了这一洋

流的存在。克伦威尔观察到，在赤道上布置用来捕猎金枪鱼的长杆，没有像设想的那样随着表面洋流向西移动，而是迅速地向相反的方向漂流。然而，直到 1958 年，对这一洋流的深入调查才由斯克里普斯海洋研究所展开，这一洋流的巨大尺寸得到了测量。同一研究给出了另外的证据证明，海洋中深处的环流要比我们所认识的复杂得多得多，因为在这湍急的向东的洋流下面，还有另一条向西流去的洋流。因此，在最上层仅仅半英里的太平洋赤道水域中，有三条层叠的大河互相独立、互不干扰地流淌着。当将这样的研究拓展到一直到海床上的整个海域时，摆在我们面前的毫无疑问会是一幅更加复杂的画面。

在绘制出这一太平洋洋流的具体画面之前的一年，英国和美国的海洋学家们发现，在墨西哥湾流和巴西洋流之下还有一条向南方流动的逆流从北大西洋流向南大西洋。使这些发现成为可能的技术在最近才为海洋学家们所用。当它们的使用变得更加普遍时，我们对海洋深处环流几近无知的状态将会改变。]

6

洪堡洋流有时也被叫作秘鲁洋流，它沿着南美洲的西海岸向北流动，带着和来处——南极洲的水一样冰冷的水流。但是它的冰冷实际上是深海的冰冷，因为这条洋流不断地被持续上涌的下层海水冷却。正是因为洪堡洋流，几乎在赤道南方的加拉帕戈斯群岛上才有企鹅生活。在这些富含矿物质的冰冷海水中，生活着大量的海洋生物，它们的种类或许比世界上任何其他地方的都要多。这些海洋生物的直接受益者不是人，而是成百上千万的海鸟。从让海岸崖壁和岛屿变得一片雪白的被阳光晒干的鸟粪中，南美洲人间接地获得了洪堡洋流的财富。

受政府委托研究秘鲁鸟粪工业的罗伯特·库克，生动地描绘了洪堡洋流中的生物。他写道：

> 大群秘鲁鳀组成的鱼群被大量的狐鲣和其他鱼类以及海狮追逐着，而同时这些动物又被大群鸬鹚、鹈鹕、鲣鸟和各种各样的其他海鸟追逐着……排成长队的鹈鹕、黑云一般低飞的鸬鹚或投入水中的鲣鸟形成的暴风雨，或许在世界上任何其他地方都没有匹敌者。这些鸟儿主要捕食，也几乎只捕食秘鲁鳀……秘鲁鳀不仅是大型鱼类的食物，也是鸟儿的食物。而这些鸟儿又是每年成千上万吨高品质鸟粪的来源……

库克博士估算每年被这些产鸟粪的秘鲁鸟儿消耗的鱼量，等于整个美国捕鱼业总产量的1/4。多亏了这种将这些鸟儿与海洋中所有矿物质关联起来的饮食方式，它们的排泄物才成为了世界上最珍贵最高效的肥料。

洪堡洋流在离开布兰高角所在纬度的南美洲海岸后，向西流向太平洋，几乎将清凉的海水带往了赤道。在加拉帕戈斯群岛附近，洪堡洋流带来了不同水的奇怪混合物——洪堡洋流清冷的绿色海水和赤道的蓝色海水在小波浪和泡沫线上相遇。这说明深海中上演着隐秘的活动和冲突。

7

相对的水体的冲突在一些地方可能是最戏剧性的海洋现象。伴随着表层海水被深海海水取代的是，表层的嘶嘶声和叹息声、带有泡沫线的表层海水的剥离、混乱的动荡和沸腾，还有甚至像从远处传来的破浪声。作为水体上升运动的可见证据，一些生活在海洋深处的生物也许会被整体带到海面上来，它们在这里贪婪地捕食，也被贪婪地捕食。例如一天夜里，罗伯特 · 库什曼 · 墨菲就在阿斯克（Askoy）号纵帆船上，在哥伦比亚的海岸外看到了这样的景象。那个夜晚漆黑、宁静，但是海面的活动清晰地显示，深层海水正在上涨而且远在这艘船的下方，某种冲突正在相对的水体之间进行着。在这艘船周围升起了许许多多小小的、陡峭的波浪，它们又溶解成了白色的泡沫，这些泡沫被荧光生物蓝色的火光点亮。突然之间：

> 在船的两侧以及离船不知道多远的地方，一条黑色的线，就像前进的水墙一样，似乎向我们笼罩了过来……我们能听见附近被扰动的海面发出的水花声和低语声……很快我们就能看见点缀着点点荧光的泡沫的光亮在缓慢靠近的浪涌之中或者向左方流去。我和法伦都大约意识到了：这些可能是海地地震带来的潮涌。于是在没有引擎和轻风为我们掌舵的情况下，我们感到极其无助。正在上演的一切是如此缓慢，这让我有着一种感觉——我还没有从之前那三个小时的睡眠中完全清醒过来。

然而，当这个镶着白边的黑色威胁真正靠近我们时，才证明它们不过是一大片舞动的水。它正在空气中甩动着仅仅大约一英尺的小波浪，又在阿斯克号的钢铁两侧留下了标记……

接着，不同于小破浪爆裂的声音，一种尖锐的嘶嘶声从船右舷外的黑色深渊中升了起来，随之而来的是叹息声和噗噗声……发出噗噗声的是黑鱼，几十只或者也许有几百只黑鱼刚刚来到阿斯克号的船底就翻滚着笨拙地前行，从阿斯克号下面潜了过去……我们能听见它们发出的隆隆声和喷水声就像酒神节的狂欢一样。在探照灯发出的长光中，我们发现嘶嘶声来自小鱼的跳跃。在光线能照到的所有方向上，我们都能看到它们射进了空气中，又像冰雹一样倾泻下来……

海面像是在沸腾，其中翻滚着各种各样的生物，它们中的大多数都来自深海。无爪的龙虾的幼虫、彩色的水母、一队队繁殖期的樽海鞘、小鲱鱼一样的鱼类、被啃掉了脸的银色的银斧鱼、耷拉着脑袋的追船鱼、有发光光孔的会发光的灯笼鱼、红色和紫色的梭子蟹，以及其他我们一眼叫不出名字的生物和许多小得看不清楚的生物……

一场大范围的屠杀正在进行。小鱼在吃无脊椎动物或者过滤走浮游生物；鱿鱼在追逐和捕食各种大小的鱼类，而黑鱼毫无疑问正在享用鱿鱼……

随着黑夜的大幕渐渐拉上，这些丰富物种和食物链的奇异展示逐渐地，而且在几乎察觉不到的时候就消失了。最终，阿斯克号下的水面就像油一样充满死亡一般的寂静，而一圈圈跳动的海浪则越退越远，最终消失在了远处。

8

尽管只有很少人看见并且辨认出了这样令人激动的上涌的场面，但是这样的场景在许多海岸和远洋的许多地方上演着。不论这样的活动在哪里发生，它都是那里出现丰富生命的原因。一些世界上最大的渔场都依赖于这样的深海海水上涌。阿尔及利亚海岸上的沙丁鱼渔场最为有名。这里的沙丁鱼数量丰富，是因为上涌的深海海水提供了能供应天文级数量硅藻生长的矿物质。摩洛哥的西海岸，与加那利群岛和佛得角群岛相对的区域，以及非洲的西南海岸，都是海水普遍上涌以及由此带来大量海洋生物聚集的其他一些地区。阿曼附近的阿拉伯海和哈丰角附近的索马里海岸上都有丰富得惊人的鱼群。这两个地方都处于深海中冷水上涌的地区。在阿森松岛北部的南赤道洋流中，有一条由深层海水上涌产生的冰舌，其中有异常丰富的浮游生物。合恩角东部的南乔治亚岛周围的海水上涌，造就了世界上的捕鲸业中心之一。在美国的西海岸上，沙丁鱼业每年的收获有时能有一年 10 亿磅，造就了世界上最大的捕鱼场之一。没有这样的海水上涌就没有捕鱼场，因为海水上涌带来了最古老而熟悉的生物链：盐、硅藻、桡足类、鲱鱼。沿南美洲西岸向南，洪堡洋流中令人惊异的丰富生命是依托于海水上涌来维持的，它不仅保证了到加拉帕戈斯群岛的全部 2 500 英里长的洋流之水处于冰冷的状态，还从深层海洋中提取了营养盐。

当海水上涌在海岸线上发生时，它是各种力量相互作用的结果——风、海面洋流、地球自转和大陆底部隐藏的大陆坡的形状。当风在地球自转的偏转影响下，将表层海水吹向海洋的时候，深层海水就要升起来取代它。

海水上涌同样还会发生在开阔的海洋上，但是发生的原因却完全不同。在两条强势流动的洋流分开的地方，海水必然要从下面升起来，补充到洋流分开的地方。其中一个这样的地方位于太平洋中的赤道洋流的最西端，那里强势流动的洋流将它的部分水折回并灌入了相对的洋流中，而另一部分向北流去日本。这里的水流混乱而无序。这一洋流的主体对地球自转的力量敏感，因此在朝向北方的巨大拉伸力下，转向了右方。洋流中较弱的部分则凭借涡旋和涡流折返，重新流回了东太平洋。深海的水上涌来填补洋流之间越来越深的鸿沟。在被下层海水冷却并且补充了矿物质的不平静的海水中，较小的浮游生物大量繁殖了起来。随着它们的繁殖，它们为较大的浮游生物提供了食物，而这些较大的浮游生物反过来又为乌贼和鱼类提供了食物。这样的水域中有大量的生物，而且有证据表明，这样的情形已经延续了几千年了。瑞典海洋学家最近发现，在这些分叉的地带下面，沉积层出奇的厚——其中含有成百上千亿个在这个地方生存又死去的微小生物的遗骸。

9

表层水向深海中的运动和海水上涌同样是一个戏剧性的事件，而且或许它更加让人感到崇敬和神秘，因为这一过程是我们不能亲眼看见的，只能凭想象去勾勒。在几个已知的地方，大量海水向下的流动发生得十分有规律。这些水是我们极少了解的深处洋流的来源。我们的确知道它属于海洋平衡体系的一部分，通过这样的方式，它从前从别的地区借用的海水，又归还给了海洋的另一部分。

例如，北大西洋会通过赤道洋流接收到来自南大西洋的大量表层海水（大约每秒钟 600 万立方米）。这一回馈在深层海洋中进行，一部分在极冷的北极海，一部分在世界上最咸最温暖的海水中——地中海。北极海水在两个地方进行下沉的流动：一个在拉布拉多海，另一个在格陵兰的东南端。在这两个地区，下沉的海水的量都巨大——每秒钟有大约 200 万立方米。地中海的深层海水从将地中海海盆和开放的大西洋分开的海洋山脊上升起来。这一山脊在海面以下大约 150 英寻的地方。海水从它的岩石边缘满溢出来，是因为在地中海中普遍存在的不正常状况，这个状况就是：灼热的太阳暴晒着这一几乎封闭的水域，海水被大量地蒸发，被吸到空气中的水比汇入其中的河水要多。这里的水盐度变得更大，更稠；随着蒸发的继续，地中海的水面比大西洋的水面要低了一些。为了改正这种不平衡，更轻的大西洋水通过直布罗陀海峡作为强劲的海面洋流流入了其中。

现在我们很少想到这件事，但是在帆船航海的日子里，从这里驶进大西洋的帆船曾经因为这一海面洋流的存在而变得十分困难。1855 年，一艘老帆船的日志记载了这一洋流以及它的实际影响：

天气极好；做了 1¼ 压力传感器风压角。到了正午；来到了阿尔米拉海湾，并且在洛基亚村停泊下来。发现大量船只在等待机会西去，从其他船只那里了解到至少有 1 000 艘帆船正受困于这里和直布罗陀海峡之间的恶劣天气。一些帆船已经在这里等待了6个星期了。它们驶到了马拉加,后来又被洋流送了回来。事实上，已经有3个多月没有帆船能走进大西洋了。

10

后来的测量显示，这些表面洋流流进地中海的平均速度大约为3节。流进大西洋的深层洋流势头更强。向外流动的洋流势头如此强劲，据说会摧毁安装在那里用来测量它的海洋仪器。它们显然是将这些仪器撞在了海底的石头上。在直布罗陀海峡附近的法尔茅斯电缆，“也被打磨得像剃刀边缘一样，因此只好被弃用，在近海岸处换了一条新的电缆”。

在大西洋北极地区下沉的海水，以及从直布罗陀海洋山脊满溢的海水，广布于海洋盆地深层地区。横穿了北大西洋之后，它又穿越了赤道并继续向南，在那里经过了从南极海向北流动的两层海水。一些这里的南极海水与来自格陵兰、拉布拉多和地中海的大西洋海水汇合，接着折了回去，向南方流去。但是其他的南极海水向北流去，穿越赤道，并且一直来到哈特拉斯角所在的纬度。

这些深层海水的流动根本算不上是“流动”，这一冰冷沉重的海水的步伐是如此缓慢沉重。但是这些水的量是如此之大，而且涉及的区域覆盖了整个世界。甚至于，也许在全球范围内这样流动的深层海水，将一些海洋生物群——不是表层生物而是漆黑深海的居民分配到了全世界。从我们对洋流来源的了解，人们从南非的海岸外和格林兰的海岸外收获了一些相同的深海无脊椎动物和鱼类，这似乎是十分奇异的。在百慕大，人们发现的深海生物的种类最为丰富，那里的海水是南极海、北极海和地中海海水的混合。或许正是因为这些缓慢流动的洋流具有几乎不变的特征，在这些不见天日的洋流中，深海中奇怪的居民才世世代代漂流着，幸存下来并且繁殖后代。

因此，没有哪里的海水完全属于太平洋，或者完全属于大西洋，或者是印度洋或南极海。今天弗吉尼亚海滩或拉荷亚那令人激动的海浪，或许几年以前还在南极冰山的底部或者在地中海的烈日下闪烁。后来，它们才在黑暗中穿过看不见的海路，来到了我们所看见的地方。通过这些深处的隐秘洋流，大洋才汇合成了一体。

潮汐涨落

在每一块土地上，月球都遵守着
与海洋的永恒盟约。
——圣比德[1]

海洋中没有一滴水——哪怕是深海最深处的海水——是不了解创造了潮汐的神秘力量的，或者是不会对这种力量做出反应的。影响海洋的其他力量没有这么强烈。与潮汐相比，风创造的海浪，是最多也只能在海面以下不足100英寻的地方能感受到的海面运动。因此，尽管它们横扫海洋的样子十分壮阔，但它们实际上不过如此，极少会涉及上层的100英寻以上的海水。受到潮汐运动影响的水体是巨大的，一个实例就可以说明：每天两次由潮流带入北美洲东海岸上的一个小海湾——帕萨马科迪海湾的海水有20亿吨之多，而进入整个芬迪海湾的海水则有1 000亿吨之巨。

在许多地方我们都能找到戏剧般的证据，证明潮汐影响着整个大海，从海面到海床。墨西拿海峡中相对的潮流的相遇，制造出了

① 英国著名的神学家和历史学家，毕生居住在修道院中，从事宗教活动和撰述。因史学成就卓著，被尊为英国史学之父。代表作品有《英吉利教会史》。

涡旋（其中一个是最负盛名的卡律布迪斯涡旋）。这些涡旋搅动着这个海峡中深处的海水，一些带有深海生物所有迹象的鱼儿常常会被抛到灯塔海岸上来。它们的眼睛萎缩或者格外大，身体上镶嵌着发磷光的器官。整个这一地区为墨西拿的海洋生物研究所提供了丰富的深海生物群。

1

潮汐是海洋中移动的水对月球和更遥远的太阳的牵引力的反应。理论上，海洋中的每一滴水和宇宙中最远处的星球之间都存在着引力。然而，实际上，遥远的星球的牵引力，相比于海洋对月球和太阳产生的巨大运动，太微小，可以被忽略。任何在潮汐水附近生活过的人都知道月球，远比太阳，更多地控制着潮汐。他会注意到，就像月球一天比一天平均晚升起 50 分钟，在大部分地区，满潮的时间也相应地比前一天晚一些。随着月球在每一个月的周期中月圆月缺，潮水的高度也这样变化。每个月两次，当月球仅仅是天空中的一条线（新月）和再度圆满（满月）的时候，我们才能看到最强劲的潮汐运动——太阴月中每一个月里最高的潮水和最低的退潮。它们被叫作春潮。在这些时候，太阳、月球和地球在一条直线上，两个宇宙天体的牵引力相加，让海岸上的水升到最高，将海浪送上了海滨绝壁。满溢的潮水充满海港，让船只在它们的码头上高高地漂浮了起来。每个月两次，当月球只有 1/4 大小（上弦月和下弦月）的时候，太阳、月球和地球形成了一个三角形，太阳和月球的牵引力相反，我们会看到最平和的潮汐运动，叫作低潮。这时候高潮和低潮之间的差值比每个月的其他时候都更小。

太阳这个巨大的天体是月球的 2 700 万倍大，它对潮汐的影响竟然不及地球的一个小卫星，这最初看上去的确让人惊讶。但是在宇宙的力学中，近距离物体的作用远比远处的天体大，而且当做了所有的数学计算以后，我们会发现月球对潮汐的力量是太阳的两倍还多。

2

潮汐的运作远比我们的解释复杂得多。太阳和月球的影响在不断地变化。它会随着月相的变化而变化，随着月球和太阳跟地球的距离的变化而变化，随着月球和太阳在赤道南北的方向而变化。它们的复杂还有另一个原因，就是每一个水体，无论是自然的还是人工的，都有它自己的震动周期。扰乱一个水体，它们就会向跷跷板一样运动，或者做摇摆运动——在容器的边缘震动明显，在中央震动最不明显。潮汐科学家们现在认为，海洋中含有大量的“容器”，在一个容器中的海水都有由这个容器的长度和深度决定的震动周期。让水体开始运动的扰动是月球和太阳的吸引力。但是这种运动——也就是水做摇摆运动的周期，还依赖于容器的物理尺寸。我们马上将会了解到这对于实际的潮汐意味着什么。

潮汐表现出一个惊人的矛盾，而其本质是这样的：让它们运动的力量是宇宙的，完全位于地球以外，并且它对这个星球上的所有部分毫无偏私地发生作用。但是，在任何一个特定地方的潮汐的本质都是局部性的，在很短的地理距离上会有惊人的变化发生。当我们在海边度过一个漫长的暑假时，我们会意识到在我们所在的小海湾上潮汐的行为与我们的一个朋友在 20 英里外的上游海岸上的潮汐的行为很不一样，而它们又都与我们知道的另一个地方的潮汐有惊人的不同。如果在楠塔基特岛上避暑，我们划船和游泳时很少会受到潮汐的影响，因为高水位和低水位之间的差距只有一两英尺。但是如果我们选择去芬迪湾的上游部分去度假，我们就不得不去适应 40 ~ 50 英尺的潮水高度差，尽管这两个地方是在同一个水体中——缅因湾。或者，如果我们在切萨皮克湾度假，我们或许会发现，每天高潮的时间在这同一片海滩的海岸上能相差 12 小时之多。

这一事实的真相是，一个地方的地形在决定我们认为的潮汐的特征方面至关重要。天体的吸引力让海水开始运动，但是潮水是怎样的、会流多远、势头有多强劲。都取决于诸如海底斜坡、海峡深度或海湾入海口的宽度等因素。

美国海岸和大地测量局有一个机器人一样的绝妙的仪器。这个仪器可以推测在任何过去或未来的时间里世界各地发生潮汐的时间和潮汐的高度。但是有一个基本的条件，那就是：必须在某个时候进行实地观察，好了解一个地方的地形特征是如何影响和引导潮汐运动的。

3

或许最显著的区别是潮差，在世界上的不同地方，潮差有着巨大的差异。因此被一个地方的居民看作是灾难的潮水，却会被仅仅

100 英里外的海岸上的居民认为根本不值得注意。世界上最高的潮汐发生在芬迪湾，在芬迪湾源头附近的春潮的高水位有大约 50 英尺。分散在世界上的至少六七个地方具有超过 30 英尺的潮差—— 一下就能想到的有阿根廷的波尔·盖勒斯、阿拉斯加的库克海湾、戴维斯海峡的弗罗比舍湾、倾入哈得孙海峡的柯柯索克河，以及法国的圣马洛湾。在许多其他地方，高潮或许意味着仅仅升起一英尺左右，或者仅仅是几英寸左右的水位。塔希堤的潮水起起伏伏十分温和，高水位和低水位之间只有不到一英尺的差距。在大多数海洋岛屿上，潮差都十分微小。但是同一类地方的潮汐高低永远不好一以贯之，因为不太遥远的两个区域对抗产生潮汐的力量的方式可能十分不同。在巴拿马运河大西洋一侧的末端，潮差不足 1 ~ 2 英尺，但是在它的太平洋末端——这仅仅是 40 英里以外——潮差却有 12 ~ 16 英尺。鄂霍次克海是另一个潮汐高度变化的实例。在这片海上的大部分地区，潮汐都很温和——只有 2 英尺高；但是在鄂霍次克海的某些区域，海潮却有 10 英尺高；而在它的一个臂弯——彭进斯克海湾的源头上，海潮却有 37 英尺高。

为什么一个地方的潮水能有 40 ~ 50 英尺高，而在另一片躺在同一个月球和太阳下的海岸上，潮水却只能升起几英寸高呢？比如，为什么芬迪湾有巨大的潮汐，而仅仅几百英里外、处于同一片海洋上的楠塔基特岛海岸上，潮差却仅仅有一英尺呢？

潮汐震动的现代理论为这样的地区差异提供了最好的解释——在每一自然海盆的海水震荡中，都有一个真正没有潮水的中央节点。楠塔基特岛处于这个海盆的中央节点附近，因此海潮很小。沿着这个海盆的海岸向东北走去，我们会发现潮水不断地变高，在科德角的瑙塞特港（Nauset Harbor）有 6 英尺的潮差，在格洛斯特有 8.9 英尺，在西科迪角（West Quoddy Head）有 15.7 英尺，在圣约翰有 20.9 英尺，而在富力角（Folly Point）有 39.4 英尺。

芬迪湾的新斯科舍海岸的海潮比新不伦瑞克海岸相应地方的要高一些，而这里最高的海潮出现在芬迪湾源头的米纳斯湾。芬迪湾海水的巨大潮汐是环境组合的结果。芬迪湾位于一个震动的海湾的末端。而且，这个海盆的自然震荡周期大约为 12 小时，这与海洋潮汐的频率十分巧合。因此，这个海湾中的水体运动被海洋潮汐维持，并且显著地增加。海湾上游的变窄和变浅，促使巨大的水体拥挤在一个不断变小的区域，这也造成了芬迪湾潮汐的巨大高度。

4

潮汐的节律以及潮差在每一个海洋中都不同。在全世界范围内，涨潮和退潮都相伴相生，就像黑夜跟随着白天。但是，关于在每一个太阴日里是否会有两个涨潮和两个退潮，还是说只有一个，这一点还没有不变的规律。对于那些十分熟悉大西洋——无论东岸还是西岸的人来说，每天两个涨潮和两个退潮的节律似乎是“正常的”。在这里，在每一个涨潮中，海水都和前一次涨潮长高同样的高度；而在相继的退潮中，也降落到同样低的位置上。但是在大西洋的大内陆海——墨西哥湾上，不同的节律在它大部分的海岸边进行着。在这里，潮水最多只是略微地运动，不会超过一两英尺。在墨西哥湾海岸的某些地方，波浪悠长，起伏缓慢——在 24 小时外加 50 分钟的一个太阴日里，只有一次起伏——就像古人所认为的象征潮汐的那头地球怪兽平静的呼吸。在地球上许多分散的地区，都能发现这种“昼夜节律”——比如在圣迈克尔、阿拉斯加和在法属印度支那的多颂（Do Son），以及墨西哥湾。到目前为止，世界上的大部分地区——太平洋海盆的大部分和印度洋海岸——都展示出了昼夜节律或半昼夜节律。一天里有两个涨潮和两个退潮，但是第二次涨潮要小一些，几乎不可能达到平均海平面，或者就是退潮的情况存在明显的不均衡。

为什么海洋的某些部分会用一种节律对太阳和月球的牵引做出回应，而其他部分又用另一种节律来回应？这个问题似乎没有简单的解释。不过在数学计算的基础上，潮汐科学家们对这件事有了清楚的了解。为了对个中原因有一些了解，我们必须先回忆产生潮汐的力量的许多不同的因素，这些因素又是太阳、月球和地球相对位置的变化所带来的；而依赖于局部地理特征，又在一定程度上受到各种因素的影响，陆地和海洋的每一个部分对其中某一些因素都比对另一些因素的回应大一些。大西洋海盆的形状和深度大概会让它对产生半昼夜节律的力量有更强的回应。另一方面，太平洋和印度洋也受到昼夜节律和半昼夜节律力量的影响，因此产生了混合的潮汐。

塔希堤岛是一个典型的例子。它说明了，甚至连一个这样小的地区也会对引起潮汐的诸多力量之一做出回应。在塔希堤岛上，有时人们会说，通过观察海滩，注意潮汐的阶段，你就能够知道当下是一天里的什么时候。严格来说，这并不正确，但是这样的说法也有一定的依据。满潮总是出现在正午和午夜；低潮总是出现在早上和傍晚六点的时候，偏差几乎很小。在这里潮汐忽略了月球的影响，因为月球会导致潮汐的时间每天推进 50 分钟。为什么塔西堤的潮汐是追随着太阳而不是月球的？最受欢迎的解释是这个岛屿位于月球引起震荡的某一个海盆的中轴或节点上。在这个点上，月球引起的运动很小，因此海水能够以太阳引起的节律来移动。

5

如果宇宙中的某位观察者要在某一天写下地球潮汐的历史，毫无疑问他一定会说，地球潮汐在地球年轻的时候最壮观，力量最巨大，后来渐渐衰弱，变得不那么壮观，直到有一天它们平静了下来。因为潮汐并不是一直像我们今天看到的这样，而且和地球上的一切一样，它们的日子是有限的。

在地球还年轻的日子里，潮汐的到来一定是一件惊人的事。如果月球像我们在前面的章节中设想的一样，是从地球的外壳上撕扯下来的一部分，那么在一段时间里，月球一定离自己的母亲非常近。它现在的位置是大约 20 亿年以来不断被推离地球的结果。当它跟地球的距离是现在的一半时，它对海洋潮汐的力量是现在的八倍那样大，那时候在某些海岸上潮差会有几百英尺那么高。而当地球只有几百万岁，假若深海盆地在那时候形成，潮汐的起伏一定是难以理解的。每天两次，涌入的潮水会淹没大陆的边缘。潮汐极大地扩展了海浪的范围，因此海浪会击打高崖的山峰，横扫内陆，侵蚀大陆。这样的潮汐对年轻地球的整体荒凉、严苛和不宜居住有很大的影响。

在这样的条件下，没有生物能够在海岸上生存，或者穿过海岸来到陆地上。而且如果情形没有改变，我们可以合理地设想生命进化的结果只有鱼类的产生。但是几百万年以来，月球不断地后退，被它创造出的潮汐的摩擦力所驱赶。海水在海床上、在较浅的大陆边缘、在内陆海上的移动携带着缓慢摧毁潮汐的力量，因为潮汐的摩擦力在逐渐减缓地球的旋转。在那些早期的日子里，我们已经说过，地球用了更短的时间——或许大约只有 4 个小时来完成一次绕自己中轴的旋转。从那时之后，地球的自转就极大地放慢了，现在大家都知道地球的自转是24小时。根据数学家们所说，这种延迟还在继续，直到一天会有现在 50 倍那么长。

而与此同时，潮汐的摩擦还会发生第二次影响，将月球推到更远的地方，正如它已经将月球推出去了超过 20 万英里远。（根据力学原理，随着地球自转的延迟，月球的自转会加速，离心力会将它带到更远的地方。）随着月球的后退，它们对潮汐的力量自然会减少，因此潮汐会减弱。这样月球在自己轨道上绕着地球旋转一周的时间也会增长。当一天的长度和一个月的长度一致的时候，月球将不会再相对于地球旋转，地球上也将没有月潮了。

6

当然所有这一切需要的时间是人类难以想象的，而且在这一切发生之前，全体人类可能已经从地球上消失了。这或许就像一个威尔斯幻想的世界，它是那么遥远，以至于我们在自己脑海中忽略了它们的存在。但是甚至在我们被分配的有限的尘世时间里，我们依然能看到一些这些宇宙进程的作用。我们认为我们的一天比巴比伦时代的一天要长那么几秒钟。英国的皇家天文学家最近在呼唤美国哲学学会注意这一事实：我们很快将不得不在两种时间里做选择。潮汐引起的一天时间的加长已经让人类的计时系统更加复杂了。常规的时钟是根据地球的旋转工作的，一天时间的变长，它不会显示出来。现在新研发的新型原子钟会显示真正的时间，并且每一个钟表之间都有区别。

尽管潮汐变得越来越驯服，而且潮差现在是以几十而不是几百英尺来计量，但是海员们不再仅仅对潮汐的高度和潮汐洋流的类型抱有极大的关心，而是去关心与潮汐不直接关联的许多海洋上的剧烈运动和扰动。人类的发明还不能驯服任意一朵巨浪或者控制海水的起伏，而且若是潮汐没有将足够深的海水送上浅滩，连最现代化的仪器也无法将一艘船送上海岸。甚至连玛丽女王号也要等待着平潮时才能抵达她在纽约的码头；否则一波潮汐洋流会带着巨大力量将她甩向码头并且摔碎。在芬迪湾上，因为巨大潮差的存在，某些港口上停泊活动遵循的方式就像潮汐本身一样有规律，因为来到码头上装货或卸货的船只在一次潮汐中仅仅有几个小时可以停留，必须匆匆离开，以防陷在浅水淤泥中出不来。

圈禁在狭窄的通道中或是遇到相对方向的风和浪涌的潮汐洋流，常常会以不受控制的暴力移动，制造出一些世界上最危险的水路。我们只需要读一读世界上几个地方的《沿海领航和航路指南》(*Coast Pilots and Sailing Direction*)，就会明白在这样的潮汐洋流中航行的恐怖。

“阿留申群岛周围的船只受到的潮汐洋流带来的危险，比其他的因素带来的危险更多，缺少调查的因素除外。”《阿拉斯加领航》

战后版这样写道。从太平洋进入白令海最常用的路径中有尤娜佳(Unalga)和阿库坦(Akutan)隘口。但是这里有强大的潮汐洋流灌入，近海上可以强烈地感受到它的力量，因此船只会意外地碰撞上岩石。通过阿库恩海峡时，海潮会有山洪一样的力量，那里还有危险的涡旋和瀑布。在每一个这样的隘口上，如果遭遇了对向的风或潮涌，潮水会升起来，变成波涛汹涌的巨大海浪。“船只做好准确对抗风浪。”这本书中提醒说，因为一个15英尺高的巨浪会突然升起来，打在船只上，很多人就是在这样的情形中遇难的。

7

在世界的另一边，从开阔的大西洋上向东流淌的潮水压向了设得兰群岛和奥克尼群岛之间，涌入了北海；而在退潮的时候，它们又从同一条狭窄的通道中退了回来。在潮汐的某些时段上，海水中会点缀着危险的漩涡，其中有奇怪的上升的凸起，或者有可怕的坑或陷落。甚至在平静的天气里，船只也会收到警告，要躲避彭特兰海湾的漩涡，这些漩涡被叫作“思威基(Swilkie)”。在这样的漩涡中，巨大的海浪、退潮的潮水以及西北风对船只来说是一个可怕的威胁。经历过这样情形的少数船只不敢第二再次遭遇这样的漩涡。

埃德加·爱伦坡在他的《莫斯肯漩涡沉浮记》中将一个更可怕的海潮描绘了出来。读过这部作品的人很少会忘记它的戏剧性情节——老人如何领着他的同伴走上在海面以上的高高的悬崖，让他观察深渊下岛屿之间狭窄通道中的海水。它们带着邪恶的泡沫和浮渣，不安地冒泡沸腾，直到突然地，漩涡在他的眼前形成，发出可怕的声音，从这个狭窄的水路上冲了出去。然后老人讲述了他自己掉进这个漩涡中并且奇迹般死里逃生的故事。我们中的大多数人都会质疑：这个故事有多少是真的，又有多少是爱伦坡丰富的想象力创造的？在爱伦坡所讲的地方真的有一个莫斯肯，它位于挪威西海岸外罗弗敦群岛的两个岛屿之间。据他描述，这是一个可怕的大漩涡或者是一系列小漩涡，乘船的人真的会被吸进海水旋转的漏斗中。尽管爱伦坡的描述夸大了某些细节，但他的故事所基于的真实事件，的确在一本详尽的实用文件《挪威西北和北海岸航行指南》中有记载：

尽管谣言极大地夸张了位于莫斯肯岛和罗弗土敦岛的莫斯肯的危险性，或者更准确地说，是莫斯肯斯特罗门的危险性，但这里的确是罗弗敦群岛附近最危险的潮路。这里湍急的水流力量在很大程度上来源于陆地的不规则……随着潮汐力量的增加，海浪越来越重，潮流越来越不规则，形成了大漩涡或莫斯肯漩涡。在这样的时候，所有船只都不应该驶入莫斯肯斯特罗门。

这些漩涡的形状是倒立的钟形，开口处大而浑圆，向底部变得狭窄，刚刚形成的时候最大，伴随着潮流移动会逐渐变小，最终消失。在一个小时之后，两个或三个新的漩涡会再次出现，这样一个个相继出现，就像海面上的许多个凹陷……渔民们说，如果他们意识到自己在靠近漩涡，并且有时间将船桨或其他大物件扔进去，他们就能够安全地通过。原因是当连续性被打破，海水的旋转运动被扔进海水中的东西打破，海水必须突然向各个方向涌去，填补出现的缝隙。同样地，在强风中，当海浪破浪的时候，尽管可能有漩涡，也不会有缝隙。在萨勒特斯滕(Saltstrom)，船只和人被巨大的漩涡吸了进去，而且许多的人员伤亡都是这样产生的。

8

在潮汐不寻常的创造中，最为人们熟悉的或许是涌潮。世界上拥有6个或更多著名的涌潮。当一大部分潮水作为一个海浪或至多2～3个海浪，带着陡峭的高峰进入一条河流时，涌潮就创造了出来。创造出涌潮的条件有几个：必须要有大量的潮水，在河流的河口必须要有沙洲和其他障碍物，这样潮水就会受到阻挡而后退，直到它最终积攒了足够的力量才冲了过去。亚马孙河上的涌潮就很著名，它向上游旅行了——大约200英里——结果是可能在同一时间里会有像5个涨潮一样多的涌潮一起向河流上游移动。

在流入中国海的钱塘江中，所有的船只都受到涌潮的控制——这个涌潮是世界上最大、最危险以及最著名的涌潮。古代中国人常常会将贡品扔进江里来平息大涌潮的愤怒之灵。这个大潮涌的尺寸和怒气似乎在每个世纪都有所不同，甚至或许每10年都有所改变，河口的淤泥也在变化。在一个月的大多数时候，涌潮在河流上前进的时候会涌起8～11英尺高的波浪，速度为12～13节，海浪峰是一个冒着泡沫的倾斜喷流，从前方落下，砸在涌潮自身上以及海面上。它积蓄着力量，等待满月和新月的春潮。到了满月和新月的时候，前进的波浪的波峰据说会升到河面以上25英尺高的地方。

在北美洲也有一些涌潮，尽管它们并没有那么壮观。在新布伦瑞克的派迪特科迪亚克河（Petitcodiac River）上的孟克顿（Moncton），就有一个涌潮，但它只有在满月或新月的春潮时才会比较壮观。在阿拉斯加的库克海湾的特纳盖恩海湾上，潮水很高，水流很强，在一些情形下，涨潮的洪水也会变成涌潮。它前行的波浪峰也许有4～6英尺高，并且被认为对小船来说是很危险的，因此在涌潮到来的时候，船只早就停泊在了远远高于浅滩的地方。在任何地点上，涌潮的声音在到来前半个小时都能听到，它旅行得很慢，声音就像海滩上的破浪声。

潮汐对海洋生物以及人的生活的影响在全世界都能看到。数百亿的固着动物——就像牡蛎、贻贝和藤壶，其生存都依赖于潮水。潮水为它们带来了它们没有办法自己去寻找的食物。在潮汐线之间的世界居民，有着各种各样的外形和结构，它们要生活在被干燥死和被冲走的危险成正比的地区，在那里，它们要同时面对来自海洋和陆地的敌人；在那里，这些最脆弱的生物组织要想到办法去对抗能够搬动成吨岩石或击碎最坚硬花岗岩的暴风海浪的袭击。

9

然而最奇怪而且最不可想象的精妙改变却是：某些海洋生物将自己的繁殖节律调整到与月球的圆缺和潮汐的涨落完全一致。在欧洲，已经得到证实的是，牡蛎的产卵活动会在春潮的时候达到高峰，这是在满月或新月的大约两天后。在北非的海水中有一种海胆，它们会在而且只有在满月的夜晚才会将它们的生殖细胞释放到海水中。而在热带水域中，在世界上的许多地方都有一些小海洋蠕虫，它们的产卵行为精确地适应了潮汐的规律。仅仅通过观察它们，我们就能够判断月份、日期，甚至常常可以判断是一天中的什么时候。

在太平洋中的萨摩亚附近，矶沙蚕终生都在浅海的海底，在岩石洞穴和珊瑚丛之间生活。每年两次，在10月份和11月份，月亮只剩下最后1/4的小潮时，矶沙蚕会抛弃它们的洞穴，成群地来到海面上，几乎覆盖了整个海面。出于这个目的，每一只矶沙蚕都真的把自己的身体分成了两半，一半留在岩石隧道中，另一半携带着繁殖产物来到海面上，在那里将生殖细胞释放。这件事发生在月球还没有呈现出自己的1/4的清晨，到了第二天还是如此；在产卵的第二天，被释放的卵的量如此巨大，海洋都完全被遮盖了。

斐济的海水中有一种相似的生物，斐济人把它叫作“Mbalolo”，并且把这种生物在10月份的产卵活动叫作“Mbalolo lailai”（小），把它们11月份的产卵活动叫作“Mbalolo levu”（大）。在吉尔伯特群岛上，有一些相似的生物会响应6月和7月的某些月相。在马来群岛，一种相关的生物会在3月和4月的满月之后的第二个和第三个夜晚拥挤到水面上，这时候也是潮水最高的时候。一种日本的矶沙蚕会在10月和11月的新月和满月之后大量出现。

想到所有这些，我们会再次想到那个还没有答案的问题：是潮汐的状态以某种未知方式导致了这种行为的产生吗？或者更加神秘地说，是月球的一些其他影响的结果？更容易设想的是，那是海水的压力和有规律的运动以某种方式让生物产生了这种回应。但是，为什么仅仅是一年中的某些潮汐？又为什么对于某些物种来说是每一个月的满潮，对于另一些生物是海水的最微小运动，与它们的种族繁衍息息相关？目前来看，这些问题还没有人能够回答。

10

没有生物能比滑皮银汉鱼更精确地适应潮汐节律了，这是一种大约和人的手掌一样长的亮光闪闪的小鱼。尽管没有人知道它们经历了多少个千年的适应过程，这种鱼类不仅了解到了潮汐的日常规律，而且知道了月相，从而知道某些潮水比其他的潮水更高。它们将自己的产卵行为与潮汐的周期相关联，因此整个种族的生存都依赖于这种调整的准确率。

从 3 月到 8 月的满月之后不久，这种鱼类就出现在了加利福尼亚海岸的海浪中。满潮到来了，接着潮水减弱，速度放慢，最终开始退潮。在退潮潮水的波浪中，鱼类开始前进。当它们在海浪的波峰中冲向海滩时，它们的身体在月光下亮闪闪的。在一段时间里，它们躺在潮湿的沙滩上，闪闪发光，然后跳进下一波海浪的流水中，跟着一起被带回海洋里去。在潮起潮落间的大约一个小时里，这样的活动在继续着，成千上万只滑皮银汉鱼跳上海滩，离开海水，又返回到海水中去。这就是这一物种的产卵方式。

在两个相继海浪之间的短暂间歇里，雄性和雌性一起来到潮湿的沙滩上，一个产下卵，另一个让卵受精。当这些成年鱼类返回到海中时，它们已经在沙子里埋下了大量的卵。在那个夜晚，后来的波浪将不会触碰到这些卵，因为海水已经在退潮了；下一个高潮的波浪不会触碰到它们，因为在满月之后的一段时间里，下一个高潮的潮水总是比前一个低一些。这样，这些卵就能够不受打扰地在那里度过两个星期。在温暖潮湿的孵育沙滩上，它们会发育生长起来。在两个星期里，它们完成了从受精卵到小鱼苗的变化，完全形成的小鱼苗还被包裹在鱼卵的薄膜中，仍然埋藏在沙子里，等待着被释放。在新月的潮汐到来时，它们自由的日子也到来了。海浪冲过一堆堆小鱼卵被埋藏的地方，海浪中漩涡和海水的冲刷深深地扰动了沙滩。当沙子被冲走以后，鱼卵就感受到了清凉海水的触摸，薄膜破裂，小鱼苗孵化了出来，将它们释放出来的海浪接着将它们带回了海洋中。

11

但我能想到的潮汐和生物之间的最好联系，是一种拥有扁平的身体、无明显外貌特征的微小蠕虫。它有一个让人难忘的品质。这种蠕虫的名字是旋涡虫（Convoluta roscoffensis）。它生活在北布列塔尼和海峡群岛的沙滩上。旋涡虫与绿藻建立了很好的伙伴关系。绿藻允许旋涡虫在自己的细胞中生活，并且让旋涡虫的组织染上了它们的绿色。旋涡虫完全以它的宿主植物制造出来淀粉物质为食，因为完全依赖于这种获得营养的方式，它们的消化器官退化了。为了让绿藻细胞能够继续它们的光合作用（要依赖于阳光），旋涡虫在潮水刚刚退去之后就会从潮间带的潮湿沙土中钻出来，沙滩上点缀着由成千上万只蠕虫组成的大块绿色斑点。在潮水退去的几个小时里，这种蠕虫就这样躺在阳光中，让植物制造它们的淀粉和糖类；但是在潮水回来以后，蠕虫就必须再次沉进沙子中，避免被冲走、被带入海洋深处。因此这种蠕虫的整个生命都是受潮汐规律调控的一系列活动——在退潮的时候升到阳光中，在潮水中退到沙滩下。

对于旋涡虫，我最难忘的一点是：有时候一位海洋生物学家会希望研究某个相关的问题，于是会把整个蠕虫家族搬进了实验室，养在了水族馆中，但是那里没有潮汐。尽管如此，旋涡虫还是会每天两次从水族馆底部的沙子中钻出来，来到阳光下。每天两次，它又沉进沙子中。它们没有大脑，没有我们所说的记忆，甚至也没有任何十分清晰的感官，旋涡虫在这个奇怪的地方继续着它的生活，它微小的绿色身体里的每一根纤维，都牢记着遥远海洋的潮汐节律。

第三卷　人与人周围的海洋

全球恒温器

风暴来自南方，

寒冷出于北方。

——《圣经·约伯记》

当建造巴拿马运河的提议刚刚被提出来的时候，这个项目在欧洲遭到了严重的批评。尤其是法国人抱怨这样的一条运河会让赤道洋流改道太平洋，墨西哥湾流因此会不复存在，那样一来欧洲冬季的气候也会变得令人难以忍受地寒冷。惊恐的法国人对海洋地理事件的预测完全是错误的，但是他们对一个原则的认识是正确的，那就是：气候和海洋循环形式是密切相关的。

1

常常会有人提出一些有意或者试图去改变洋流形式的方案，以此希望按照我们的心愿改变气候。我们听到过从亚洲海岸上改道冰冷的亲潮的项目，听到过控制墨西哥湾流的项目。在大约 1912 年的时候，美国议会收到了拨款的请求，说是要建造一个从瑞思角（Cape

Race）向东穿过大浅滩的防波堤，来阻挡从北极向南方流淌的冰水。这一计划的提倡者认为，墨西哥湾流这样一来就会流向更靠近美国北部大陆的地方，因此会给我们带来更加温暖的冬天。这笔拨款的请求没有被许可。即使他们获得了这笔钱，我们也几乎没有理由相信当时的、哪怕后来的工程师能够成功控制住海洋中洋流的巨大力量。幸好这个方案没有实际操作，因为大多数这样的项目得到的结果可能和普遍认为的并不一致。比如，让墨西哥湾流更靠近美国东海岸就会让我们的冬天变得更糟糕，而不是更好。在北美洲的大西洋海岸上，盛行风向东吹，吹过大陆，吹向海洋。这种在墨西哥湾流之上的气团几乎从没有来到过我们这里。但是有大量温暖海水的墨西哥湾流的确对我们的天气有一些影响。冬季的冷风被压力推向了温暖水域上空的低压区。在 1916 年的冬天，墨西哥湾流的温度超过了正常水平，人们久久不能忘怀东海岸上那些寒冷而多雪的天气。如果我们将墨西哥湾流移到近海处，结果会是：冬天变得更冷，大陆内部会吹来强劲的冷风，而不是有更温和的天气。

但是，如果说北美洲东部的气候并不是由墨西哥湾流所主宰的，那么对位于墨西哥湾流“下游”的地区来说，情况远远不同。正如我们所看到的，从纽芬兰的海岸上，墨西哥湾流的温暖海水向东部流去，为盛行西风所推动。然而，它几乎立即分成了几个支流：一个向北流去了格陵兰的西海岸，在那里，温暖的海水遭遇了被东格陵兰洋流带至法维尔角的冰块；另一支流来到了冰岛的西南海岸，而且在将自己汇入北极海洋之前，给冰岛的南方海岸带来了温和的影响。但是墨西哥湾流或北大西洋洋流的主要支流向东方流去，很快它又分开了。这些支流的最南端向西班牙和非洲转去，并且重归赤道洋流。最北端的支流被在冰岛低压区周围吹拂的风匆匆地驱赶到了东方，在欧洲的海岸上堆积了起来，它们是在世界上任何同纬度地带上都能发现的最温暖的海水。在比斯开海湾的北部，它的影响依然能够被感受到。随着这一洋流在斯堪的纳维亚海岸上向北滚动，它又分散出了许多横向的支流，这些支流向西折回，将温暖海水的气息带到了北极群岛，并与其他洋流混合成了错综复杂的漩涡和涡流。斯匹次卑尔根岛的西海岸受到这些洋流支流其中一条的影响而变得温暖起来，在北极的夏季会开出亮丽的花儿。而在东部海岸上，极地洋流让它保持着荒芜和落寞。绕过北角，温暖的洋流让像哈默菲斯特和摩尔曼斯克这样的海港依然开放，而仅仅在南部 800 英里外的波罗的海的海岸上，里加（Riga）已经被冰封。在北极海的新地岛附近，大西洋海水的最后一丝踪迹消失了，在北极海冰冷的、波涛汹涌的海水中完全消失了踪影。

2

尽管墨西哥湾洋流一直是一条暖水洋流，但它的温度每年都会发生变化，而且这些似乎微小的变化也深深影响着欧洲的空气温度。英国气象学家布鲁克斯先生将北大西洋比作一个“巨大的浴缸，浴缸上面有一个热水龙头和两个冷水龙头”——热水龙头是墨西哥湾流，而冷水龙头是东格陵兰洋流和拉布拉多洋流。热水龙头的流量和温度一直在变化；冷水龙头的温度几乎是恒定的，但是流量的变化非常巨大。这三个水龙头的调节决定着东大西洋的表面温度，而且与欧洲的天气以及北极海发生的事件有着莫大的联系。东大西洋略微的冬季温度上升意味着——例如欧洲西北部的积雪会更早融化，因此地面会更早解冻，春耕会更早开始，收成也会更好。它也意味着春天冰岛附近会有相对更少的冰，而在一年或两年之后，巴伦支海的浮冰量也会减少。欧洲的科学家们已经明确地认定了这些关系。在不久的将来，欧洲大陆的大范围天气预报或许将会部分地基于海洋温度。但是在目前来看，我们还没有办法如此经常地收集来自如此广阔海域的水温。

[在20世纪50年代，用于测量海水温度的仪器的研发取得了巨大的进展。通过在轮船后面悬挂温度链，就可以获得几百英尺深的海水温度的连续记录。只要电缆足够长，电子深度温度计能够测量任意深度海水的温度。它是深海温度测量器的巨大进步，因为在甲板上的记录器可以在轮船行进的过程中绘制出连续的温度图像。深海温度研究的一个更富革命性的进步是航空辐射温度计，它在海面以上飞行的过程中可以记录海面温度，数据可以精确到0.1℃。海洋学家认为这一仪器尚在研发阶段，精确度还能更高。然而，在比如记录墨西哥湾流边缘温度的工作中，这一仪器已经被证明是非常有用的。在20世纪60年代由伍兹霍尔海洋研究所发起的一项调查中，一架低飞的飞机飞行了大约3万英里的区域，获得了墨西哥湾流各个地区的表面海水温度。]

对于全球整体而言，海洋是一个巨大的调节器，是温度的超级恒温器。海洋被描述为“太阳能的储蓄银行，它接收在过度日晒的季节里所产生的库存，并将它们在需要的季节里释放”。没有海洋，我们的世界将会遭遇难以想象的严苛气温。因为包围地球表面3/4面积的水，是一种有着卓越品质的物质。水是热量的卓越吸收者和辐射者。因为它有巨大的储存热量的能力，海洋能够从太阳中吸收大量的热量，却不会因此变成我们所认为的“过热”；或者它会失去大部分热量，却不会变得太冷。

3

通过洋流这一代理人，热和冷被分配到了几千英里之外的地方。在南半球信风带上形成的温暖海水在一年半时间里流淌过的、超过7 000英里的距离依然清晰可辨，因此追随这条洋流并不难。海洋的这一分配作用试图将太阳带来的全球冷热不均的现象平均化。正因如此，洋流将热的赤道海水带去了极地，并通过像拉布拉多洋流和亲潮这样的表面洋流以及更重要的深海洋流将冷水带回了赤道。全球范围内的热量再分配工作由洋流做了一半，另一半工作是风来做的。

海洋占据了地球上最大的区域，在与海洋直接接触的大气跟海洋表面之间薄薄的交界面上，发生着有重大影响力的持续的相互作用。

大气给海洋加热或者降温。它通过蒸发来接收水汽，让大部分盐分留在海水中，并因此增加了海水的盐度。随着包围地球的大气重量的变化，大气给海面带来了变化的压力，海面在高压区下陷又在低压区上升来补偿。在风移动的力量下，空气抓住了海面并且把它提了起来，形成了波浪，又驱使着洋流向前，在迎风的海岸上让海面降低，在逆风的海岸上让海面升高。

但是海洋甚至会更多地主宰大气。它对空气温度和湿度的影响远比空气和海水之间小小的冷热传递大得多。要让一定体积的水温度升高 1℃需要的热量，是给同样体积的空气加热 1℃需要的热量的 3 000 倍。一立方米的水降低 1℃失去的热量，会让 3 000 立方米的空气的温度上升 1℃。或者换一种说法，一层一米深的水要降温 1℃，能够让一层 33 米厚的空气升温 10℃。空气的温度与大气压力密切相关。在空气寒冷的地方，压强也会变高；而温暖的空气更喜欢低气压。海洋和空气之间的热传递因此改变了高压和低压带，这深深地影响了风的方向和力量，引导着风暴前进的路线。

在海洋上有六个相对稳定的高压中心，在南北半球各有三个。这些地区不仅对周围地区气候扮演着控制性的角色，它们也会影响整个世界，因为它们是全球大多数盛行风的诞生地。信风起源于南北半球上的高压带。在它们吹拂的大片广阔的海洋上，这些大风保持着自己的主导地位，只有到了大陆上空，它们才会被打散，变得混乱而且风向发生改变。

4

在其他的海洋区域中，也有低压带。这些低压带尤其会在冬天在海水比周围陆地温暖的海洋上形成。旅行中的低气压或气旋风暴被这些区域吸引，它们迅速穿过这些区域，或者从这些区域的边缘绕过。因此冬季风暴会从冰岛低压区穿过，从设得兰群岛和奥克尼群岛的上空来到北海和挪威海；其他的风暴也被斯卡格拉克海峡和波罗的海上空的低压区指引着来到欧洲内陆。或许相比其他任何条件来说，还是冰岛南部温暖海水上空的低压区更加主导着欧洲的冬季气候。

大部分在海洋和陆地上降下来的雨水都来自海洋。它们作为水蒸气被风携带着，然后随着温度的变化，雨水就会降下来。大多数欧洲的雨水来自大西洋海水的蒸发。在美国，来自墨西哥湾流的水蒸气、温暖的空气以及西大西洋的热带海水乘着风来到了密西西比河的宽阔河谷中，为北美洲的大部分东部地区带来了降雨。

任何一个地方，它是会有最严苛的大陆气候，还是更多地受到海洋的温和影响，这更多地取决于洋流的类型、风以及大陆的地形，而不是离海洋的距离。北美洲的东部海岸从海洋得到的益处很少，因为盛行风是从西面吹来的。另一方面，太平洋正好位于吹过了几千英里海洋的西风的道路上。太平洋的潮湿空气带来了温和的气候，并且为英属哥伦比亚、华盛顿和俄勒冈州创造了茂密的雨林。但是受到与海洋平行的海岸山脉的阻挡，太平洋的潮湿空气只能给狭长的海岸边带来影响。相反，欧洲完全暴露在海洋面前，因此大西洋的天气被带到了几百英里外的内陆上。

看上去矛盾的是，世界上还有一部分地区因为靠近海洋而变得像沙漠一样干燥。阿塔卡马沙漠和喀拉哈里沙漠的干旱与海洋有着奇怪的联系。在这样的海洋沙漠形成的地方，我们一定会发现下面这些条件的组合：西海岸在盛行风的路径中，并且近海岸有冰冷的洋流。因此，在南美洲的西部海岸上，冰冷的洪堡洋流向北方流经了智利和秘鲁的海岸——向赤道方向的太平洋海水的大回流。我们还记得洪堡洋流之所以冰冷，是因为它持续不断地受到上涌的深层海水的冷却。近海这一冰冷海水的存在，助力了干旱地区的形成。在傍晚时候吹向内陆的海风，是由海洋上清凉的冷空气形成的。当它们抵达陆地的时候，它们被迫要升到高高的海岸山脉上去——这样一来，陆地来不及给它们升温就先降温了。因此这里水蒸气几乎不能凝结。尽管这里总是被云雾环绕着，似乎随时会降雨，但是只要洪堡洋流还在沿海的固定路线上滚动，这个希望就不会成为现实。在从阿里卡到卡尔德拉一线，通常终年只有不足一英寸的降雨。这是一个有着优美平衡的系统——唯愿这种平衡不被打破。如果洪堡洋流临时改变了路线，这里发生的则会是可怕的灾难。

不定期地，在一个从北方而来的热带海水的温暖洋流的作用下，洪堡洋流会偏离南美洲大陆。这时候就是那些灾难的年月。正常情况下，这个地区的整个经济都受到干燥气候的影响。在厄尔尼诺（温暖洋流的名称）年里，暴雨降落——赤道地区的倾盆暴雨在像尘土一样干燥的秘鲁海岸的山岭上降了下来。土壤被冲走了，泥土房屋真的被溶解垮塌了,庄稼被毁了。在海上甚至还发生了更糟糕的事情。洪堡洋流的冷水动物群在温暖的海水中生病死去，而在冰水中捕鱼的鸟儿们也要么为了活下去而迁徙了，要么活活饿死了。

5

被清凉的本格拉洋流浸润的非洲海岸那些区域，也在山脉和海洋之间。东方来的风是干燥的下沉风，而从海上来的清凉的风则在与炎热陆地接触的时候增加了它们的湿度。雾气在冰冷的水上形成并且在整个海岸上滚动，但是在整整一年里，降水都十分贫乏。这意味着，在沃尔维斯湾的斯瓦科普蒙德，每年降雨只有 0.7 英寸。但是，仅仅在本格拉洋流保持在它的海岸上流动的时候，才会这样。因为有时候，冷洋流会像洪堡洋流一样变弱，那时候这里也会遇到灾难的年月。

海洋改头换面一样的影响力，最清楚地表现在北极和南极的巨大差异上。正如大家都知道的那样，北极海是一个几乎被海洋包围的海洋；而南极则是一个被海洋包围的陆地。这样的陆地极点与海洋极地相对形成的世界平衡对于地球的物理结构是否有深远的意义，我们还不确定；但是这一事实对这两个地区气候的影响是十分显而易见的。

被冰封的南极大陆沐浴在永恒的冰水中，也在极地反气旋的掌控之中。狂风从陆地上吹来，驱逐了任何试图穿过的温暖气息。这意味着，这个恶劣世界的温度永远在冰点以下。在暴露的岩石上生长着地衣，它们用灰色或橙色的植株覆盖了裸露的悬崖，而且在积雪之上的许多地方都能看到生命力更强的藻类形成的红色尘土。苔藓隐藏在风弱一些的河谷和裂缝中，但是高等植物中只有少数野草能成功地在这片陆地上活下来。没有陆地哺乳动物；南极大陆的动物群只有鸟类、苍蝇、没有翅膀的蚊子以及微小的螨虫。

形成鲜明对比的是北极的夏天。那时候北极的苔原上会生长起各种颜色的花儿。除了格陵兰的冰盖和一些北极岛屿，所有地方的夏季温度都足够植物生长。它们积蓄了一年的生长力量，在北极短暂的温暖夏季中全力释放。植物能否在极地生长，这取决于海洋，而不是取决于纬度。因为温暖大西洋的影响强势地穿过了北极海，如我们知道的，从这片陆地腰部的破裂处——格陵兰海上进入这里。

但是温暖的大西洋海水的洋流为冰冷的北海带来了温和的触摸，让北极的气候和地理都大不一样，成为与南极完全不同的世界。

6

因此，太阳东升西落，四季更迭，海洋主宰着世界的气候。那么海洋也会带来长期的气候变化吗？我们知道在地球长久的历史中，比如相间的冷热、干燥与洪水的交替真实发生过。有一个精彩的理论论证了这件事的可能性。这个理论将海洋隐秘深处发生的事与气候的周期变化以及它们对人类历史的影响联系在了一起。杰出的瑞典海洋学家奥托·彼得松提出了这一理论。这位先生几乎活了100岁，于1941年与世长辞。在许多论文中，彼得松论证了他构思的这一理论的不同方面，逐渐地这一理论就形成了。他的许多同行科学家都表示信服，还有一些则表示怀疑。在那些日子里，很少有人能够想到深海中的水运动动力学。现在，这一理论又重新被用现代海洋学和气象学的方法来审视，直到最近布鲁克斯先生说："彼得松的理论以及关于太阳活动的理论似乎有很好的证据支持，而且从大约公元前3000年的时候真实的气候，变化或许在很大程度上就是这两种因素作用的结果。"

审视彼得松的理论也是审视一场人类历史的盛会。在这段历史中，人类和国家受到自然力量的控制，但是这一力量的本质他们并不了解，人类甚至也没有意识到它们的存在。彼得松的工作或许是他的生活环境的自然结果。彼得松出生在波罗的海海岸上，93年后又在那里死去。波罗的海是一个有着复杂又精彩的水文的海洋。在俯瞰着瓜尔马费奥德（Gulmarfiord）深海的陡峭悬崖上，实验室中的仪器记录着波罗的海入口的深渊中的奇怪现象。随着海水压向内陆海，海水会沉下去，让海面的淡水翻滚到它上面去。在深海水层中，盐水和淡水相遇的地方有一个明显的不连续层，就像在水和大气之间存在的表面膜。每天彼得松的仪器都会显示出深层海水中的强烈律动——像移动的水山一样巨大的水下波浪向内压迫。在每天里，这种运动每12个小时达到一次高峰，在接下来的12个小时里逐渐衰弱。彼得松很快为这些水下波浪和日常潮汐建立了联系。他把它们称为“月潮”，而且随着他长年累月地测量它们的高度、计算它们的脉动，它们与总是在变化的潮汐周期之间的关系变得不能更明显了。

瓜尔马费奥德的这些深海波浪，是将近100英尺高的巨浪。彼得松相信它们的形成是海洋潮汐波冲击北大西洋的水下山脊引起的，就像在下层受到太阳和月球牵引而移动的海水汇成了高盐度的水山，最终进入了海峡，并且在海岸边破裂、飞溅。

7

在水下潮汐波浪的研究中，彼得松的思维理所当然地想到了另一个问题——瑞典鲱鱼捕鱼业多舛的命运。他的故乡博哈兰（Bohuslan）曾经是中世纪的汉萨同盟鲱鱼捕鱼业的重要渔场。在整个13、14和15世纪，这个大型海洋捕鱼场都在通向波罗的海的狭窄水道——松德和柏迪斯（Sund；Belts）上作业。斯卡纳和法尔斯特布也获得了令人难以置信的财富，因为在这里给他们带来财富的银色的鱼似乎取之不尽。但是突然捕鱼业就停了下来，因为鲱鱼退回了北海，不再来波罗的海的入海口了——这就让荷兰富裕了起来，让瑞典变得困苦不堪。为什么鲱鱼不再前来？彼得松认为他自己知道答案，原因与在他的实验室里不停移动的笔有密切的联系。这支笔在一个旋转的鼓上画出了在瓜尔马费奥德深处的水下波浪的移动。

他发现随着产生潮汐的月球和太阳的力量的变化，水下波浪的高度和力量也会发生变化。从天文级的运算中，他了解到：在中世纪的末期，也就是波罗的海鲱鱼捕捞业最为昌盛的时候，潮汐的力量也一定最大。太阳、月球以及地球在冬至的时候出现在如此巧合的位置上，以至于对海洋施加了最大的吸引力。

只有每隔 18 个世纪，这些天体才会呈现出这样的位置关系。在中世纪的时候，巨大的水下海浪带着飞凡的力量，通过狭窄水道涌入了波罗的海，跟随着水山而来的还有鲱鱼鱼群。后来，当潮水变弱的时候，鲱鱼就留在了波罗的海以外的北海中。

彼得松意识到了另一个非常重要的事实——那几个世纪的大潮汐是世界自然史上一个惊人而非凡的阶段。极地冰川封锁了大部分北大西洋。北海和波罗的海的海岸因为巨大的风暴海浪而被荒弃。冬天出奇的冷，而且由于这样严苛的气候，政治和经济灾难也在世界各地有人类居住的地区发生。这些事件和那些看不见移动的水山之间可能存在联系吗？深海潮汐会影响人类的生活，甚至鲱鱼的生活吗？

在萌生了这一想法之后，彼得松充满智慧的大脑里又开始构思了关于气候变化的理论。1912 年，他在一本叫作《史上及史前气候变化》(*Climatic Variations in Historic and Prehistoric Time*)的非常有趣的文献中发表了这个理论。他整合了科学的、历史的和文学的证据，试图向我们证明：温和、严峻气候的交替出现，是与海洋潮汐的长周期相对应的。世界上最近一次发生的大潮汐和最严苛的气候发生在 1433 年，然而它的影响，在那一年之前和之后的几个世纪里，人们都能感受得到。最小的潮汐影响在公元后 550 年普遍发生，而且在 2400 年会再次出现。

8

在最近的温和气候阶段里，雪和冰很少出现在欧洲海岸以及冰岛和格陵兰岛的海洋中。那时候维京人自由地在北海上航行，而僧侣们也在爱尔兰和冰岛之间来来往往。大不列颠群岛和斯堪的纳维亚国家之间也可以轻松地交往。当红发的艾瑞克驶向格陵兰的时候，故事《萨迦》中说，他“从海上来到冰川中间的陆地上——从那里他沿着海岸向南方去看陆地是否能够居住。第一年他在艾瑞克岛上度过了冬天”……这个故事也许发生在 984 年。《萨迦》中没有提起他在探索这个岛屿的几年里被遇到的浮冰困住；也没有提到在格陵兰或格陵兰和瓦恩兰之间的无所不在的浮冰。《萨迦》中描述的艾瑞克的路线——从冰岛直接向西，然后从格陵兰的东海岸南下——在最近的几个世纪里是不可能存在的。在 13 世纪里，《萨迦》才第一次记载了对那些驶去格陵兰的人发出的警告：提醒他们不要直接从冰岛的西部海岸行驶，因为那里的海洋中有冰。但是它并没有给出新的路线。然而，在 14 世纪末，这个古老的航路被抛弃了，为了躲避冰川，新的航行指南中给出了一个更加偏西南方向的路线。

早期的《萨迦》还讲述了生长在格陵兰的种类丰富的水果，以及在那里吃草的大量牛羊。挪威人的殖民地那时候就坐落在现在冰山脚下。传说中因纽特人的古老房屋和教堂也被埋葬在冰雪之下。哥本哈根国家博物院派出的荷兰考古探险队一直没能发现古老记载中的所有村庄。但是他们的挖掘清晰地显示出殖民者生活的时代的气候要比现在温暖得多。

但是这些温和的气候条件在 13 世纪开始恶化。或许是因为他们在北方的海狗捕猎场已经被冰封住了，因此他们的食物匮乏，于是因纽特人开始四处进攻。他们进攻了现在爱莫瑞里克（Ameralik Fiord）海湾附近的西部殖民地。1342 年，一个官方派遣队从东部殖民地出发去搜寻，但是他们没有发现一个殖民者，只发现了少量的牲畜。东部殖民地在 1418 年以后的某个时间也被扫荡一空，房屋和教堂都被大火焚毁了。从冰岛和欧洲而来的船只发现抵达格陵兰越来越不容易，于是不得不放弃了移民们，让他们靠自己有的资源活命。或许正是这样的情况，才导致格陵兰殖民地经历了那样的命运。

13、14 世纪的时候，格陵兰经历的严苛气候，欧洲也感受到了。在欧洲发生了一系列不同寻常的事件和可怕的灾难。风暴海浪摧毁了荷兰的海岸。古老的冰岛记录上说，在 13 世纪初期的冬天，一群群的狼穿越了冰川，从挪威来到了丹麦。整个波罗的海被冻僵了，在瑞典和丹麦群岛之间形成了一个结实的冰桥。步行的人和马车同样可以跨越这冰冻的海洋，人们还在冰川上开了旅店，招揽客人。波罗的海的冰冻似乎改变了起源于冰岛南部的低压带上的风暴路径。

因此在南欧，还有不寻常的风暴、庄稼失收、饥饿和痛苦发生。冰岛的文献中记载着在14世纪发生的大量的火山喷发和其他可怕的自然灾难。

9

在大约公元前3或4世纪的时候，也就是上一个严寒和风暴的时代里，根据潮汐理论，到底发生过什么呢？早期的文学作品和民间传说中有模糊的暗示。令人恐惧的黑暗诗集《埃达》（*Edda*）中讲述了可怕的灾难——芬布尔之冬或诸神的黄昏。那时候冰霜和风雪统治了世界许多个世代。公元前330年皮西亚斯旅行到冰岛北面海洋的时候，他说那是一片萧条而拥塞的海洋。早期历史记载了惊人证据，暗示北欧部落无休无止的迁徙——向南迁徙的野蛮人动摇了罗马人的统治——与逼迫着他们迁徙的风暴、洪水和其他的气候灾难不谋而合。大规模的洪水摧毁了日德兰半岛的条顿人和辛布里人的家园，逼着他们南下高卢。德鲁伊特人之间的传说记载着，他们的祖先是从他们在莱茵河远端的故乡，被敌人部落和“海洋巨大的入侵”驱逐出来的。在大约公元前700年的时候，在北海海岸上的琥珀通商路线突然被换到了东部。从前的路线是沿着易北河、威悉河和多瑙河，经过布伦纳山口来到意大利。新的路线追随着维斯瓦河，这说明商品的来源那时候是波罗的海。或许是风暴海浪摧毁了原来的琥珀产地，就像它们在18世纪后期入侵这些地区一样。

所有这些气候变化的古老记录，在彼得松看来都暗示了海洋环流和大西洋状况的周期性变化。他写道："在过去的 6 或 7 个世纪里，没有能影响气候的地质改变发生。"这些现象——洪水、漫滩、冰封——的本质都向它暗示了海洋环流的移位。在应用他从瓜尔马费奥德实验室中得到的发现时，他相信当潮汐引起的水下海浪扰乱了极地海洋的深层海水时，就会发生气候变化。尽管潮汐运动在这些海面上常常很微弱，在水下它们却有着很强的律动，在那里有一层相对淡的冰冷海水躺在一层温暖的盐水上。在潮汐有强大力量的年代或世纪里，大量温暖的大西洋海水压向了北极海的深处，在冰层下面移动。那时候，成千上万平方英里通常保持结实的冰冻状态的水经历了半融化并且破裂。体积巨大的浮冰进入了拉布拉多洋流中，并被一路携带着进入大西洋中。这改变了表面洋流的样子，而表面洋流与风、降雨和空气温度有着密切的关联。因为浮冰然后进入了纽芬兰南部的墨西哥湾流，并且将它送上了更偏东方的航线，墨西哥湾流发生了偏转。而墨西哥湾流温暖的表层海水常常会让格陵兰、冰岛、斯匹次卑尔根群岛和北欧的气候变得温暖。冰岛南部低压带的位置也改变了，这样一来对欧洲的气候又产生了直接的影响。

10

根据彼得松的理论，尽管极地深海真正灾难性的扰动仅仅每 18 个世纪才发生一次，但是还有周期性发生的海底波动每隔不同的时间发生一次——例如每隔 9 年、18 年或 36 年。这些都是相对于其他潮汐周期出现的。它们也会带来没有那么剧烈的短期的气候变化。

比如，1903 年，这一年北极海极地冰川的爆发以及斯堪的纳维亚捕鱼场受到的冲击就值得纪念。“从费马肯（Finmarken）和罗弗敦群岛到斯卡格拉克海峡和卡特加特海峡的海岸上，鳕鱼、鲱鱼和其他鱼类都没有收获。巴伦支海的大部分地区都被浮冰覆盖着，一直到 5 月份，冰层边缘比以往任何时候都更加靠近穆尔曼和费马肯。成群的北极海狗到访了这些海岸，而且一些北极白鲑鱼物种也将自己的迁徙延伸到了克里斯蒂娜海峡，甚至进入了波罗的海。”

这次冰川爆发发生时，地球、月球和太阳的相对位置给出了引发潮汐的第二大力量。1912 年就出现了相似的位置排列，那是拉布拉多洋流的另一个大冰年。这一年还发生了泰坦尼克号的灾难。

如今，在我们生活的年代，我们正在亲眼见证着一个惊人的气候变化。用奥托 · 彼得松的理论，或许正好可以解释这样的变化。现在人们已经明确地发现，北极气候于 1900 年开始正在经历一个显著的变化，而且在 1930 年这个变化变得更加剧烈；而现在，连近北极圈地区和温带地区的气候也发生了明显的变化。世界冰冷的顶端正在明确无误地变暖。

现在，在北大西洋和北极海中的航行变得越来越轻松，这或许能非常清楚地说明北极正变得更加温和的趋势。例如，1932 年，尼波维兹号（Knipowitsch）在弗朗兹约瑟冰川周围航行。这是第一次北极海航行。3 年以后，俄国的破冰船萨德阔号（Sadko）从新地岛的北端来到了北地群岛北面的一个角，并且从那里来到了北纬 82° 41′——这是一艘船在自己力量下来到了世界的最北方。1940 年，欧洲和亚洲的整个北方海岸在夏季的几个月份里都完全不会被冰雪覆盖了。超过 100 艘船参与了通过北极路线的贸易活动。1942 年，一艘船在圣诞节周在西格陵兰乌佩尼维克港口（北纬 72° 43′）卸货的时候，经受了几乎全部的冬季黑暗。在这个世纪的 40 年代，从西斯匹次卑尔根岛港口船运煤炭的时间加长到了 7 个月，而在这个世纪初期，则只有 3 个月。冰岛附近有浮冰的时间也比前一个世纪缩短了大约 2 个月。1924—1944 年，北极海的俄国部分的浮冰减少了 100 万平方千米。在拉普帖夫海，两个火山冰川形成的岛屿完全溶解了，水下的浅滩还提醒着人们它们的位置。

11

非人类世界的活动也显示出了北极的变暖——许多鱼类、鸟儿、陆生动物和鲸鱼的习性和迁徙习惯发生了改变。

在我们的记录中，许多新的鸟类首次出现在了遥远的北方陆地上。一长串南方来的访客——那些在 1920 年以前从来没有被报道出现在格陵兰的鸟类——包括美国斑脸海番鸭、大黄脚鹬、美洲反嘴鹬、黑眉信天翁、北方崖燕、灶巢鸟、交嘴雀、巴尔迪摩金黄鹂鸟、和加拿大威森莺出现在了这里。一些在遥远北极生活的物种，在寒冷的气候下会大量繁殖，但是它们并不喜欢更温暖的温度，因此到访格陵兰岛的这些物种数量急剧减少。这些喜欢寒冷的鸟类包括北方角百灵、灰斑鸻和斑胸滨鹬。从 1935 年以后，冰岛也有了大量来自美洲和欧洲北部甚至亚热带地区的鸟类访客。林柳莺、云雀、西伯利亚歌鸲、猩红色蜡嘴雀、鹡鸰和画眉鸟现在是最让冰岛鸟类观赏者兴奋的鸟类。

当1912年鳕鱼第一次出现在格陵兰的安马赫夏利克时，对于因纽特人和丹麦人来说，它们是一种奇异的新鱼类。在他们的记忆中，这种鱼类从来没有在这个岛屿的东部海岸上出现过。他们开始捕捉这种鱼类，到了20世纪30年代的时候，鳕鱼成了这个地区渔业的一个支柱物种，当地人都常常吃这种鱼类。他们还将这种鱼类的油作为油灯的燃料，还会用这种油来取暖。

在格陵兰岛的西部海岸上，同样地，在这个世纪之初的时候，鳕鱼还是一个稀有物种，尽管那里有一个小捕鱼场，在西南部海岸上每年能捕获500吨鱼类。到了大约1919年的时候，鳕鱼开始沿着格陵兰西部海岸向北方迁徙，并且数量开始变得丰富起来。捕鱼场的中心也向北方迁移了300英里，而且现在每年的捕鱼量有大约1.5万吨之多。

还有一些几乎没有或者从来没有被报道过在格陵兰出现的鱼类，也出现在了那里。黑鳕鱼是一个欧洲物种，在格陵兰的水域中十分罕见。因此在1831年，当两条黑鳕鱼被捕获上来的时候，人们迅速将它们保存在盐中，并送到了哥本哈根动物博物馆。但是自1924年以后，人们就常常会在鳕鱼群里发现这种鱼类了。大约1930年以前没有在格陵兰海水中出现过的黑线鳕、单鳍鳕和江鳕，就非常常见了。冰岛也有奇怪的访客——爱好温暖的南方鱼类，像姥鲨、奇异的太阳鱼、条鲨、剑鱼和竹荚鱼。还有一些这样的鱼类穿越了巴伦支海和白海，沿着穆尔曼海岸旅行。

随着北方海水的清凉逐渐减弱，鱼类开始向极地迁徙，冰岛附近的捕鱼业极大地扩张了，在熊岛、斯匹次卑尔根岛和巴伦支海上拖网捕鱼的渔民总是有利可图。这些海域现在每年能产出20亿磅鳕鱼——这是世界上单一捕鱼场单个物种的最大捕获量。但是这样的富足并不是永久性的。因为当周期回转，海水开始变冷，冰层再次向南方蔓延的时候，要想保住北极捕鱼场，人根本做不了什么。

12

但是就目前来说，地球极点变暖的证据每一个人都能看见。北方冰川的后退速度如此之快，许多小的冰川已经消失了。如果现在的融化速度还会继续，其他的冰川也会很快跟上它们的脚步。

挪威奥达尔山脉上积雪的融化，让一个在公元400—500年间使用的木头箭杆暴露了出来。这说明，现在那一地区的积雪厚度是在过去的1 400 ~ 1 500年里最小的。

冰河学家汉斯·阿尔曼报告说，“大部分挪威的冰川只剩原先拥有的冰了，每年不会有新的冰雪来补充”。在过去的几十年里，阿尔卑斯山脉上的冰雪层也整体地后退和收缩了。在1947年，这样的变化变成了灾难。北大西洋海岸周围的所有冰川都在收缩。最快退去的冰川在阿拉斯加，那里的缪尔冰川在12年间后退了10.5千米。

现在巨大的南极冰川还是一个谜一样的存在。没有人能说它们是否也在融化，或者融化的速度是怎样的。但是来自世界其他地区的报道说明，北极冰川不是唯一在后退的冰川。自19世纪人们着手研究东非几个高火山的冰川开始，这些冰川就在缩小——在20世纪20年代十分迅速。而且在安第斯山脉和中亚的高山上，也存在着冰雪层的收缩。

温和的北极和近北极圈气候似乎已经带来了更长的生长周期和更好的作物。燕麦的种植在冰岛得到了改善。在挪威，丰收年变得常规并且不再那么罕见；甚至在北斯堪的纳维亚，树木也在它们从前的树木线以上迅速地蔓延，松树和云杉相比以前，现在每年生长得更快了。

发生最惊人变化的国家，是那些受到北大西洋洋流最直接影响的国家。格陵兰、冰岛、斯匹次卑尔根岛和整个北欧正如我们看到的那样，会跟随着大西洋向东和向北移动的洋流那变化的力量和温度经历热、冷、干旱和洪水。20 世纪 40 年代，研究这一事件的海洋学家们已经发现，海洋中大水体的温度和分布已经发生了许多显著变化。显然，流经斯匹次卑尔根岛的墨西哥湾流的这一支流水量增加如此之大，现在带来了大量的温暖海水。北大西洋表层海水的温度也在上升。冰岛和斯匹次卑尔根岛周围的深层海水也是如此。北海以及挪威海岸上的海水温度,自 20 世纪 20 年代以来也在慢慢增高。

毫无疑问，带来北极和近北极圈地区气候变化的，还有其他因素的协同作用。首先，几乎一定正确的是，我们仍然处于更新世冰川作用之后的温度上升阶段。在接下来的几千年里，世界的气候仍将显著变暖，直到下一个冰河世纪的来临。但是我们正在经历的或许是一个更短周期的气候变化，这个周期或许可以以十几年或几百年来计量。一些科学家说太阳活动一定发生了小的增长，改变了大气循环的方式，并且让南风更多地在斯堪的纳维亚和斯匹次卑尔根岛吹了起来。根据这一观点，洋流的变化是盛行风改变的副效应。

但是，如果如布鲁克斯教授所想，彼得松的潮汐理论和改变的太阳辐射有同样好的基础，那么由此去推算我们的 20 世纪正处于哪个潮汐变化周期的宏大阶段，应该是有趣的。在中世纪末期的巨大潮汐以及伴随的冰雪、狂风和洪水是5个世纪以前的事情了。潮汐活动最弱的时代还有4个世纪就要到来，那时候气候会像中世纪早期一样温和。我们因此已经开始进入了一个有着更加温暖、温和的天气的时代。地球、太阳和月球仍然在太空中移动，潮汐力量随之盈亏。长期的趋势是走向一个更加温暖的地球——钟摆正在不停地摆动。

来自咸水海洋的财富

海洋变化，
成为富丽而奇异的东西。
——莎士比亚

海洋是地球上最大的矿物质仓库。在每一立方英里的海水中，平均有 1.66 亿吨的溶解盐，而在地球上的全部海水中，则有 5 万兆吨之多。这一数字几千万年来不断地增大，因为尽管地球不断地在将她的矿物质材料从一个地方搬去另一个地方，但是最大规模的运动永远是向海洋的运动。

人们认为最初海洋的海水只有略微的咸涩味道，但是在随后的年月里，海水的盐度不断地在增加。因为海水中盐的主要来源是大陆上的岩石地幔。当那些最初的雨水降下来的时候——从包围着年轻地球的厚重云层中降下了几个世纪长的雨——它们开始了侵蚀岩石并将它们含有的矿物质带向海洋的进程。每年流向海洋的水被认为有大约 6 500 立方英里那么多，这些河水为海洋增添了大约几十亿吨的盐。

奇怪的是，河水和海水的化学组成几乎没有相似之处。各种元素的组成比例大不一样。例如，河水带来的钙是氯的 4 倍，但是在海水中这个比例却极大地翻转了——氯是钙的46倍之多。形成这一差异的一个重要原因是，非常大数量的钙盐被海洋动物从海水中吸收，用来建造自己的贝壳和骨骼——作为有孔虫类的家的微型贝壳、珊瑚礁的巨大结构，以及牡蛎、蛤蜊和其他软体动物的壳。另一个原因是钙在海水中的沉淀。河水和海水中硅的含量也有惊人的差异——河水中的硅比海水中多大约500%。硅藻要用二氧化硅来制造自己的壳，因此河水带来的大量的硅都被海水中这些无处不在的植物利用了。在河流的入海口附近，常常会有大量的硅藻。因为海洋中的全部动物和植物有着巨大的化学物质需求，每年河水中带来的盐中只有一小部分被用来增加海水中的溶解盐了。化学物质组成的不平衡进一步因为化学反应而加剧，因为淡水刚刚被释放进海洋中，化学反应就开始了。涌入的淡水和海水体积之间的巨大差异也增强了这一不平衡性。

1

还有其他的途径使矿物质进入海水中——从深藏在地球深处的源头。氯气和其他气体会从每一个火山口中逃逸到大气中，并且被雨水带回到陆地和海洋表面。火山灰和岩石带上来了其他的矿物质。而全部的海底火山都直接从看不见的火山口给海洋带来了硼、氯、硫和碘。

所有这些都是矿物质流向海洋的单向道。能从海洋返回陆地的盐量非常有限。我们试图通过化学萃取和采矿来直接回收一些盐，又通过收获海洋植物和动物间接地来回收。除此之外，在地球长期重复的循环中，海洋自己也会把从陆地上获得的还回来。当海水入侵陆地，在地面上留下沉积物，并且最终再次撤退的时候，它们就在大陆上留下了新的一层沉积岩。这些岩石中含有海洋中的一些水和盐类。但是这只是暂时借给陆地的矿物质，归还的进程立即就以古老又熟悉的方式开始了——降雨、侵蚀、汇入河水，最终回归大海。

在海洋和陆地之间还进行着其他奇怪的小交换。当将水蒸气提取到空气中的蒸发进程将大部分盐留在海洋中时，数量惊人的盐类会强行挤入空气中并且随着风旅行很长的距离。所谓的循环盐，是风从不平静的海浪浪花或飞溅的破浪中捡拾起来的，它们被吹向内陆，然后被雨水打了下来，又通过河流回归到了大海中。这些飘浮在空气中的看不见的微小海盐粒子，实际上是让雨滴在其周围形成的许多种大气核之一。已经发表的数据列出每年在英格兰，每英亩地上有 24 ~ 36 磅的循环盐降落，在英属圭亚那则超过 100 磅。但是循环盐的长距离、大范围运输的最惊人实例，是北印度的桑珀尔盐湖提供的。它每年会接受由炎热干燥的季风从 400 英里外夏季海洋上带来的 3 000 吨的盐。

2

海洋中的植物和动物是比人类好得多的化学家，与那些低等的生命形式相比，我们从海洋中萃取矿物质宝藏的努力要微弱得多。它们能够找到和利用含量微乎其微的那些自己需要的元素，而人类化学家甚至并不能察觉到它们的存在。直到最近高精度的光谱分析方法被研究了出来以后，这一点才成为可能。

例如，我们以前不知道海水中会出现钒。直到最近人们在某些慵懒、不好动的海洋生物——海参（刺参是其中一种）和海鞘的血液中发现了这种元素，才得知真相。人们从龙虾和贻贝中提取到了大量的钴，而软体动物会利用镍，然而直到最近几年我们才能追踪到这些元素的踪迹。在 100 万份海水中才能回收 1/100 份铜，然而它却帮助形成了龙虾的血液，成为了它们的呼吸元素，就像铁在人类血液中的作用一样重要。与无脊椎动物化学家形成了鲜明的对比，我们到目前为止仅仅在大量提取海水中的盐并将其用于商业用途方面取得了有限的成功，尽管盐的量和种类都十分巨大。我们从海水中通过化学分析回收了 50 种已知的元素，而且或许当我们研究出了寻找它们的合适方法时，也将会发现其他元素也都在那里。5 种盐类占据着主导地位，并且以固定的比例存在。正如我们所预想的，氯化钠的量是目前为止最丰富的，占总盐类的 77.8%；氯化镁紧随其后，占 10.9%；接着是硫酸镁，占 4.7%，硫酸钙，3.6%，以及硫酸钾，2.5%；所有其他的盐类一共占剩下的 0.5%。

在所有出现在海水中的元素中，或许没有什么比金元素更让人浮想联翩的。金就在那里——在覆盖着地球大部分表面的海水中——总量足够让世界上的每一个人成为百万富翁。但是怎么能让海水中产出金子呢？德国化学家弗里茨 · 哈伯在第一次世界大战以后对从海水中获得大量的金子做了最果决的尝试——也是对海水中的金元素做得最为完善的研究。哈伯想用从海水中提取的足够多的金子来支付德国的战争负债，而且流星号德国南大西洋考察队就是在他的梦想促使下组织起来的。流星号上装备有实验室和过滤器。1924—1928 年，这艘船穿越了大西洋又回来，采集了水样本。但是从水样本中发现的金量要比设想的少一些，并且提取的成本要比回收到的金子的价值更大。这笔账应该是这样算的：在每一立方英里的海水中，有大约价值9 300万美元的金子和850美元的银。但是要在一年里处理这样体积的水，就需要每天两次将200个500英尺长、宽和5英尺深的水池灌满再倒空。或许与珊瑚、海绵和牡蛎常常能成就的壮举相比，这算不了什么，但是以人类的标准来说，这在成本上是不可行的。

3

在海洋中最为神秘的物质或许就是碘了。在海水中，它是最稀少的非金属元素之一，很难检测到，对精确分析也有抗性。但是在几乎每一种海洋植物和动物体内，我们都能发现这种元素。海绵、珊瑚和几种海草体内聚集了大量的碘。显然，海洋中的碘处于不断发生化学变化的状态中，有时被氧化，有时被还原，再度进入有机组合中。交换似乎在空气和海水之中不断地发生着。碘的某种形式或许会借浪花被带到空气中，因为在靠近水面的空气中可以检测到大量的碘；但是随着空气高度的上升，碘的含量也在降低。从生物第一次将碘变成它们身体组织的化学组成的一部分时，它们似乎就越来越依赖于这种物质。我们自己如果没有甲状腺来积累碘，将其作为我们身体基础代谢的调节剂，我们也无法生存下去。

所有商业销售的碘，最初都是从海藻中获得的。后来人们在北智利的高漠里发现了粗硝酸钠的沉积物。或许这种原材料——被叫作钙质层——的最初来源，是一个长满了海洋植物的史前海洋，但是这个问题还处于争议当中。碘还可以从卤水矿床和含油岩石的地下水中获得——这些都是非直接的海洋来源。

海洋对世界上的溴进行了垄断，海洋中集中了世界上 99% 的溴。岩石中微小比例的溴，最初也是因为海洋才储存在那里的。首先，我们会从史前海洋留在地下湖泊中的卤水中获取溴。现在在海岸边有一些大型的工厂——尤其是在美国——他们会用海水作为原材料来直接提取其中的溴。多亏了溴的现代化商业生产方法，我们的汽车才有了经过严格检验的汽油。溴还有一长串其他的用途，包括制造镇静剂、灭火剂、照相用药品、着色剂和化学战争用品。

人类了解的最古老的一种溴衍生物是泰雅紫。腓尼基人在他们的染房中从紫色的蜗牛——骨螺——中制造了这种物质。奇异而精彩的是，这种蜗牛似乎与今天人们在死海中发现的大量溴有关。据估计，死海中现在含有大约 85 亿吨这种化学物质。溴在死海海水中的浓度是海洋中浓度的 100 倍。显然，地下温泉不断供应了新的溴。这些温泉位于加利利海的底部，而加利利海又将自己的水经由约旦河送入了死海中。一些权威人士认为，温泉中溴的来源，是数以亿计的古代蜗牛的沉积物。它们在远古时代沉入了海底，在此以后形成了一个沉积层。

镁是另一种我们现在要通过收集大量海水并用化学物质处理海水来得到的矿物质。但是在过去，镁都是从卤水或从含有镁的岩石中得到的。比如白云石，有一些山脉整个都是由白云石形成的。在一立方英里的海水中，有大约 400 万吨镁。自从 1941 年人们研究出了直接提取的方法，镁的产量就有了巨大的提高。从海水中提取的镁让航空工业的战时发展成为了可能，因为在美国（以及在其他大部分国家）制造的飞机中，都含有半吨的镁金属。在会用到轻金属的其他工业中，镁也有很多的用途。除此之外，镁还被作为一种绝缘材料长期使用，在打印油墨、药物和牙膏以及像燃烧弹、信号弹和曳光弹弹药等军事用品中也有它的用途。

4

许多个世纪以来，在天气允许的地方，人类都会从海水中蒸发盐。在热带地区炙热的阳光下，古希腊人、罗马人和埃及人都会收获海盐。没有这种物质，全世界的人和动物就活不下去。甚至今天，在世界上的一些炎热干燥、有干燥的风吹拂的地区——波斯湾、中国、印度和日本，以及菲律宾群岛和加利福尼亚的海岸、犹他州的盐碱滩，人们还在通过日晒蒸发来获得盐。世界各地都有一些天然的水池，在那里太阳、风和海水的共同作用将盐蒸发了出来。它们的规模要比人类工业做到的大得多。在印度西海岸上的拉恩卡其盐碱沼泽，就是这样一个天然的水池。拉恩是一个平坦的平原，宽 60 英里，长 185 英里，被卡其岛与海洋分开。当西南季风吹起来的时候，海水通过一个水道被带进来，覆盖了这个平原；但是到了夏季，干燥的西北季风从沙漠上吹过来的时候，海水不会再汇入，因此那些流进平原上水池中的海水就被蒸发成了盐结皮。在一些地方，这些盐结皮有几英尺厚。在海水从陆地上流过，沉积下沉积物，后来又撤退的地方，都会有一些化学物质储存下来，我们可以轻易获得这些化学物质。深深隐藏在我们地球表面以下的，是一池池“化石盐水”——古代海洋的卤水和“化石沙漠”——在极端的热和干燥条件下蒸发出来的古代海洋中的盐，以及一层层的沉积岩。这些沉积岩中含有被海水沉积的有机沉积物和溶解盐。

在沙漠遍布、极热干燥的二叠纪时期，形成了一个覆盖欧洲大部分地区的巨大的内陆海，它覆盖了英国、法国、德国和波兰的部分地区。那时候雨水很少落下，蒸发的速率极快。海水变得异常咸，并开始沉积下一层层的盐。在长达几千年的一段时期里，只有石膏被沉积下来，这或许代表着一个时期，在这个时期里海洋中淡一些的海水会时常流入这个内陆海，与其中高盐度的海水混合。与石膏相间的是更厚的盐床。后来，当它的面积收缩，海水的浓度变得更高时，硫酸钾和硫酸镁的沉积物开始形成（这一阶段或许有 500 年那么长）；再后来，或许是在接下来的 500 年里，又沉积下来了混合的氯化钾和氯化镁或杂盐。在海水完全被蒸发以后，到处都是沙漠一样的状况。很快，这些沉积盐就被埋葬在了沙子下面。含量最高的盐床形成了著名的斯塔斯弗矿层和阿尔萨斯沉积层。在这个古老海洋最初区域的外围（比如在英国的部分），只有盐床。而斯塔斯弗矿层有 2 500 英尺厚，自 13 世纪以来，这里的卤水泉就家喻户晓了，这里的盐也早在 17 世纪就被开采了。

5

在一个甚至更早的地质时代——志留纪时期——一个巨大的含盐盆地就在美国的北部沉积了下来。这个盆地从纽约州中部延伸到密歇根，包括宾夕法尼亚州和俄亥俄州以及南安大略。由于那时候的气候炎热干旱，位于这一地区的内陆海变得十分咸涩，盐床和石膏在一个覆盖 10 万平方英里的巨大区域上沉积了下来。在纽约州的伊萨卡有 7 个明显的盐床，其中最高的一层位于地下半英里深的地方。在南密歇根，一些独立的盐床有超过 500 英尺那么厚，在密歇根盆地中，盐床的合计厚度将近有 2 000 英尺。在一些地区，人们会开采岩盐。在其他的地区，人们会挖井，然后将水灌入，得到盐水，再将盐水抽到地表上来蒸发获得盐。

世界上最大的矿物质库存之一，来自美国西部一个大内陆海的蒸发。它是加利福尼亚州莫哈维沙漠的瑟尔斯湖。它原来是海洋伸向这里的一个海湾，后来山脉在这里形成，将它与大海阻隔了。随着这个湖泊被不断地蒸发，剩下的海水因为从周围陆地上汇入的矿物质而变得更加咸涩。或许在一千年以前，瑟尔斯湖才从一个被陆地包围的海洋慢慢转变成了被冻结的海洋——由固体矿物质组成的海洋。它的表面是一层盐组成的坚硬的壳，在上面或许可以行车。盐结晶形成的层有 50 ~ 70 英尺厚。在这下面是淤泥。工程师们最近在这些淤泥下面发现了一个和上面的盐层至少同样厚的第二个盐层。19 世纪 70 年代，人们才第一次开始对瑟尔斯湖动工，开采了那里的硼砂。接着，20 头骡子组成的队伍拉着硼砂穿过了沙漠和高山，来到了铁路边。在 20 世纪 30 年代的时候，人们陆续从这个湖泊中发现了其他物质——溴、锂和钾盐以及钠盐。现在全美氯化钾产量的 40% 仍然出产自瑟尔斯湖，而且它还是世界上硼砂和锂盐的主要产地。

在时间一点点过去、蒸发在不断继续的情况下，在未来的某个时代里，死海或许会重复瑟尔斯湖的历史。正如我们所了解的，死海是从前一个更大的内陆海的遗存。这个内陆海曾经充满了整个约旦河谷，而且有大约 190 英里长。现在它已经收缩到了原来长度的

1/4和原来体积的四分之一。伴随着在炎热干燥气候下的收缩和蒸发的，是盐的浓缩，这让死海成了一个巨大的矿物质仓库。没有动物能够在它的盐水中生存。不幸被约旦河带到这里的鱼类死去，并且成为海鸟的食物。死海的海拔比地中海低1 300英尺，而且比世界上任何其他水体的海平面都要更低。它占据了约旦裂谷的最低部分。这个裂谷是一块地壳下陷形成的。死海的海水比空气还要温暖，这种条件很利于蒸发，蒸发出来的水汽形成了云层，漂浮在上面，朦胧不成形状；而下面的卤水越发苦涩，盐也积累了起来。

6

在远古海洋的所有遗产中，最珍贵的是石油。没有人能确切地说清楚，具体是怎样的地理进程创造了深藏在地球内部的一池池珍贵液体，更不用说描述进程中的全部事件了。但大约正确的是：石油是基本的地球进程的结果。自海洋中进化出了丰富多样的生命以来，这个进程就在运行——至少从古生代的初期就开始了，也许还更早。异常的灾难性事件会时不时地加速这一进程，但它们不是关键的。保证石油正常形成的机制，包括陆地和海洋的正常进程——生物的生与死、沉积物的沉积、海洋在陆地上的进退，以及地壳向上或向下的皱褶。

大部分地理学家已经抛弃了将石油形成与火山行为联系在一起的古老的无机生成理论。石油的起点最有可能在植物和动物的遗体中发现，这些植物和动物被埋藏在了远古海洋细粒化的沉积物下，在那里经受着漫长的分解。

黑海或某个挪威海湾的静止水体，或许展示了有利于石油产生的条件的本质。黑海中令人惊诧的丰富的生命仅仅生活在上层水中。深处，尤其是海底没有氧气，而且还常常弥漫着硫化氢。在这些有毒的水体中，根本不会有海底清道夫去吞吃掉从上层海水中漂浮下来的动物尸体，因此它们被埋葬，成为很好的沉积层。在许多挪威海湾中，深处的沉积层又臭又缺氧。海湾的入口被浅浅的山脊切断了与开放海洋之间的流通。分解的有机物释放出来的硫化氢让这些海湾的底部产生了毒性。有时候风暴会将大量海水带入这里，海浪搅动了这些致命海湾深处的海水。随之而来的不同水层的海水混合，这样就导致了生活在水面附近的大群鱼类和无脊椎动物死亡。这样的灾难又导致了厚厚的有机物在水底的沉积。

不论在哪里发现了大油田，它都与过去或现在的海洋脱不了干系。对于那些内陆油田以及现在海岸附近的油田来说，都是如此。例如，从俄克拉荷马州油田获得的大量石油，过去就被圈禁在沉积岩层中。海洋入侵了古生代时期的北美洲这一地区，在那时的海床上留下了这些沉积岩。为了寻找石油，地理学家也会不断地去到那些“不稳定的地带。它们通常会被浅浅的海水覆盖着，位于大陆架和深海之间的大陆边缘”。

7

欧洲和近东之间就有一个这样位于大陆板块之间的下陷地壳。波斯湾、红海、黑海和里海以及地中海都占据了它的一部分。墨西哥湾和加勒比海位于南北美洲之间的另一个海盆或浅海中。在亚洲和澳大利亚之间，有一片分布着一些岛屿的浅海。最后，在北极还有一个几乎被大陆封闭的海洋。在过去的世代里，全部这些地区都被不断地抬起又下压，导致它们一会儿属于大陆，一会儿又属于进犯的海洋。在被浸没在海水中的时候，它们接收到了厚厚的沉积物，丰富的海洋生物在这里生长了起来，然后死去，最终漂流进了下面柔软的沉积物地毯中。

在所有这些地方，都有规模空前的石油矿床。在近东有沙特阿拉伯、伊朗和伊拉克的大油田。亚洲和澳大利亚之间浅浅的地壳下陷则制造出了爪哇、苏门答腊、婆罗洲和新几内亚油田。美洲地中海则是西半球的产油中心——美国已探明的石油资源，有一半来自墨西哥湾的北方海岸，哥伦比亚、委内瑞拉和墨西哥沿墨西哥湾的西部和南部边缘有大量的油田。北极是石油工业还没有探明前景的地区之一。但是在北阿拉斯加、加拿大大陆北方岛屿和西伯利亚的北极海岸一线的石油渗漏现象说明，这个最新从海洋中升起来的岛屿或许在未来会是最大的油田之一。

在过去几年里，石油地理学家的注意力已经集中到一个新方向上——水下。当然，无论如何陆地上的石油资源也还没有全部被发现，但是储量最大、最容易开采的油田正在被开采，而且它们的大概产量也是已知的。远古海洋赠予我们的石油现在已经被从地球中吸取出来；那么，我们是否能够引导今天的海洋放弃一些封存在海床下的沉积岩中、被几十或几百英寻深的海水覆盖的石油呢？

大陆架上的近海岸油井已经开始生产石油了。在加利福尼亚州、得克萨斯州和路易斯安那州，石油公司在大陆架上的沉积岩上钻井取油。在美国，最活跃的探索集中在墨西哥湾。从它的地质历史上来看，这个地区大有希望。很久以来，这个地区要么是干燥的陆地，要么是浅浅的海盆，接受着从北方高原上冲下来的沉积物。最终，在大约白垩纪中期的时候，墨西哥湾的海床开始在沉积物的压力下下陷，不久就形成了现在的深深的中央海盆。

8

通过地球物理学探测，我们知道在海岸平原下面的沉积岩层都剧烈地向下倾斜，并延伸到了墨西哥湾宽阔大陆架下面。侏罗纪时期的沉积层下面，是巨大的厚厚的盐床。在这个盐床形成的时候，这一地区或许又热又干燥，海洋收缩，沙漠疯长。在路易斯安那州和得克萨斯州出现了叫作“盐丘”的地形特征，它或许就与这一沉积有关。现在在墨西哥湾也出现了盐丘。盐丘是从地球深处向地球表面凸起的沙子形成的手指一样的沉积栓，通常不足一英里宽。地理学家们将它们描述为“被地球压力抬高，穿过了 5 000 ~ 15 000 英尺的沉积物层，就像钉子穿过木板”。在这些靠近墨西哥湾的沿海各州里，这样的结构常常与石油有关联。在大陆架上，这些盐丘似乎也可能标志着大型的油田。

因此，在为寻找石油探索墨西哥湾的时候，地理学家们会寻找可能意味着大型油田的位置的盐丘。他们会使用一种叫作磁力计的仪器，这种仪器可以测量盐丘带来的磁力强度的变化。重力计测量盐丘附近的重力变化，也有助于定位这些盐丘的位置，因为盐的比重比周围沉积物的比重小。盐丘的准确位置和轮廓最终是由地震仪来探索发现的。地震仪可以通过记录炸药爆炸产生的声波的反射来绘制岩石层的倾斜。这种探索方法在陆地上已经使用了很多年，但是只有到了大约 1945 年，它们才被用到墨西哥湾的近海岸水域中。磁力计也得到了很大的完善，将它拖在轮船或者运载或悬挂在飞机上，它就可以在运动中连续地绘制出图像来。重力计现在可以很快被放到海底，并且可以通过远程控制来读取示数。（从前操作员必须在潜水钟里带着它一起下水。）地震工作人员可以先发射炸药，然后在船只行进中做连续的记录。

尽管这些改进让勘探进行得更迅速，但是从水下油田中采油还不是一件简单的事。下一步要做的，还有租下潜在的产石油的地区，然后钻探来验证那里是否真的有石油。近海钻探平台依赖于打桩，这些桩子要钻到墨西哥湾海底 250 英尺深的地方，来对抗海浪的力量——在飓风季节更加如此。风、风暴海浪、雾和海水对金属结构的不断蚕食——这些都是他们要面对和克服的风险。要在更广阔的近海进行作业，遇到的技术难题显然会更多，但是这并不会让石油工程专家灰心。

因此，我们对矿藏的探索常常会引导着我们回到远古的海洋——找到从鱼类、海草和其他动植物的身体里压榨出来而后被储存起来的石油，找到仍然含有远古海洋的化石水的地下湖，找到在远古海洋中沉积下来作为大陆外层地幔的矿物质组成的盐层。或许，随着我们对珊瑚、海绵和硅藻的化学秘密有更多的了解，我们很快将不再那样依赖于史前海洋储存的财富，而是越来越直接地从海洋和正在浅海中形成的岩石中获取我们的需要。

环绕我们的海洋

海洋广阔无边，
飞鸟难渡，令人敬畏。
——荷马

对于古希腊人来说，海洋是一条没有尽头的河流，永远在世界的周边流淌，像轮子一样无休无止地流转，地球的尽头就是天堂的入口。这个海洋是没有边的，是无尽的。如果一个人胆敢冒险走到它的深处——如果这样的旅程是可以想象的话——那么他要穿过密不透风的黑暗和遮天蔽日的大雾，最终来到一个可怖而混沌的、海洋与天空混合的世界。在那里，漩涡和张开大口打着哈欠的深渊等待着将这个旅行者拉进一个没有归路的黑暗世界。

在公元前 10 世纪的许多文学作品中，这些想法都以变换的形式出现。在随后的年月里，它们也不断地出现，甚至在中世纪大部分时期里还是如此。对希腊人而言，他们熟悉的地中海才是海。包绕在外面，浸浴着陆地世界的海洋是大河（Oceanus）。那条广阔的大河中，才是神和逝去的灵魂的居所，也就是——极乐世界。

因此，我们既能看到“在遥远的海洋中有一个不可触及的大陆或者美丽的岛屿”这样的想法，又能看到“在世界的边缘有一个无底的深渊”这样的指引，它们混乱地纠缠在了一起。但是无论如何，在宜居的世界这个大圆盘的周围，是环绕着一切的广阔海洋。

1

或许口口相传的故事中的神秘北方世界，被买卖琥珀和马口铁的商路慢慢传开，为早期传说染上了一些色彩，因此大陆世界的边缘被描绘成了一个充满了迷雾、风暴和黑暗的地方。荷马的史诗《奥德赛》描绘了居住在大河岸边一个遥远国度里的西米里族人，生活在迷雾和黑暗之间。他们讲到了生活在长昼之地的牧羊人。在那片土地上，白天和夜晚的道路靠在一起。而且或许早期的诗人和历史学家也从腓尼基人那里了解到了他们关于海洋的一些观点。腓尼基人的船只在欧洲、亚洲和非洲的海岸上游荡，寻找着黄金、银、宝石、香料和木材，好去与国王和皇帝们做买卖。或许这些水手兼商人是第一批横穿了一片海洋的人，但是历史没有这样记载。在公元前的至少 2 000 年里——或许更长——腓尼基人昌盛的贸易活动在红海至叙利亚,至索马里兰、阿拉伯半岛甚至印度以及中国的海岸上进行。希罗多德写道，在大约公元前 600 年的时候，腓尼基人从东向西绕着非洲航行了一圈，来到了埃及，穿过了赫拉克勒斯之柱海峡和地中海。但是为了守住他们的经商航线和珍贵货物来源的秘密，关于他们的航线，他们没有透露半字，也没有写下只言片语。有一些无法考究的谣言说，腓尼基人驶入过宽阔的太平洋，考古学的发现也大约支持这样的说法。

腓尼基人在沿着欧洲西部海岸旅行的时候，最远来到了北方的斯堪的纳维亚半岛和波罗的海。这样的说法也仅仅流传在谣言中，但是非常可信。波罗的海是过去琥珀的来源。我们找不到一丝痕迹去证明他们曾经到访过那些地方，而且显然腓尼基人也没有留下只言片语的记录。然而，关于他们的一次欧洲旅行，我们看到了一个间接的描述。这次远征是在迦太基的西姆力克（Himlico）的带领下进行的。在大约公元前 500 年，他们沿着欧洲的海岸向北方航行。不过西姆力克的手稿没有被保存下来。但是在将近 1 000 年以后，罗马人阿维努斯引用了他的描述。根据阿维努斯所说，西姆力克描绘了欧洲海岸外大海上的灰暗画面：

> "在 4 个月的时间里，几乎穿不过这片海洋……没有风推动船只前进。在这片开阔的海洋上，慵懒的风是如此死寂……在海浪之间有许多的海草……海水是这样浅……海洋中的怪兽四下里活动，野兽在缓慢前行的船只中间游动。"

或许这些"野兽"是比斯开湾的鲸鱼。这个地区后来变成了著名的捕鲸场。让西姆力克印象极深的浅水区域，也许是一片浅滩，它被法国海岸上大潮汐的潮水交替地淹没或暴露出来。这对于从没有潮水的地中海而来的人来说的确是一个怪异的现象。但是假如阿维努斯的记述可信，西姆力克是知道西方是开阔的海洋的："从赫拉克勒斯之柱继续向西，是一个无边的海洋……还没有人把船驶到那里的水面上去，因为在这些深海上没有能推动船只前行的风……同样地，还因为黑暗遮蔽了白天的阳光，迷雾笼罩着大海。"很难说这些描述性的细节是精明的腓尼基人编造的，还是仅仅重述了关于海洋的古老观点。但是几乎相同的说法在后来的描述中不断地出现，经过了许多个世纪，一直流行到了近代。

2

从历史记载来看，第一次伟大的海洋探险旅行是马西利亚的皮西亚斯在大约公元前330年进行的。不幸的是，他的作品，其中包括一本叫作《在海上》的作品，都失传了。里面的内容，仅仅见于后来的作者对它们的片段性引述。对于这个天文学家兼地理学家在北方旅行中遇到的情况，我们知之甚少。不过，或许皮西亚斯是希望去看一看人类居住的陆地到底延伸到哪里，去了解北极圈的位置，并且去看一看夜半太阳所在的陆地。他或许最初是从一些商人嘴里听说了这样的故事。这些商人经由大陆上的商路，从波罗的海沿岸运回了马口铁和琥珀。

皮西亚斯是第一个使用天文学的测量方法来测定一个地方地理位置的人，而且他在其他方面也证明了自己作为天文学家的能力，因此他是带了非凡能力去进行这次考察之旅的。他似乎绕着大不列颠群岛航行了一圈，又抵达了设得兰群岛，然后向北驶进了开阔的海洋上，最后来到了“极北之地”——夜半太阳的土地。在这个地方，他在别人的引用中是这样说的：“夜晚非常短，在一些地方是2个小时长，在另一些地方是3个小时长，因此太阳在落下去很短的一段时间之后又会升起来。”

居住在这个国家的是“野蛮人”，他们带领着皮西亚斯去看“那个太阳永不落的地方”。

后来的权威人士对“极北之地”究竟指哪里颇有争议：一些人认为是指冰岛，而另一些人相信皮西亚斯穿过了北海到了挪威。据说皮西亚斯还描述了一个在极北之地北面的“冻结的大海”——这样来说，冰岛更符合一些。

但是这时候文明的世界进入了黑暗的时代，皮西亚斯在自己的旅行中收获的这些关于遥远地方的知识，似乎没有打动那些后来的有识之士。地理学家波西杜尼斯描述了一个“延伸无穷远”的海洋。他从罗兹岛出发，一直走到加迪斯，去看海，去测量潮水，去确定“太阳是一个红热的球体,带着‘嘶嘶’声掉进了大西海”这个想法的正确性。

在皮西亚斯探险之后的1 200年以后，我们才有了第二个对海洋探索的清晰描述——这次是挪威人奥托走上了探索之旅。他向国王阿尔弗雷德描述了他在北海的航海经过。这个国王将他的描述记录了下来。这是一个关于语言直白的地理探索的故事，故事中出奇地没有海洋猛兽和其他想象中的可怕事情。基于这份描述，奥托是我们知道的第一个绕着北角航行、进入了极地海洋或巴伦支海、后来又进入了白海的人。他发现在这些海洋的海岸上居住着他曾经听说过的人。根据这一描述，他去那里“主要是探索那片土地，并且是为了海象，因为海象有珍贵的长牙”。这次旅行是在公元870—890年间进行的。

3

同时，维京人的时代也开始了。他们最重要的远征时代通常被认为是在8世纪末开始的。但是早在这之前，他们就到访了北欧的其他国家。“早在三世纪的时候而且直到五世纪末”，弗里乔夫·南森（Fridtjof Nansen）写道，“四海为家的伊卢里（Eruli）民族就从斯堪的纳维亚半岛航海出发，有时和撒克逊海盗结伴同行，驶过西欧的整个海域，扫荡了高卢和西班牙的海岸，而且于公元455年来到远至意大利的卢卡所在的地中海。”

早在6世纪，维京人就一定已经穿过了北海来到了法兰克人的土地上，并且或许也到了不列颠的南部。在7世纪之初，他们或许就已经在设德兰岛建立了家园，并在同一时间开始抢掠赫布里底群岛和爱尔兰西北部。后来他们航海到了法罗群岛和冰岛。在10世纪最后的15年里，他们在格陵兰建立个两个殖民地。不久以后，他们又横渡了大西洋，来到了北美洲。关于这些旅行在历史上的意义，南森写道：

> “挪威人的造船和航海技术标志着航海史以及探索史上的一个新时代。因为他们的航海探索，人们对北方陆地和海域的了解立即完全改变了……我们在古代的作品和《萨迦》中发现了对这些发现之旅的记述。这些故事大都被写进了冰岛的作品中。在对这些在未知海域进行的航行的描述之下，有一个忧伤的暗流——那是勇敢的人类对冰雪、风暴、严寒和饥饿的无声抗争。
>
> “他们既没有指南针，也没有天文仪器，更没有我们这时代用于定位自己在海洋中位置的任何仪器。他们仅仅靠着太阳、月球和星辰航行。很难想象，在连续数天或数个星期里看不见日月星辰的时候，他们是如何能在迷雾和糟糕的天气里找到方向的。但是他们就那样找到了。挪威的维京人乘坐着自己无棚的小船，带着方方正正的船帆，在广阔的海洋上向北向西航向，

从新地岛和斯匹次卑尔根岛去到了格陵兰、巴芬湾、纽芬兰和北美洲……在那之后又过去了500年，其他国家的船只才出发驶向这些相同的地区。”

4

但是关于这些故事，只有模糊不清的只言片语传到了地中海的“文明国家”的耳朵里。当北欧人在《萨迦》中对从已知世界驶去未知世界的航路做出了明确指导的时候，中世纪的学者们还在自己的作品中讲述环绕在外面的海洋——可怕而黑暗的大河。大约1154年的时候，著名的阿拉伯地理学家伊德利赛（Edrisi）为西西里岛的诺曼底国王罗杰二世写下了对地球的描述，并附上了70张地图。在这一描述中，他描绘了成为世界地极的已知陆地的外围——黑暗的大河。他在描述不列颠群岛周围的海洋时说，“走进这片海洋的深处是不可能的”。他暗示了一些遥远岛屿的存在，但是认为靠近这些岛屿是很困难的，因为在这片海上有“大雾和伸手不见五指的黑暗”。不来梅博学的亚当在11世纪进行创作，他知道在这个开阔海洋的遥远海上存在着格陵兰和瓦恩兰，但是他不能把现实与远古观点里的海洋——“看上去无涯又可怖，包围着整个世界”区分开。甚至连北欧人自己，似乎也只是把想象中的海洋的边界向外推了一些，尽管他们在大西洋的对岸发现了陆地。因为“有个包围着圆盘一样大陆的外侧海洋”的想法也出现在了诸如《国王之鉴》（*Kings Mirror*）和《挪威列王传》（*Heimskringla*）这样的北方历代记中。因此，在哥伦布和他的伙伴们踏上征程时，西方海洋上仍然流传着关于静止的死亡之海、猛兽、缠人的海草、迷雾、阴郁和无所不在的危险的传说。

然而在哥伦布出现之前的几个世纪里——没有人清楚到底是几个世纪——在世界另一侧的人类已经开始放下了海洋催生的任何恐惧，勇敢地乘船穿越了太平洋。我们对困扰波利尼西亚殖民者们的苦难、困难和恐惧并没有多少了解——我们只知道他们从大陆上的某个地方来到了这些远离主要大陆的岛屿上。或许这些太平洋中部的海水的面容要比北大西洋亲切一些——一定是这样——因为他们乘坐着无篷小舟，将自己的生命委托给了星辰和海洋中的指路标，在一个又一个岛屿之间寻找着道路。

我们不知道第一批波利尼西亚人是在什么时候踏上旅程的。关于后来的旅程，有证据表明最后一次重要的夏威夷群岛殖民之旅发生在13世纪，而且在大约14世纪中叶的时候，从塔希堤岛来的船队永久性地殖民了新西兰。但是，再一次，欧洲人还是没有听到这些故事。在波利尼西亚人早已熟练掌握了在未知海洋上航行的技术之后，欧洲的水手仍然还把赫拉克勒斯之柱看作黑暗的死亡之海入口。

5

哥伦布才刚刚说明了他去往西印度群岛和美洲的路线，巴波亚才刚刚看到了太平洋，麦哲伦才刚刚环球旅行完的时候，就出现两种挥之不去的新的观点：一种是在想去亚洲是否有一条北方的海路；当时人们普遍认为，在已知的陆地南方存在着一片巨大的南方大陆，第二种则与这种想法有关。

麦哲伦，在如今被冠上了他的名字的海峡中旅行时，看到了在他南方的土地，并且在穿越这个海峡的整整 37 天的时间里都能看到这片陆地。在夜晚，很多灯火在这个大陆的海岸边闪烁，于是麦哲伦就把这片陆地命名为火地岛——火光之地。他认为这就是被理论地理学家们认为应该存在的南方大陆的海岸地区。

在麦哲伦之后的许多航海家都报告发现了被他们认为是那个被追寻的大陆外围地区的陆地，但是后来证明它们只是一些岛屿。一些岛屿——比如布委岛——的位置被描述如此不准确，以至于它们被发现又被迷失了许多次，才被准确地标记在了地图上。凯尔盖朗坚定地相信他于 1772 年发现的荒凉险恶的陆地就是南方大陆，于是向法国政府做了报告。后来，当他再一次航行到这里的时候，他才意识到他发现的仅仅是另一个岛屿。凯尔盖朗不悦地把这个岛屿命名为“荒凉岛”。不过，后来的地理学家们用他的名字再次命名了这座岛屿。

发现南方大陆是库克船长航行的目的之一，但是他没有发现这个大陆，却发现了一个海洋。在南半球高纬度地带绕着地球几乎环行了一周之后，库克船长意识到一个多风暴的海洋正绕着非洲、澳大利亚和南美洲南部的世界流动。或许他认为南桑威奇群岛是南极大陆的一部分，但是他显然未必是第一个看到南极海洋的这些或其他岛屿的人。美洲捕猎海狗的船只一定在他之前就到过那里，然而南极探索的这一章中包含着许多空白页。美洲捕猎海狗的船只不想让他们的竞争对手知道这一富饶的海狗捕猎场，因此他们没有声张他们航行所去之地。显然，在 19 世纪之初的许多年以前，他们就在外层南极岛屿附近作业了，因为在 1820 年的时候，这些水域中的大部分海狗都灭绝了。同样是在这一年里，英雄号的船长帕尔默成为看见南极大陆的第一人。英雄号是来自康涅狄格州的 8 艘海狗捕猎船组成的船队中的一艘。一个世纪以后，探险者们对这个南方大陆的本质仍然有了新的发现。这个大陆是老一代地理学家的梦想，被长久地追寻，然后被标榜成了一个神话，最终被确立为地球上的大陆板块之一。

在地球的另一个极点，通往亚洲的财富的北方航道的梦想诱使一批又一批远征的队伍进入了北方冰冻的海洋上。卡伯特（Cabot）、弗罗比舍（Frobisher）和达维斯（Davis）向西北方向寻找这个路线，但是失败了，于是折返了回去。哈德孙被他叛变的全体船员留在了一个无棚船上，死在了那里。约翰·富兰克林爵士带着厄瑞玻斯号和特罗尔号于 1845 年出发，显然进入了亚洲群岛的迷宫中，然后丢掉了船只，也和所有的同伴死在了那里。不过后来他们所在的路线被证明是可以通行的。后来救援船只从东部和西部而来，在梅尔维尔海峡相遇，然后西北航线就确立了出来。

同时，人们也在坚持不懈地寻找通过北极海向东找到去印度的航线。挪威人似乎在白海捕猎过海象，而且或许在奥托的时候就达到过新地岛的海岸上。1194 年，他们或许已经发现了斯匹次卑尔根岛，但是通常人们把这一荣誉归给了 1596 年的巴伦茨（Barents）。俄国人早在 16 世纪就在北极海上捕猎海狗了，而且捕鲸船在 1607 年，也就是哈德孙之后不久，也开始在斯匹次卑尔根岛外作业了。这引起了人们对斯匹次卑尔根岛和格陵兰岛之间海上大量鲸鱼的关注。因此，当英国和荷兰的商船开始在北欧和亚洲拼命地寻找一条海路的时候，他们至少是了解北海被冰封的门户的。人们做了很多的尝试，但是很少有船只能驶过新地岛的海岸以外。破碎的希望、失事的船只以及诸如像威廉·巴伦茨这样杰出的航海家的故去标志着 16 和 17 世纪的终结。他们没有为北极恶劣的冬天做好充分的准备，因此饱受磨难。最后这些努力被放弃了。直到 1879 年，对这样一个航路的实际需要大部分消失了以后，努登舍尔德男爵才乘坐瑞典的织女号从哥德堡来到了白令海峡。

因此，逐渐地，经过了许多个世纪的航海旅行，未知世界的迷雾和可怕的朦胧已经从黑暗的大海海面上揭去。那些最初的航海家，他们甚至没有最简单的航海仪器，没有航海地图，在那个远距离无线电导航系统、雷达和声波探深工具都仿佛天方夜谭一样的时代，他们是如何做到的呢？谁是第一个使用水手指南针的人，今天我们习以为常的地图和航海指南又是怎么孕育和开始的呢？没有人能够确凿地回答这些问题。我们只知道我们想知道更多。

6

对于那些神秘的船长——腓尼基人——的方法，我们连猜测都做不到。对于波利尼西亚人，我们有更多的依据去猜测，因为我们可以研究他们今天的后代。这样做的人发现了那些在太平洋上岛屿间航行的古代殖民者们所使用方法的一些蛛丝马迹。显然他们似乎懂得跟随星辰的脚步。太平洋不像充满风暴和迷雾的北方海洋，在太平洋的天空中群星璀璨地闪耀。波利尼西亚人认为星辰是移动的光束，它们经过倒置的、深坑一样的天空。他们朝着他们知道会经过他们追寻的岛屿的星辰航行。他们懂得海洋的所有语言：海水变化的颜色、在地平线以下打在礁石上的海浪产生的薄雾、悬挂在热带海洋的每一个岛屿上并且有时甚至会倒映出在珊瑚环礁中湖泊颜色的云彩。

原始航海的研究者们认为，鸟类的迁徙对于波利尼西亚人来说也是有意义的，而且他们从观察鸟群中学到了很多。这些鸟儿在每年的春天和秋天聚集起来，飞往广阔的海洋上，后来又从它们消失的空洞中回归。哈罗德·盖地认为，夏威夷人可能是追随着回归北美洲大陆的金鸻的春季迁徙，从塔西堤来到夏威夷群岛，从而找到了他们的岛屿。他还暗示说金鹃的迁徙路线可能指导了从所罗门群岛到新西兰迁徙的其他殖民者们。

传说和文字记录都告诉我们，原始航海家们常常会带着鸟儿出行，将鸟儿释放，就可以跟着它们找到陆地。军舰鸟是波利尼西亚人的海岸守卫鸟（甚至在最近，军舰鸟还被用来在岛屿之间传送讯息），而在挪威的《萨迦》中我们也能读到弗洛基·费尔格森达（Floki Vilgerdarson）借助渡鸦来找到去冰岛的路的描述："因为北方的海员那时候没有指南针可以用……因此他带着三只渡鸦出海……当他放走了第一只渡鸦，这只渡鸦向船尾飞去了。第二只飞到了高空中，接着返回了船上。第三只飞过了船头，他们就在那里找到了陆地。"

根据《萨迦》反复的描述，在潮湿多雾的天气里，北欧人会在海上漂浮好多天而不知道自己在哪里。然后他们常常不得不靠观察鸟类的飞行来判断陆地的方向。《定居记》（*Landnamabok*）中说道，在从挪威去往格陵兰的航线中，旅行者要尽可能离冰岛的南部远一些，因为那样才能看到鸟儿和鲸鱼。在浅水中，北欧人似乎有某种探测深度的方法,因为《挪威历史》中记载了因戈尔夫和约尔列夫“通过用铅垂探测波浪”发现了冰岛。

7

第一次提到用磁针引导船员航行的故事，发生在公元 12 世纪，但是过了一个世纪以后，仍然有学者表达过对水手把自己生命依托在显然是魔鬼发明的仪器上的疑虑。然而，有确凿的证据证明，在 12 世纪末，地中海上的海员就开始使用指南针了，而在北欧，到了下一个世纪，人们才用上这种仪器。

对于在已知的海上航行，一种相当于我们现代航海指南的等效物，早在航海指南以前使用了许多个世纪了。那时候的航海图和海岸指南指导着那时候的水手在地中海和黑海上航行。航海图是指引船长找到港口的地图，它是被设计来和海岸指南一起使用的。现在我们还不知道这两样物品出现孰前孰后。《西氏海岸指南》（*The Periplus of Scylax*）是经历了多个世纪依然保留至今的古代海岸指南中最古老和最完善的一本。与它搭配使用的航海图已经不复存在了，但是在公元前 4 世纪或 5 世纪中，这两样物品的确指引了地中海上的航行。

被称作“大海航行指南（Stadiasmus）”的环海航海指南，可以追溯到大约公元前 5 世纪。但是像现代的领航指南一样，它也给出了两点之间的距离、靠近各个岛屿时合适的风向、抛锚的工具或获得淡水的方法。例如，我们会读到：“从赫尔麦（Hermaea）到列乌凯－

呵克铁（Leuce Acte），距离20视距有一个低矮的小岛；距离陆地2视距的地方有一个货船的停泊处。西风时抛锚，但是在海角下面的海滩上有一大片停泊处，各种船只都可以停靠。在阿波罗这个圣人的神庙旁边有淡水。”

劳埃德·布朗在他的《地图故事》中说道，公元后的1 000年里，真正的航海地图没有被保存下来，或者说没有人们明确知道存在的地图。他说这是因为早期海员小心地守护着他们航线的秘密，海洋地图是一个王国的机密，是通向财富之路，因此航海地图是秘密的隐藏文件。因此，现在已经失传的最早的地图是彼得鲁斯·维斯康德于1311年绘制的，这并不意味着，在那之前没有出现过很多地图。

一个荷兰人——卢卡斯·詹森·瓦赫纳尔（Lucas Janssz Waghenaer）创作了第一本编成书籍形式的航海地图集。1584年首次出版的瓦赫纳尔的《海员之鉴》，涵盖了从须德海到加迪斯的欧洲西海岸的航线。很快，这本书就被翻译成了几种语言再次出版。在以后的许多年里，它都指引着荷兰、英国、斯堪的纳维亚和德国的航行者穿过东大西洋海域，从加那利群岛来到斯匹次卑尔根岛，因为后续版本将区域扩大到了包括设得兰群岛、法伦群岛甚至远至新地岛的俄国北方海岸上的地区。

到了16和17世纪，在对东印度群岛的财富进行争夺的驱使下，私人企业而不是政府机构绘制出了最绝妙的地图。东印度公司雇用了自己的水道测量家，准备了秘密的地图册，并且将他们去往东方的航线作为最珍贵的商业机密。但是在1795年，东印度公司的水道测量家亚历山大·达尔林普尔（Alexander Dalrymple）成为海军部的水道测量官员。在他的指导下，英国海军开始了在世界各地海岸上的探索，现在的英国海军航海指南就起源于那时。

在那不久以后，一个年轻人加入了美国海军——马修·方丹·莫里（Matthew Fontaine Maury）。仅仅几年里，莫里上尉的影响力就辐射了整个航海界。他写了一本书——《海洋自然地理》，这本书被看作海洋科学的基础。在海上度过了许多年以后，莫里接受了航图和仪器站——它是现在的水文局的前身——的工作，开始以一个航海家的立场对风和潮汐进行实际研究。在他的不断努力和勇于尝试之下，一个全球性的合作体系被组织了起来。各个国家的船务长官将他们的航海日志送了过来。从这些材料中，莫里整理和组织了信息，把它们整合进了航海地图中。作为回报，合作的船长都收到了一本这样的地图。不久，莫里的航海指南就吸引了全世界的注意：他为从美国东海岸前往里约热内卢的船只缩短了10天的行程，为去往澳大利亚的行程缩短了20天，环合恩角至加利福尼亚缩短了30天。由莫里发起的合作性的信息交换体系到今天仍在运作。而水文局的引航图是莫里航海图的直系后代，它上面带有这样的铭文："基于马修·方丹·莫里任上尉服务于美国海军时的研究成果。"

8

在每一个沿海国家发行的现代航海指南中，我们都能找到指引航行者在海上航行的最完善信息。然而，在这些关于海洋的作品中，总是能看到现代与古代的奇妙融合，从中我们或许能看到它们与《萨迦》中的航海指南或古代地中海海员海岸指南的联系。

令人惊异又愉快的是，同一本航海指南，既含有利用远距离无线电导航系统获得位置的指南，又会建议航海者像1 000年以前的北欧人那样，通过鸟类飞行和鲸鱼行为在大雾的天气里找到陆地。在挪威的航海指南中，我们可以读到下面的叙述：

[关于扬马延岛]大群海鸟的存在说明陆地不远了，而它们从栖息地上发出来的嘈杂声可以帮助我们定位海岸的方向。

[关于熊岛]这些岛屿周围的海上充满了海雀。在大雾的时候，这些鸟儿和它们的飞行方向，以及铅垂的使用，在分辨岛屿上有很大的价值。

最近出版的美国航海指南针对南极海写道：

航行者要观察鸟儿的活动，因为从一些物种是否存在，我们可以做一些推断。长鼻鸬鹚……一定意味着靠近陆地了……雪海燕总是与冰相关，这时候海员要注意它们航线上的冰情信息……喷水的鲸鱼通常在向远洋处游动。

有时候，在远洋上，航海指南只能给出捕鲸船或某个过去的渔民对某个海峡的可航行性或潮汐洋流状况所说的直言片言；或者给出的地图是半个世纪以前到那里探测深度的最后艘船只给出的。他们常常警告航行者不要在没有从当地人那里获得足够信息的时候就盲目前行。从下面这样的话语中，我们可以了解到从未离开过海洋的未知和神秘："据说那里曾经有一个岛屿……从对当地有了解的人的报告那里获得这样的信息……它们的位置存在争议……过去捕猎海狗的船只报告过一个浅滩。”

因此，在世界上的许多偏僻地方，远古的黑暗仍然徘徊在海面之上。但这样的黑暗很快被驱逐，大部分海洋的长度和宽度已经为我们所了解。只有想到海洋的第三个纬度时，我们仍然还会用到“黑暗的海洋”这个概念。我们用了许多世纪的时间才绘制出了海面的地图；我们在描绘海面以下未知世界上取得的进步十分迅速。但是，甚至在我们拥有的全部用于深海探测取样的仪器的帮助下，依然没有人可以说我们会解开海洋这最后一个终极秘密。

从广义上说，古人的其他概念依然存在。因为海洋就在我们周围。各个陆地的商业往来必须穿越它。在陆地上吹拂的风是在广阔的海洋上形成的，最后又回归了海洋。大陆本身将被侵蚀的土地溶解成一粒粒土壤，最终进入了大海。因此雨水从海洋中来，又在河流中回到海洋中去。在神秘的过去，它包围着生命一切朦胧的发源，在最后又接收着同一些生命经过多次演变后的死亡躯壳。

因为一切最终都要回归大海，回归这个就像永远流动的时间之河一样的海洋。生命在这里开始，也在这里结束。

图书在版编目（CIP）数据

环绕我们的海洋 /（美）蕾切尔 · 卡逊著；宋龙艺译．—北京：北京理工大学出版社，2018.4（2022.4重印）

（海洋三部曲）

ISBN 978-7-5682-5350-5

Ⅰ．①环… Ⅱ．①蕾… ②宋… Ⅲ．①散文集－美国－现代 Ⅳ．① I712.65

中国版本图书馆 CIP 数据核字（2018）第 037500 号

出版发行 / 北京理工大学出版社有限责任公司
社　　址 / 北京市海淀区中关村南大街 5 号
邮　　编 / 100081
电　　话 /（010）68914775（总编室）
（010）82562903（教材售后服务热线）
（010）68944723（其他图书服务热线）
网　　址 / http://www.bitpress.com.cn
经　　销 / 全国各地新华书店
印　　刷 / 三河市华骏印务包装有限公司
开　　本 / 850 毫米 ×1168 毫米　1/32
印　　张 / 8.625
字　　数 / 175 千字
版　　次 / 2018 年 4 月第 1 版　2022 年 4 月第 2 次印刷
定　　价 / 38.00 元

责任编辑 / 张晓蕾
文案编辑 / 朱　喜
责任校对 / 朱　喜
责任印制 / 李志强

图书出现印装质量问题，请拨打售后服务热线，本社负责调换